Jens Sparschuh

Der große Coup

*Aus den geheimen Tage-
und Nachtbüchern
des
Johann Peter Eckermann*

Kiepenheuer & Witsch

2. Auflage 1996

Der Roman erschien zuerst 1987 im Buchverlag Der Morgen, Berlin

Umschlaggestaltung Manfred Schulz, Köln
Umschlagmotive Archiv für Kunst und Geschichte, Berlin
Satz: Jung Satzcentrum GmbH, Lahnau
Druck und Bindearbeiten: Clausen & Bosse, Leck

ISBN 3-462-02502-3

Über das Buch

»Einblicke in das Innenleben eines Taschenrecorders« nannte Jens Sparschuh seinen vor bald zehn Jahren zum ersten Mal erschienenen Roman *Der Große Coup*. Darin erzählt Sparschuh wie ein ingrimmiger Bauchredner von Johann Peter Eckermanns Diensten bei Goethe in Weimar, die der Welt die unsterblichen »Gespräche mit Goethe« bescherten, Eckermann aber ein in vielem vergeudetes Leben. Zwanzig Jahre nach Goethes Tod, so die fiktive Ausgangslage des bissig – ironischen Romans, veröffentlicht Eckermann seine Aufzeichnungen aus den »Geheimen Tage- und Nachtbüchern«, die komisch und bitter, klug und vertrackt über den tatsächlichen Charakter dieser von Goethe mit eisernem Egoismus geführten Unsterblichkeitsinszenierung berichten.

Eine abgründige Ménage à trois, bei der Johanne Bertram, die langjährige Verlobte Eckermanns aus dem fernen Nordheim, mit authentischen Briefen zitiert wird, aus denen nur deutlich wird, daß Eckermann seine Stellung bei Goethe mit seinem Lebens- und Liebesglück bezahlte. In einem perfekt nachgeahmten und gleichzeitig subversiven Tonfall läßt Sparschuh Eckermann reden und dabei etwas darüber verraten, »wieviel Inszenierung und alltägliche Inhumanität für den Aufstieg zu einem deutschen Geistesheroen nötig sind« (Alexander von Bormann). *Der große Coup*, das ist die Suche von Goethe und Eckermann nach möglichen letzten Worten von Goethe, die als unsterblichkeitsfähig der Nachwelt überliefert werden sollen. Goethe will so seinen eigenen Nachruhm regeln, und Eckermann soll es richten.

Sparschuhs listiger Nachruf auf die deutsche Klassik ist ein meisterlicher Coup, der uns die alten Meister näher bringt als jede historisierende oder weihevolle Betrachtung.

»Jens Sparschuh hat ein ausgesprochen vergnügliches Buch über Eckermann und Goethe geschrieben, das durch seinen hintersinnigen Humor und ein genaues Sprachempfinden besticht.«

Hubert Spiegel, taz

Über den Autor

Jens Sparschuh, geboren 1955 in Karl-Marx-Stadt, studierte von 1973–1978 Philosophie/Logik in Leningrad, 1978–1983 Assistent an der Humboldt-Universität Berlin. 1983 Promotion. Seither freiberuflich tätig. Er veröffentlichte u. a. »Kopf Sprung. Aus den Memoiren des letzten deutschen Gedankenlesers«, 1989. 1989 erhielt er den Hörspiel-Preis der Kriegsblinden.

Weitere Titel bei k&w:
»Der Schneemensch«, 1993.
»Der Zimmerspringbrunnen. Ein Heimatroman«, 1995.

Prolegomena

Nemo ante mortem beatus, sagt der Lateiner. Und ich sage, recht hat er. Und wie recht er hat! Niemand ist vor seinem Tode glücklich... Da sitze ich nun.
Eingezwängt in zwei indigoblaue Makulaturpappen, liegt – vor mir auf dem Tisch – das bislang geheimgehaltene Konvolut. Und hinter mir? Liegt mein Leben, von Parzen listenreich an dieses neblichte Weimar geknüpft. Mit grauen Fäden wie von Regen. Fest abgeschnürt und mehrfach verknotet, dieses Paket. Lange Jahre widerstand ich nur sehr schwer der Versuchung, die Knoten zu lösen...
Nun, da meine Uhr abläuft, die Gewichte des Regulators sachte, doch unaufhörlich abwärts, zurück in den großen schwarzen Kasten der Weltenuhr sinken, nun verbleibt mir nur noch, der staunenden Nachwelt auch dieses letzte Paket zu öffnen. Und die Augen womöglich. Darf ich es? Der Einzige – ach, der einzige auch, der mir solch eine Eröffnung verbieten könnte und sich bisweilen wohl auch verbat – ist nicht mehr. Seine Augen werde ich nimmer öffnen. Ich aber, der ich jedes seiner Worte zigfach ausgedeutet, darf mir vielleicht auch sein nunmehriges Schweigen deuten, als Zustimmung womöglich für mein gewagtes Unterfangen, nun, zwanzig lange Jahre nach seinem Hinscheiden, da all unsere Gespräche doch in meinen alleinigen Besitz übergewechselt sind, die veröffentlichten ebenso wie die bislang unveröffentlichten, auch diese, die letzteren, der Öffentlichkeit zu übergeben.

Unsere gedruckten »Gespräche« damals, an denen die gebildete Welt ja so aufmerksam Anteil genommen – sie beruhten doch sämtlich auf einer recht einfachen Konvention. Ich bewunderte sein Genie, von Herzen; und er erklärte es mir, herzlich gern übrigens. Nur, man kann doch in allem Ernste nicht glauben, daß zwei erwachsene Wesen tatsächlich in so kindischer Art miteinander verhandelten, wie ich es lange Zeit das Publikum glauben machte, ja eine Zeitlang selber zu glauben schien. »Heute bei Goethe«. Ich sagte. Er sagte. Ich sagte. Unsinn! Unsinn! sage ich. Ein Wort gab das andere? Ach, ein Wort *nahm* das andere. Und es war doch so, daß – wo ich unbedacht, später aber durchaus mit Kalkül, von dem er freilich nichts ahnte, ein Wort fallen gelassen, einer Dame gleich, welche das Schnupftuch vor den Augen ihres Kavaliers fallen läßt... – er es wohlgefällig aufnahm, um alle daraus sich ergebenden Konsequenzen in Beziehung auf seine Person, respektive in bezug auf Gott und die Welt, gründlichst zu entwickeln. Bis alles festgemacht war. Das war fesselnd, gleichermaßen für uns beide. Nur war er danach, befriedigt auf und ab laufend, sehr viel freier als ich, der ich dann zumeist sehr reglos und wie vom Faden des Gespräches festumschlungen vor ihm auf dem Stuhle saß, dem oder jenem halbverstandenen Gedanken stille nachdenkend.
Ein Gefühl unsäglicher Leere ist mir erinnerlich, wenn ich abends zur Laternenanzündestunde, die Tür hinter mir ward bereits feste verschlossen, von ihm ging. Ebendiese Leere nun füllte ich nach und nach in kalter, nachteinsamer Stube, vielleicht nur um Gesellschaft zu haben, mit dem, was unter dem Titel »Eckermanns Gespräche mit Goethe« so merkwürdige Furore gemacht hat.
Nie indes hat ein Rezensent gefunden, daß diese offiziösen »Gespräche« zuvörderst das Werk eines begnadeten Theaterdichters waren, der es meisterlich verstanden, die zwei Protagonisten der Komödie, die sich in immergleichen Auf-

tritten (»Mittags bei Goethe«!) gefällt, in ein lebendiges Gespräch zu verwickeln, ja diese Gespräche auf dem Papier erst zu inszenieren.
Sprachen wir eigentlich jemals wirklich miteinander? Nun, entweder sprach er, und ich dachte sorgfältig darüber nach. Oder ich sprach. Was er dabei tat – ich weiß es nicht. In seinen Kopf konnte ich auch damals nicht gucken. Zudem verstand er sich vortrefflich darauf, auch in Momenten absoluten Stillstandes seiner Gehirnmaschine – er war ja Politiker – eine passabel nachdenkliche Miene zu machen.
»Mittags bei Goethe« – wie oft lese ich diesen Satz in den gedruckten »Gesprächen« und schlucke. Drei Worte nur, doch welch eine Lüge verbirgt sich dahinter. Als hätten sich all unsere Konversationen nur bei Tische zugetragen. Mitnichten.
Zudem habe ich in letzter Zeit die Beobachtung an mir machen müssen, wie die Lektüre der als Buch erschienenen »Gespräche« mich immer öfter in bitterer Einsamkeit zurückließ, und bin mir auf diese Weise so recht klar darüber geworden, daß die wirklichen Gespräche, sofern es solche gab, nicht dieser Art gewesen sein können, gebietet doch schon der bloße nackte Sinn des Wörtleins »Gespräch« zumindest eine gewisse Zweisamkeit. Oder war es vielleicht am Ende nur eine doppelte, zweifache Einsamkeit?
Immer, schon dies allein macht mir mein gedrucktes Dialogstück sehr zweifelhaft, spricht Goethe zu mir mit meiner Stimme. Er selbst steht stumm, kopfschüttelnd dahinter. Des Effekts wegen waren mein Stücke wohl von Zeit zu Zeit mit aufgeschnappten goetheschen Idiomen versehen, von welchen ich eigens dafür ein Register angelegt und mit Sammlerfleiß auch glücklich bis zum Punkte fünfhundertsieben vorgetrieben. Nur berühren mich diese oft sehr treffend gesetzten Wendungen desto schmerzhafter, da sie mir ja das Falsche des übrigen um so deutlicher, bizarrer vor Augen rücken.

So bin ich also noch immer auf der Suche nach ihm und stehe ihm heute, nachdem die Mehrzahl seiner Werke, bescheiden sei es erwähnt, meine Redakteurshand passiert hat, ferner denn je.
Wer war er denn? Er wirklich – nicht jener, den ich konstruiert, mir und besonders der übrigen Welt zum eitlen Wohlgefallen. Beifall und blöde Begeisterung letzterer, das merke ich jetzt, rührten doch einzig daher, daß man im Goethen der »Gespräche« treu und akkurat das eigene Vorurteil bestätigt fand. Das mußte ja auf Beifall treffen! Auf nichts treffen wir doch draußen in der Welt lieber als auf die eigene Borniertheit, die uns sofort, noch im fernsten Winkel, heimisches Gefühl verschafft. Halt! rufe ich. Alles Narretei, alles Schwindel! Gegen diesen meinen trotzigen Widerruf muß natürlich alle Welt zeugen, namentlich die, welche sich bereits ihr Bild von ihm gemacht hat. Aber was für ein Bild! So lastet denn auf mir die schwere Pflicht, dem Toten nochmals den Mund zu öffnen, seinen womöglich noch lebendigen Geist wieder, und diesmal getreulich, aus den vorliegenden, schon vergilbten Blättern, Billetts, Notizen herbeizuzitieren, aus all dem, was ich in diesem Paket noch vorfinde und bisher schamhaft der Öffentlichkeit vorenthalten habe. Um ein Licht ins Dunkel zu tragen, ins Dunkel seines Lebens-Werkes. Wobei diesmal eine Fälschung, die ich über lange Jahre selbstgefällig und in grober Unhöflichkeit tat, von vornherein vermieden ist: Ich stellte in jenen anderen, gedruckten »Gesprächen« mein eigenes Licht allzusehr unter den Scheffel, ohne doch zu bemerken, wie dies unbescheiden war gegen eine Welt, die, finster und elend, so sehr auch meines Lichtleins bedürfte. Da ich im folgenden nur die Urtexte geben werde, ohne etwas hinzuzustellen oder wegzustreichen, gehört auch dieses Falschbild der Vergangenheit an.
Das Sprunghafte, Abgerissene der nachfolgend mitgeteilten Stücke ist ein Übelstand, der vielleicht darin eine gewisse

Erklärung finden mag, daß dies – ausgenommen die gelegentlich dazwischenflatternden Briefe meiner damaligen Verlobten, der seligen Johanne Bertram – mehrenteils ja einzelne Blätter sind, welche ich buchstäblich aus meinen fortlaufenden Tagebüchern herausgerissen, einmal ihrer sehr persönlichen Inhalte wegen, die wohl kaum Platz gefunden hätten in meinem »Theaterstück« mit ihm, zum anderen aber, weil ein Teil davon Begebenheiten betrifft, im folgenden durchaus und mit Vorbedacht mehrdeutig der »große Coup« benannt, über die mir Goethe das peinlichste Stillschweigen auferlegte. Dies mehrfach und in ganz unzweideutigen Worten, so daß ich noch heute eine unbestimmte Scheu verspüre, all dieses offen auszubreiten. Daß ich es dennoch wage, ist einzig jener Wahrheit geschuldet, welche auch in der dahingegangenen Zeit meine Feder fieberhaft über die Blätter trieb.
Zwar bin ich mir bei vielen der nachfolgenden Stücke, sofern sie nicht zweifelsfrei datiert sind, sehr im unklaren über deren Ort in Raum und Zeit, doch widerstehe ich als wahrhafter Chronist jedwedem aberwitzigen Versuche einer nachträglichen Chronologie. Das Jahr, der Tag... Da nunmehr die Stunde der Wahrheit geschlagen hat, gelte einzig noch diese: die Wahrheit der Stunde.
Ich will hier nicht versäumen, den Leser vor der Lektüre dieser Schrift entschieden zu warnen! Nur wer Goethe so liebte wie ich, wird auch den Haß verstehen können, der mitunter aus den nachfolgenden Zeilen sprechen mag und doch nur die Rückseite der Medaille ist. Wie sagen die Perser: »Nimm den Dingen ihren Schatten, so nimmst du ihnen das Leben.« Da ich es mir nun zur Aufgabe gemacht habe, ihn noch einmal ins Leben zurückzurufen, darf es weder mir noch meinem Leser bange vor den Schatten der Vergangenheit sein.
Genug nun der Vorrede. Nur ein Wort, gemünzt auf die Neunmalweisen. Auf euch habe ich noch gewartet. Findet

euch ein und findet sie heraus, all die launigen Ungereimtheiten und Widersprüche. Es sind ihrer viele, ein Gewimmel. Wie? höre ich euch besserwissend fragen, Goethe den sechsten März zu Weimar? Wo er doch selbigen Datums laut Augenzeugenaussage (sic!) sich in Jena befunden ... Ach, der Zeuge war doch immer ich. Ich will ein Auge zudrücken ob eurer Besserwisserei. Was ich anstrebe, ist nicht Richtigkeit, sondern – schon war es gesagt, Vergeßliche! – Wahrheit. Eine, wie man mir zubilligen wird, nicht unbegründete Distinktion. Man zweifelt? Nun, ist es nicht so, daß derjenige beinahe mit Sicherheit die Wahrheit verfehlt, der das Richtige sagt, das meint: was allen recht oder richtig ist. Und heißt es nicht, andersherum, oft von dem, der da eine Wahrheit spricht, womöglich alleine, gegen eine schweigende Mauer verständiger Leute, eine winzige Wahrheit spricht, dieser sei nicht ganz *richtig* im Kopfe? Sei es drum.
Ich beeile mich nun, ehe die Tinte mir in der kratzenden Feder stockt, dieses Eingangskapitel zu schließen. Bevor ich aber meine Schreibfeder endgültig aufs Pult lege und es dem gutwilligen Leser überlasse, sich selbst aus dem Wenigen, Verstreuten meiner damaligen Notizen ein Bild jener auf immer verschwundenen Tage und Jahre zu machen, sei er vorsorglich bei der Hand genommen, um mit mir den Zeitstrahl zurückzulaufen, denn schon ein zaghaft flüchtiger Blick auf die ersten Manuskriptblätter belehrt mich über deren Lückenhaftigkeit – undatiert flattert mir Blatt Numero eins entgegen.
Wo hat es denn angefangen? Laufe ich auf der Suche nach einem Anhaltspunkt den Zeitstrahl zurück – siehe! schon steigen schwarze Blumen empor; Goethe fährt eben auf aus dem Sarkophag, wird über Nacht in sein Haus getragen, sitzt – das Jahr zweiunddreißig – wie schlafend in dem Lehnstuhl, sein verkrampftes Gesicht löst sich, er lächelt matt, öffnet die eben noch gebrochenen Augen, kaut ein Stück Hühner-

fleisch hervor, nimmt die Brocken zwischen Daumen- und Zeigefingerspitzen aus dem Mund und legt sie auf den Porzellanteller, schiebt den grünen Augenschirm herauf, spricht etwas Unverständliches, erhebt sich mühsam, doch wie von einem Sog gezogen, und tappt rückwärts ins Dunkel; immer weiter zurück, auch ich, das Jahr dreißig, schon achtundzwanzig; angelangt? – denke ich recht darüber nach, so muß es wohl, alles Ungefähre meines Regresses eingerechnet, das frühe Jahr fünfundzwanzig gewesen sein, in welches das erste der nun folgenden Blätter fällt.
Endestunterzeichnend, für die Wahrheit des Folgenden einstehend und – da dies meine höchstpersönlichen Blätter sind – nur mit persönlichem Signum zeichnend:
J.
Zu Weimar,
in Logis beim Kammermusikus Klemm,
Brauhauserstraße, parterre,
den 22. März des Jahres 1852,
zwanzig Jahre auf Goethes Tod

den 15. Februar (1825?)

Man findet Goethe jetzt kaum noch in Gesellschaft. Er hält sich in Auftritt und Urteil merkwürdig zurück. Beiläufige Lektüren, seltener schon mineralogische und botanische Studien, öfter aber ausgedehnte Spazierfahrten, manchen Tags, bei blauem Wetter, bis hinüber nach Jena, mindestens aber bis Taucha oder Grunstedt, okkupieren die besten Stunden seiner Tage. Ein pünktliches Bummelantentum, eine große, gründliche Leere füllen seine Tage randvoll und bis zur Erschöpfung. Tickende Stille. Die Uhren laufen und zählen all die überzähligen Stunden aus Staub und Vergessen. Staub, im Lichtstrahl der Sonne, von den trüben Scheiben des Gartenfensters gebrochen. Vergessen, das stumm auf den Tagen lastet, wie ein Vorwurf.

Ich selbst bewohne jetzt unweit des Theaterplatzes ein sehr bescheiden möbliertes Zimmer, dessen eines Fenster mir allmorgendlich einen glänzenden Ausblick auf den Hühnerhof meiner Wirtsleute bietet, ein Geviert, umgrenzt von Hauswand, Stallungen, Stroh- und Misthaufen – letzterer Quelle ständigen Übelruchs, der sich bisweilen schon meiner Kleider bemächtigte, weswegen diese Wohnung auch bald gewechselt werden muß –, dessen anderes Fenster aber auf eine kleine Gasse blickt, welche in verwinkeltem Fortgange, am Brunnenplatz vorbei, auf den Theaterplatz stößt.

Das dürftige Inventar meiner bescheidenen Klause entspricht vollständig dem bescheidenen Salär, das ich aus Lektionen beziehe, deren Abhaltung im Pensionat des Herrn Professor Melos mir durch meinen prekären Mangel an anderen Einnahmen aufgenötigt ist.

Kurzweilige Belehrungen dies für einige junge englische Herren vornehmen Standes, über Literatur und Philosophie der Deutschen im allgemeinen und, im besonderen, über einige Werke Goethens. So ist mir der jüngst erfolgte Pandora-Exkurs noch ganz frisch erinnerlich, ein über lange Wochen gehendes, meine Eleven immer blasser findendes Herausgreifen und Hin- und Herwenden von Sinnsprüchen aus der Sammelbüchse der trefflichen Pandora. Letzteres, die Beschäftigung mit Goethe, länger weilend, bisweilen wohl auch langweilig – ein Umstand, der mein Herz so recht erfreute, durfte er doch als Wink angesehen werden, daß womöglich ich allein im Besitze des Geheimnisses bin, von seinen Werken Interesse und Bildung abzuziehen. Es bringen mich also diese stillen missionarischen Stunden, da ich sein Werk – ebenso pflichtschuldig wie gern – auf die Eilande und in die Wüsteneien fremder Herzen tragen darf, ihm, G., um vieles näher als manches seiner, mir beiläufig zugedachten, en passant verlorenen Worte der Billigung. Mit ihm unverstanden zu sein, das zählt und bringt mich ihm näher, denn dieses sein Schicksal, unverstanden zu sein im Besten, sollte es nicht der getreue Spiegel auch meines Schicksals sein?

Mein Verhältnis zu ihm ist derzeit von der ausgesuchtesten Freundlichkeit, ja Delikatesse. Nach der, ach, so beglückenden Zeit erster Bekanntschaft, zaghafter Schritte aufeinander zu, stehen wir uns nun recht gut, auf ›gutem Fuß‹, wie man sagt. Doch ist bei diesem Stand der Dinge eben auch ein gewisser Stillstand in unserer Beziehung eingetreten, der mich ein wenig betrübt. Man muß sich nur vergegenwärtigen, es ist dies Jetzt nach einer Zeit wahrhaft wertherscher Gefühle, ja: Sturm und Drang, denn stürmisch und nicht selten auch drängelnd hatte ich seine Gegenwart gesucht. Allein schon die vage Aussicht, ihn anderntags eventuell sehen zu können, hatte mich damals noch, wenn schon nicht um den Verstand, so doch gewiß um zahlreiche Stunden meines Nachtschlafes gebracht, was auf Dauer wohl ebenso den Verstand reduzieren kann. Nachtstunden, welche rasch davonflogen, in stummer, nicht enden wollender, peinlicher Selbstprüfung, sorgfältigen Wortezurechtlegens, desperater Suche nach gewissen, merkwürdigen Jahresdaten, um diese im Zweifelsfalle sogleich parat zu haben, kurz: aufwendigster Präparationen für die, immer zu kurzen, Begegnungen mit ihm.

Dies alles ist und ist auch schon wieder Vergangenheit. Es hat sich mittlerweile bei aller Freundlichkeit ein Gleichmaß an Aktion und Reaktion, Wort und Widerwort zwischen uns hergestellt – ein, wie er es nennt, ›wohlabgezirkeltes Verhältnis‹. Nun gewiß, eine so verletzliche Natur wie die seinige bedarf ganz unbedingt, ja unbarmherzig derart geordneter Verhältnisse, da schon die geringste Abweichung davon enervierende Wirkungen zeitigen kann, für ihn und auch für

die anderen, die mit ihm unter dem Dache des geduldig errichteten Spielkartenhauses leben.
In Ansehung meiner Person freilich, der ich meine trüben Stimmungen und unklaren Gefühle nie gänzlich aufzuklären vermag und so auch niemals klug abzuschätzen weiß, ob etwas gut oder etwas schlecht für mich sei, für mich ist diese Zurückhaltung seiner innersten Person schmerzlich. Ich spüre – die Stadt ist erobert, aber einige ihrer Türen bleiben mir hartnäckig verschlossen, namentlich jene winzige Türe, welche am Ende aller Gänge in seine Herzkammer führen muß.
So ist also sein augenscheinlicher Mangel an Schmerz, dessentwillen er so freundliche Verschlossenheit gegen alle Welt übt, zu gleichen Teilen mit meinem Mangel an Glücke, der ich vergeblich gegen die verschlossene Tür anrenne, aufgewogen.
Ich bemerke ergänzend, denn diese Mitteilung gehört unbedingt hierher, daß mein eigenes Dichterhandwerk, eine Passion, in welcher ich einst so eifrig und nicht ohne bescheidenen Erfolg begonnen, derzeit daniederliegt. Das Feuer jugendlicher Begeisterung scheint einer stillen, ingrimmigen Glut gewichen zu sein. Die Stille nimmt überhand und lähmt mir bald Zunge, bald Herz. Eine Glut, die allzutief in uns brennt und nicht nach außen zu dringen imstande ist, zerfrißt uns nur und vermag nicht zu wärmen, weder uns noch andere.

Dienstag, der wievielte

Diese ungeheure Mattigkeit in letzter Zeit…
Bisweilen will ich die Lungen mit Luft vollpumpen, sehnsüchtig tiefe Atemzüge, den Mund versiegeln und mich erheben. Im linden Morgenlüftchen auffahren, auf meinen Lun-

genflügeln dahinschweben. In Höhe der Wipfel etwa oder der Dächer, dies mindestens. Treiben wie solch ein Montgolfierballon, die leider, sehr zu meinem Leidwesen, angesichtig des allgemeinen Daniederliegens der Dinge aber durchaus plausibel, ziemlich aus der Mode gekommen sind, am Horizont entschwunden...

Leb wohl, kleines Weimar! Sachsen, ade! Deutschland, o weh... Einmal noch, ein einziges Mal dieses schwebende Gefühl der Unentschiedenheit und noch nicht wissen, wohin es uns treibt.

Just auf den heutigen Tag, rundet sich das zweite Jahr meines Hierseins, hier im zipfeligen Zentrum Deutschlands, und ich spüre, wie alles an hunderterlei Fäden mich umgarnt, verwickelt, um mich endlich nach unten zu ziehen, unendlich sanft übrigens, in Konditionen, in Verhältnisse, in den Zuschnitt eben. Und auch die Schulterblätter sinken trostlos herab in diesem Frühling, diesem Herbst meines Mutes. Soll denn immerdar nackter Februar sein? Wer immer strebend sich bemüht, dem ist nicht mehr zu helfen. Wahrlich, der ist verloren, hoffnungslos, an sein Alltagsgeschäft. Kein guter Geist – denn solcher ist längst aufgegeben – kann jenen noch erlösen. Im Falle er, wahnsinnig, noch wähnt, er triebe seine Dinge vorwärts, der sieht schon nicht mehr, wie die Dinge *ihn* treiben. Gnadenlos und immer zu Grunde. Und gründlich. Daß da ja keiner widersetzlich ausschere. Was liegt denn an uns? Und wem denn?

»Nun, lieber Freund, Sie kommen ja reichlich spät. Wie kommt es denn? Ich habe, glauben Sie's oder nicht, schon seit früh achte den guten Stadelmann auf Posten gestellt, an die vorderen Fenster, ob Aussichten sind, Sie baldigst hier zu haben.

›Keine Aussicht!‹ ruft er. – Jetzt, Schlag neun, kommen Sie, und, offen, ich bin herzlich froh darüber. Mir schwant, als sollte es heute was Rechtes werden mit uns.«

Blick aus dem Fenster. Tatsächlich, der Nebelschleier noch kaum gelüftet. Im Garten der Bergahorn, halbverhüllt, ohne jedwede Regung steht er, wie noch im Schlafe.
Graues Fensterinventar. Daseinsfrösteln, draußen wie drinnen.
Dieses gramen, griesen Wetters bedarf Goethe oftmalen geradezu, denn es liefert ihm Gründe – gute, barometrische! – für seinen sonst unergründlichen Griesgram. Und ist ein Grund gefunden, fingertippend – aha! – gegens Barometer, zwei dieser Meßwerke allein im Schlafgemach, hat alle grüblerische Suche, die sein Herz beschäftigt, ein Ende. Er ist besänftigt. Das Rätsel seines momentanen Seelentiefs ist aufgelöst wie ein Morgendunst, eine Spinnenwebe. Hinfort! Nichts trübe unsern Blick, Betrüblichkeiten gibt es auch ohne uns genug.
»An die Arbeit, mein lieber Eckermann, die Tagesgeschäfte rufen...«
Ruft er. Ich spitze die Ohren und nebenbei die Federn.
»Wir wollen heute, dachte ich mir, ein wenig Mineralienkunde treiben. Ich gestehe, ich habe dieses wichtige Fach subalterner Dinge wegen allzuoft vernachlässigen müssen. Und das ist nicht gut. Nun, schließlich und nicht zuletzt sollen ja auch Sie hierein einen gewissen Einblick erlangen, der Sie instand setzt... Sie wissen, ich habe einige Pläne mit Ihnen, soll doch am Ende was aus Ihnen werden, und mehr als bloß ein mäßiger Skribent für englische Tee- und Damenblätter.
Es ist übrigens, ich habe es noch und nochmals bedacht, gut gewesen, daß Sie, meinem Ratschlag folgend, solchen überseeischen Anmutungen aufs entschiedenste entsagt haben. Sie sollen sich nicht verzetteln. Hätte mir das nur beizeiten ein guter Geist geflüstert... ich stünde heute anders vor Ihnen.
Fürs erste also die Bücher. Als da wären: der Große Kniggel-

heim, wo die Lederhülle eingerissen, reichen Sie ihn doch gütigst herunter. Dann freilich die Atlanten. Mein eigener Manuskripte- und Zettelkasten bilde den Beschluß.«

Flott gingen wir zu Werke und gingen eins der Werke nach dem anderen durch, wobei er mir besonders auffällige Blätter, zum näheren Verweilen einladend, unterschob, diese verschiedentlich mit Bemerkungen versah, insonderheit seine italienische Inspektionsreise memorierend.

Mein Kopf nickte jeweils, freilich noch ohne rechtes Verständnis, wohin denn nun mit all den Basalten, Porphyren, Malachiten, die Blatt um Blatt in bunter Vielfalt, einer Lawine gleich, auf mich niederfielen.

Schon legte ich mir, während er, soeben mit frischem Mut den Brenner überwunden, nach Trient blickt (»Steine! Steine!«), eine Deutung zurecht, in der Art, ob nicht im Studium der Steine ein besonderer Schlüssel zum menschlichen Dasein stecke, wie etwa, was einst brodelnd im Lavafeuer gekocht, unterm Druck der Weltlast allmählich versteinert, Kindheit, Jugend, Mannesalter et cetera, als er, mir fiel ein Stein vom Herzen, das letzte Buch abschloß, mich darauf fest ins Auge fassend.

»Wissen Sie, mein lieber Eckermann, ich habe aus diesen Dingen einigen Nutzen ziehen können für mein poetisches Geschäft.«

Hierbei trat er ans Fenster und blickte, mir den Rücken zugewandt, hinaus in den Garten, der allmählich sein Nebelkleid abgestreift und Silhouette gewonnen hatte.

Nach kurzer Weile wandte er sich um.

»Ein Exempel? – Nun, Bester, denken Sie doch nur einmal an mein Gedichtlein ›Gefunden‹... Sie kennen es wahrscheinlich besser als ich. Aber ahnen Sie auch, welchen Gewinn dieses von der treuen mineralogischen Kenntnis seines Schöpfers bezogen?«

War dieses eine Probe? ›Ich ging im Walde...‹ so für mich,

hin und her, ging ich den Text im Geiste durch, ohne irgendwo auf einen Stein zu stoßen, ja: nirgendwo ein versteckter Wink auf einen solchen (Moosbank etwa).
Tiefe Beklommenheit.
Nach nochmaligem, eiligem Durchgehen aller Strophen glaubte ich, einlenken wagen zu müssen, daß er in jener Schrift, die ich übrigens schon frühe als grandios erkannt!, einzig was die Steine betrifft, im Unterschied zu den Blümlein etwa, doch recht stiefväterlich mit der Natur umgegangen sei.
»Eben das Gegenteil, lieber Eckermann, wie immer, das Gegenteil ist der Fall. Sie, die Steine, ja die Natur in Gänze, nicht eigentlich zu beschreiben, nicht beschreiben zu können, erst dies ist ihr wahres, ihr eigentliches Abbild und weist den Kenner aus. Denn sie ist unbeschreiblich. Das mindestens werden Sie zugeben müssen. Wollte ich nun kindische Anstalten machen, das Unabänderliche zu ändern? Nein, das ist der Lapis philosophorum: Ich mußte spruchlos verharren. Wie ich es denn auch tat. Und schwer genug! Denken Sie nur, das *Ich* dieser Verslein geht nicht irgendwie, irgendwo durch die Welt schwadronieren, nein: durch einen Wald. Es ist dies, entsinne ich mich recht, im Sommer achtzehndreizehn geschrieben, auf einer Fahrt ins schöne Ilmenau. Was es da nicht alles zu suchen, zu finden, zu sagen gäbe... Man mußte ja förmlich über all die Steine stolpern. Allein die wahre Schönheit läßt uns sprachlos stehen.«
Nun geschah es, daß – während er diesen Satz geendigt hatte – er vor mir stehenblieb und mich mit großen Blicken maß: sprachlos! Mir klopfte das Herz...
»Jedes Wort ist schon immer ein Zuviel. –
Darum sage ich auch unsern jungen Herrn Autores, die selbst auf dem Nachtgeschirr noch Weltbewegendes von sich geben müssen: Mehr wegstreichen denn aufschreiben. Das möchte am Ende was Rechtes geben, wo alle ihre Freude daran haben werden.«

Er wandte sich um zum Schreibpult und reichte mir, mit einer Geste mich zum Lesen aufmunternd, ein Schreiben, abgefaßt in galanten, weiten Schriftzügen.
»Nun meldet sich aber der Cotta, lieb auf seine Weise, ja. Aber auch ein Halsabschneider wie alle von seinem Fache. Ich habe ihm nun, womit endlich ein Verlag gefunden wäre, die Letzte-Hand-Ausgabe für 100 000 Taler vermacht. Wie finden Sie das?«
Ich fühlte seine nachforschenden Blicke auf mich gerichtet, in denen ich neben der Aufmerksamkeit auch einige Funken der Sorge, ja Bedrückung glimmen wähnte.
»Nur ist es damit beileibe nicht getan. Etliche Zurüstungen zum Ganzen sind freilich noch vonnöten. Der *Faust* strebt nach Vollendung und liegt danieder, unvollendet...
Sie haben mich neulich, was die Fortsetzung betrifft, in rechte Verlegenheit gesetzt, und ich verhehle nicht, Sie hatten recht damit. Es steht noch ein Finale aus, und ich gestehe, mir wird es saurer von Tag zu Tag. Ich rechne dieses übrigens unter die Merkwürdigkeiten des Alterns. Wer in zig Erdenjahren alles gesehen und das Gegenteil von allem, der kann am Ende nichts mehr sagen. Der steht nur noch und staunt. Wie es unserm Wanderburschen ergangen...«
Er hatte seine Wanderung durchs Studierzimmer unterbrochen und stand, ein wenig vornübergebeugt, nun ganz dicht bei mir am Fenster.
»Eine gewisse Art alter Männer, wenn sie – wie einem innern motorischen Triebe gehorchend – die Köpfe unablässig hin- und herwiegen, leise summend womöglich, leite ich aus der nämlichen Quelle ab. Wo vormals jeder Schritt fortlaufend! uns neue terra entdeckte, führt nun im Alter jedes neue, zage Schrittchen nur meilenweit zurück, in ein Erinnern an längst gewesene Zeiten, die herüberscheinen zu uns gleich unendlich fernen Gestirnen und uns Heimweh machen und Schaudern...

Es ist zuwenig Zeit. Freilich« (hier lachte er bitter) »die ganze Koterie hier verpaßt ja auch keine Gelegenheit, uns die Misere alljährlich vorzurechnen. Ein Jubiläum steht ins Haus, mein« (diese Zahl flüsterte er wie eine schlimme Offenbarung) »fünfzigstes Amtsjahr hier. Haben Sie einen Begriff davon? Nein, natürlich nicht. Ach, diese leidigen Jubelfeste, zu denen ich so wenig wahre Neigung in mir spüren kann, da doch im Grunde kein Grund zum Jubel ist. All diese Pflichtenzerteilungen, das ganze Theaterspektakel die ganzen Jahre... Projekte, Projekte... nach allen Seiten, Gärten angelegt, alles wächst und grünt so vor sich hin. – So etwa müssen die Götter gefühlt haben, nachdem sie die Welt gestiftet, diese aber sich bald ihr eigenes Liedlein pfiff. Und auf die Götter pfiff hernach. Der Schöpfer steht am Rande seiner Schöpfung als überflüssige Reliquie, als Randfigur. Ach, wie kommt das nur alles, wo geht das hin mit uns?«
Er nahm kopfschüttelnd meinen Arm, und wir gingen durch das Treppenhaus hinüber ins Kleine Eßzimmer, wo wir schweigend ein frugales Mahl (ein Bohnengericht, fettig) nahmen, dazu eine Bouteille leichten Moselweins.
G. vereinbarte mit mir die Termine der nächsten Woche, war dann übrigens sehr heiter aufgelegt.
Beim Abschied hielt er meine Hand einen Moment länger als notwendig.

Donnerstag, des Abends, spät

Aus dem *Tell* kommend. –
Das Nationale. Insbesondere die vornehme Rolle des Theaters bei der Befestigung desselben. Schlimm-störende Eintrübungen klassischen Blankverses durch sächsische Mundart mancher Akteure. »Mundunarten«, wie G. es nannte. Fehlerhaftigkeiten der Szenenbeleuchtung. Die schweizeri-

schen Alpen ganz anders erinnerlich. Das Grausame mancher großen Gedanken. Das Fortreißende. Die unheimliche Steigerung des dramatischen Effekts durch – hintergründiges – Kuhglockengeläut.

Dann aber:

»Er war immer so schnell fertig mit allem, unser junger Freund.«

Wenn G. dies auch mit kritischem Blick auf einige der vorgenannten Ungereimtheiten gesagt hatte, besonders auch auf solche, die er im Auftritt des Landvogts gefunden, so schwang doch heute in seiner Stimme – anders als bei anderen Malen – mehr der Ton hoher Bewunderung als der herablassender Kritik.

»Selbst in seinem Leben ging es ihm so.«

Hier hakte er mich unter.

»Vollendung war ihm vergönnt, in allem.

Als er im Zenit stand, ganz oben, und uns alle erleuchtete, da... Als bliebe er gleich oben, in den höheren Sphären der Engel und himmlischen Posaunen. Stahl er sich fort zu seinen griechischen Göttern.

Wir aber – die Irdischen... Aus Staub sind wir, und zu Staub sollen wir werden. Sind nun tapfer den Erdenzirkel abgeschritten; und stehen wir also am Ende, lieber Eckermann, so ist es doch gleich – das Zirkuläre vorausgesetzt –, als stünden wir am Anfange.

Narr, wen da nicht Verzweiflung packte.

Sind wir einer Meinung? Ich denke doch.«

So schritten wir hin, einer (seiner) Meinung.

»Wie war's denn achtzehnfünf? Ich hatte mich aufs Sterbebett gelegt und es trotz aller Qualen, die ich mit mir ausgestanden, nicht fertiggebracht... Schiller aber, vom Schreibstuhle weg, möchte ich beinah sagen, zog es ihn hinfort. Und Punkt.«

Beim Letzten hatte er sich von mir losgemacht, um mit seinem vorgestreckten Arm einen Halbbogen zu beschreiben, wobei er, am Kulminationspunkte angelangt, die zu lockerer Faust geballte Rechte kraftlos sinken ließ. Seufzend.

»Unser guter Schiller. – Dabei, glauben Sie mir, Eckermann, habe ich meinen Lebtag nicht herausfinden können, ob er mich wirklich gemocht hat. Verehrt – ja. Aber auch hier, wie halt überall, ein Dunkel. *Alles an uns Fürsten ist Meinung*, schreibt Schiller; das können Sie nachlesen in einem von diesen kriminalistischen Fortsetzungsromanen, an die sich der Gute ja wahrlich verschwendet hat. Wie aber nannte er mich allenthalben – den Dichter-*Fürsten* ... Da brauchte man mich nicht darauf zu stoßen, da wußte ich schon, wie er es meinte. Oder?

Er kam immer von draußen. Im dunklen Cape. Mit einem Luftzug von Nacht und Größe. Und Sternenaugen. Jaja, das ist poetisch, trifft aber. – Und immer ein großes Stück unter den schwarzen Flügeln.

Ich brauchte ihm nur was hinzuwerfen, schon war der *Tell* fertig. Schief im einzelnen, gewiß, doch fügte es sich unglaublich zusammen und, siehe, es ward rund. –

Schiller, das war ein philosophischer Kopf – kennen Sie seine Maske? –, der sah hinter die Dinge, und oft genug auch darüber hinweg. Bei mir war es andersherum. Ich sah mir immer die Dinge erst einmal an, am besten mit dem Sehglas. In jedes Detail verloren. Die Sucht, noch in jedem Satze alles sagen zu wollen, da ging es bei mir freilich immer stockend und wurde nur allzuselten ein großes Ganzes. Ich habe nie Stücke geschrieben, nur allemale Sammelsurien, wo man zwar dies und jenes herausgreifen konnte. Gewiß, im einzelnen schöne, dunkle Stellen... Weswegen die Schwachköpfe mich auch für tiefer hielten und halten als Schiller. Und sehen nicht, daß man im Dunkel des Gedankenflusses die seichten Stellen nur nicht so schnell wahrnimmt, die Schwachköpfe, die.«

Kleine Pause stillen Nebeneinanderherschreitens.

»Und, sehen Sie, da bin ich nun durch die Welt gefahren und habe, ob es auf Sizilien war oder in Böhmen, nur immer mich gesehen und wiedergefunden. In der Tat, das ist auch etwas. Er aber ist durch Deutschland gefahren, inkognito meist, flüchtig immer und in Nebel und Nacht, und sah doch die ganze große Welt. Wie kommt das?

Manchesmal hatte er etwas im Blick – da wohnte er übrigens schon lange hier –, das mich irritierte, auch ängstigte. Als blicke er noch immer von draußen auf uns. Ich erkläre mir das eben so, seine Heimat war die Welt; Jena, Weimar – das waren nur seine gegenwärtigen Anschriften. Und selbst dort oben –«

Hier wies er mit dem Zeigefinger nachthimmelwärts, wobei sich sein müder Blick aufhellte.

»Selbst dort, wird es ihm wohl kaum anders ergehen. – Nun, Eckermann, es ist spät, zu spät. Wir wollen unsern Abschied nehmen für heute.«

Mit den letzten Worten hatten wir auch richtig das Haus am Frauenplan erreicht, wo er, der sichtlich mit seinen Gedanken an Schiller noch nicht zu Rande war, mich freundlich, aber, in Rücksicht auf die weit fortgeschrittene Stunde, kurz verabschiedete.

März 1825

Die Cottasche Ankündigung hat ihre Wirkung auf Goethen nicht verfehlt.

Zwar ist der Plan einer »Ausgabe letzter Hand« ihm, der stets noch Striche zu machen pflegt, dort ein Stück fortnimmt, hier einen Punkt dazusetzt, kurz: ständig Hand an sein Werk legt, in höchstem Grade fremd, andererseits mehren sich die Zeichen des Alterns – der fatale Zusammenbruch seiner Physis am 12. Dezember, als wir ihn schon beinahe

aufgegeben –, so daß das Cottasche Ansinnen nicht auf die lange Bank zu schieben ist.
Ich finde ihn dieser Tage oft zerstreut und ohne eigentliche Arbeit. So oft ich mich ihm nähere, ist seine Beschäftigung ein ratloses Herumblättern, bald hier einen alten Brief aufnehmend und mit hochgezogenen Brauen überfliegend, bald dort durch ein neuerstandenes Farbglas schauend. Durch welche Gläser er aber auch schaut – die Welt sieht seinen bekümmerten Blick. Und wie sieht er die Welt?

Sonntag, März 25

»Die Welt, nicht wahr, mein lieber Eckermann, bleibt doch immer dieselbe?« begrüßte er mich heute abend, als ich zur festgesetzten Stunde in seine Stube trat.
Immer dasselbe, dachte ich und setzte mich auf meinen Stuhl. Er faltete die Abendzeitung zusammen, munterte mich zum Essen auf und belehrte mich, der mir der Mund gestopft war, kopfschüttelnd: »Da lese ich also...«
Es ist mir entfallen, was eigentlich er gelesen hatte. Wohl hatte ich heute auch kein Ohr mehr dafür, denn seit Wochen schon höre ich, seit Wochen! bei jeder Gelegenheit, ihn diesen nämlichen Satz orakeln.
War es die jüngst im Januar in die eisfreie Ilm abgegangene Amalie B., ein Fall, der das Stadtgespräch beherrschte, zumal die unter Mühen herausgefischte Wasserleiche ganz augenscheinlich ein Kind unterm kalten Herzen getragen – so war ihm in jenen Tagen auch gleich der Fall der armen Christel Laßberg eingefallen, der – ein halbes Jahrhundert zurück – so ganz ähnlich sich zugetragen und mit demselben tödlichen Aufspritzer des Eiswassers ebenfalls in der Ilm ein Ende fand.
»Es ist doch immer dasselbe, bester Eckermann, nicht wahr, immer dasselbe.«

Nur hatte die unglückliche Laßberg, laut Inspektionsbericht, ein durchnäßtes Exemplar des *Werther* in der Rocktasche. Als G. mir den Hergang auch dieses tödlichen Falles noch einmal schilderte, haargenau, haarsträubend genau, vermeinte ich Tränen in seinen Augen zu sehen.
Der Rührung? Der Trauer?
Jedenfalls stiftete er damals, 1778, sehr rührig als Andenken an die traurige Laßberg den Ilmpark und legte selbst, wie man erzählt, gemeinsam mit Jentschen, dem alten Gärtner, Hand an. Und heute?
Einen *Werther*, der die Leute ins Wasser gehen ließe, hat er doch nimmermehr geschrieben. Neuerdings gehen die Leute ins Theater. Macht das etwa keinen Unterschied in seinen Augen?
Vielleicht scheint ihm nur deshalb die Welt so wüst und leer, weil er kaum noch prickelnde Anlässe bietet, welche ihn zu Parkstiftungen und dergleichen inspirieren könnten?
Oder nehmen wir nur einmal den gestrigen Tag, als ich, seinem Wunsche folgend, einen meiner Eleven, den hochaufgeschossenen rothaarigen Mister Doolan, zur Teestunde bei ihm einführte. Anfänglich – Schweigen beider Seiten. Und dazwischen, in beklemmter Lage, sitze natürlich ich. Ein Schweigen, abwartend von der einen Seite, zag auf der anderen, welches nur durch unausgesetztes Teenippen, fortwährend vorgeschützte Beschäftigung also, notdürftig zu drapieren war.
Allgemeine Peinlichkeit. (›O, sorry! Sorry!‹)
Verbrannte Münder.
Bis auf G., der den Mund sich nicht verbrannte und über dessen (unmenschliche?) Fähigkeit noch zu referieren sein wird: wenn er einer Sache kein Interesse abgewinnen kann, einfach stille dazusitzen, ohne Zwang, Tee zu trinken, abzuwarten, ›ob sich am Ende vielleicht nicht doch noch etwas zeigen werde…‹

Endlich, als sich G.s verdunkelnde Blicke immer häufiger zum Fenster wandten und den drohenden Umschwung des Schweigens in ein Wettergespräch befürchten ließen

– »Ihre Inseln, Herr Doolan, schicken uns ja heute wieder schlimmstes Nebelküchenwetter!« –,

nahm ich das Wort und brachte es, um endlich eine Brücke zu schlagen, auf den jüngst verstorbenen Lord Byron. (Ein Segen, daß ab und an Leute sterben ...) Und siehe!

Sofort fand G. wieder zu sich und, nach einigen zielvollen Umwegen, auch wieder zu seiner stehenden Maxime.

»O, Byron, trefflich, trefflich!«

Worauf Doolan, der den Namen Byrons zu meinem Erstaunen noch aus der frankfurtisch-thüringischen Diktion, die dieser in Goethes Mund annahm, heraushörte, eifrig und freudig nickte.

»Aber finden Sie nicht auch, Mister Doolan, daß Byrons Devil=Teufel in seinen verwegenen Maximen ganz ein Ebenbild unseres Herrn Mephisto darstellt?

Ja, geschrieben sehr viel später, kommt doch alles aufs gleiche hinaus. – Ich sage das übrigens ohne jeden Vorwurf gegen Byron, den ich sehr schätze. Es ist dies vielmehr ein Vorzug, ich möchte sagen: ein Zeichen der Güte, zeigt es uns doch, daß der gute Byron nicht um jeden Preis Originalität heischte. Und es wäre ihm gerade in diesem Metier wahrlich ein leichtes gewesen, dies zu tun, denken Sie nur an seinen mißwachsenen Fuß! – Die Originale sind ein für alle Male geschaffen, und wer das Pech hat, danach zu kommen, hat eben das Glück, ein guter Kopist werden zu können. Jeder wahre Künstler ist auch ein Epigone, da er doch der Natur der Dinge peinlich und treu folgen muß, nicht wahr ... Im Grunde gibt es also nur einen Künstler, und wir sind alle ein Stück von ihm.«

Höchstzufrieden mit dieser Wendung, lehnte er sich für einen Moment zurück. Dann aber:

»Neinnein, er hat es gar nicht anders machen können, denn

bedenken wir es recht, so müssen doch auch die Teufel dieselben bleiben, bleibt doch die Welt in Gänze auch alle Male dieselbe...« Et cetera!
Schon allein die Art und Weise, wie er diesen seinen Hauptsatz in immer raffinierterer Manier aus den disparatesten Lebens- und Weltlagen herausextrahiert, läßt mich zu dem Schlusse kommen, daß nicht die Welt, sondern vielmehr: er selbst, immer derselbe bleibe.
Dieses bittere Lächeln, dieses wissende Zucken der Mundwinkel, wofern jemand in der Runde ›Neuigkeiten‹ – für die er, G., nota bene, immer sehr offen ist – zum Besten gibt.
Sein Interesse an Neuigkeiten ist groß, gewiß. Er ist geradezu darauf versessen, welche zu erfahren. Es gilt ja, diese Herausforderung anzunehmen und zu zeigen, daß es im Lichte trüber Erfahrung besehen so neu ja gar nicht sei.
Zur neunten Stunde des Abends, da wir uns am Brunnenplatz verabschiedeten, gab mir Mr. Doolan, mit dem Kopfe zum inzwischen dunklen Hause am Frauenplan hinüberweisend, einen Byronspruch mit auf den Weg: ›*The Devil speaks truth much oftener than he's deemed...*‹
Ich ahnte das Bedeutungsvolle dieses Satzes (deem = glauben, denken, meinen) und nehme ein Schlafpulver zur Nacht.

Dienstag, spät

Im Treppenhaus, vor einer knappen Stunde, auf dem Wege in meine Wohnung, hatte ich eine Situation mit Luise, der Wirtin...
Ich kam, es mag gegen zehn Uhr abends gewesen sein, aus dem Theater, *Weltton und Herzensgüte,* Zieglers Familiengemälde in vier Akten, ich ging, höchst unbefriedigt, nach dem dritten Akt.
Luise stieg die gewundene Treppe hinab, von oben mir ent-

gegen, in der Hand ein fast heruntergebranntes Stearinlicht. Kühle und der Geruch des nächtlichen Hauses. Mondlose Nacht. Sie ging in einen Woll-Schal geschlungen. Das Rascheln ihrer Röcke. In mir war das Tier erwacht...

Ein stummes Ineinanderstürzen. Küsse – oder waren es Bisse? Sie gab ohne Zögern nach, stellte das Licht auf dem hölzernen Fenstersockel ab, wo ich es im Windzug flackern und verlöschen sah. Unter der Flut stets neuer und heftigerer Küsse klammerten wir uns aneinander wie rettungslos Ertrinkende...

Ein Geräusch parterre ließ uns herzklopfend einhalten. Sie nahm eilends das kalte Licht auf und verschwand ungesehen und wortlos. Ich stand schweratmend.

Gekommen war ihr Mann, der den Abend allem Anschein nach im *Schwarzen Bären* zugebracht hatte und sich nun mühte, das eiserne Schloß der Türe wieder zu verschließen. Ich wagte nicht, die knarrende Treppe nach oben zu steigen. So trat ich denn vollends zu ihm hinab. Seinem schweren warmen Körper, dem halboffenen Munde und der verrutschten Kleidung entströmte ein Geruch billiger Wirtschaft, süßlicher Fusel, Fettdünste. Sein benommener Kopf nahm mein plötzliches Auftauchen aus dem Dunkel nur undeutlich wahr; fragenden Anstoß nahm er natürlich nicht daran, dazu war er zu müde. So ließ er sich auch bereitwillig helfen, den Schlüssel ins Schloß zu führen, und legte, halb dankbar, halb sich stützend, seine schwere Hand auf meine Schulter, die ich ihm aber vorsichtig entzog.

Er nahm mich dann noch in ein umständlich lallendes Gespräch, von dem ich kaum noch etwas erinnere, nur meinen ständigen Versuch, es abzubrechen, wozu ich dann doch nicht das Herz hatte, da er, nach kurzen Pausen, stets von neuem anhub und sich gar, unerwartet einen feuchten Kuß auf meine entsetzte Wange drückend, mit mir verbrüderte. So ließ ich ihn denn reden.

Ich drückte ihm schließlich zum Abschied herzlich die Hand und teile, wenig brüderlich, ein Geheimnis mit ihm, wovon er die geringste Ahnung hat. Mit wiegenden Schritten brachte er seinen schwerfälligen Leib davon, und ich meinte Gottes Gegenwart im zugigen Treppenhaus zu spüren – indem ich nämlich mehrmals den Trunkenen schon auf den steingefliesten Boden stürzen sah, er aber, wie durch fremde Hilfe, im letzten Moment stets noch den leibesfülligen Körper auszubalancieren wußte und schließlich verschwand.
Bleich ging ich auf mein Zimmer, sofort, nach kurzer Besinnung am Schreibtisch, zu Bett. O du...

Freitag

»Vorige Woche also, nicht wahr, beklagten wir den Zustand der Welt. Nun, wir hielten fest: Sie bleibt sich gleich. Aber wir?«
Diese forsche Frage auf den Lippen, gleich mit der Tür ins Haus, begrüßte er mich heute zum abendlichen Tête-à-Tête. »Wie kann denn«, so fuhr er fort, »die Welt eine andere, bessere werden, da wir Menschen, naturgesetzlich möchte ich sagen, nicht andere, bessere werden können?«
Ich horchte auf.
Verfügt er tatsächlich, zu allem Überfluß, auch noch über die Fähigkeit, fremde Gedanken zu lesen? War doch letzte Frage haargenau das Resümee, welches ich stille für mich aus jenem Gespräch vom vergangenen Sonntag gezogen.
Ich rückte vorsichtshalber mein Weinglas, nachdem ich einen Schluck genommen, wie spielerisch ein gehöriges Stück von dem seinigen ab.
»Ich habe also, mein aufmerksamer Eckermann, einige Nachdenkungen diesbezüglich angestellt und will Ihnen

natürlich die wichtigsten Theoreme derselben nicht vorenthalten.

Es ist – und damit fängt es an – in allem menschlichen Beginnen schon der Samen gelegt für das Ende. All das Bemühen, sich wider der Welt Fährnis zu wappnen, sich unempfindlich zu machen gegen die hundert Stiche und hundertmal hundert Sticheleien, dies alles macht zwar auf Dauer die Mauern, die uns umgeben, sicher, doch auch undurchdringlich. So baut ein Jeder mit Fleiß und Geschick, mit und ohne Wissen, an seinem eigenen Gefängnis, gefügt aus ehernen Vorstellungen und festen Begriffen, an denen sich der Andere, wofern er den Arrestanten zu befreien sucht, den Kopf einrennt.

Das macht, daß gerade auch feinnervige Naturen, die sich auf diese Weise vor der Welt in Schutz zu bringen suchen, unmerklich versteinern und sich allmählich ein kaltsinniges Wesen erwerben, das Paradoxon der Fühllosigkeit empfindsamer Menschen...

Alle Erfahrungen, die einer sammelt und wie Steine um sich aufschichtet, machen ihn nur von Mal zu Mal dümmer. Und werfen ihn immer grausamer und härter auf die eigene Beschränkung zurück. Wo er *einmal* bereits etwas erfahren hat, ist es ihm schon genug und langt es ihm schon – was zu begreifen ist! Man schaue sich nur um in der Welt! Nur sieht unser Jemand darauf das zweite und alle nächsten Male lediglich noch für Kopien an. Das ist es.

Es gäbe ihm nichts Neues unter der Sonne, das sagt ein zahnloser, ein alter Mann. Grieche übrigens, auch schon lange gestorben.

Oh, wie weise dürfen noch die Kinder sein! Denen alles in gleicher Weise neu und von Interesse ist. Doch mit dem Alter häufen sich die, ich möchte sagen: ›Erfahrungsschubladen‹, und genügen einem schließlich, die ganze weite Welt zu verstauen, einzuschließen und Schluß.

Man meint, die Erfahrungen, die einer sammelt, wären der

Anfang der Vernunft – doch es ist das Ende. Klappe zu – und tot ist der Affe!

Da ist nichts mehr zu entdecken. Das Einzelne darf nur noch in der Nebenrolle des Exempels, halbverdeckt von den großen Mimen *Wissen* und *Erfahrung*, gefallen. Oder mehr noch: mißfallen. Denn es fällt ja beständig aus der Rolle.

Freilich, solange einer lebt, rumort es noch in seinem Gehirnkasten. Aber das, was nun das Hirn bewegt und das Herze antreibt, ist nicht mehr die Welt, sondern nur: wie er sie am besten kleinhacken und in seinen Schubladen verstauen kann. Mehr nicht. Freilich auch eine Arbeit. Und keine geringe. Wo einer recht arm an Begriffen ist, der hat zu tun. Nicht nur dem Anscheine nach.«

Nun senkte er seine Stimme und gab sich einigen weiterführenden Spekulationen hin, von denen ich das Folgende auszugsweise notiert habe.

»Selbiges gilt nun auch für die Staatenlenker, von denen man deshalb nur mit der allergrößten Hochachtung sprechen sollte! Die da alles zu überschauen haben, müssen ja gewissermaßen vom Einzelnen absehen und haben nur ganz wenige, will sagen: nur die wichtigsten Oberbegriffe im Kopfe. Man neidet sie nicht um die Qual, die ganze, vielgesichtige, bunte Welt auf die paar Begriffe zu bringen, welche sie nun gerade einmal in ihrem Kopf-Reservoir zur Verfügung haben. Da ist nicht viel, Eckermann, ich weiß es.

Vielleicht liefert uns dies auch den Schlüssel, die Harthörigkeit, ja Taubheit der Oberen auf natürliche Weise zu erklären? Es gehört also notwendig zum Staatsgeschäft eine gewisse Armut des Begriffs, eine Stutzigkeit desselben. Und natürlich ein liebes, weites Kinderherz, Kindereinfalt.

Ein Umstand übrigens, ich flechte das ein, der mir lange Jahre einige Pein bereitete, war ich doch weder mit dem einen noch gar mit dem anderen gesegnet.

Auf beide vorgenannte Ursachen gründe ich nun das oft zu

beobachtende Phänomen, daß die Staatenlenker geheimnisvollerweise Kindern ähneln. Aber nicht etwa den ganz kleinen sprachlosen Wesen, die noch weise sind, sondern denen, die schon etwas ›aufgeschnappt‹ haben; wenig genug zwar, doch schon zuviel, um noch weise zu sein. Wenn die Kinder die ersten Worte lernen, ›Mamamama‹, und, mit diesem dürftigen Schatze ausgerüstet, in die Welt der guten Stube ausziehen, den Herrn Vater und die Katze, Ofen und Milchnapf, Zeitung wie Fidibus ›Mamam‹ heißen, so ist in diesem Gebaren doch ein getreues Bild unserer Staatenlenker und ihrer Unterhandlungen zu finden...«

Samstag, spät

Erstaunliche Zeugnisse in letzter Zeit!
Seine Seele ist merkwürdig gespalten. Wo er einmal (am Sonntag, dem 6. d. M.), ganz in der gewohnten Manier, die Rolle des Weltweisen annimmt, der sich seinen souveränen Begriff von der Welt gemacht hat, und wo dieser sein Blick ihn beinahe blind zu machen droht – verficht er ein anderes Mal, nur wenige Tage weiter, wie aus einer Laune heraus, mit derselben Beredsamkeit ganz entgegengesetzte Positionen.
Nun ist es vielleicht vorschnell, dieses Hin und Her Scharlatanerie oder Gedankenlosigkeit zu nennen. Weist nicht diese beginnende Aufspaltung seiner Person auf ein, wie er es nennt, ›wiedereinsetzendes dramatisches Grundgefühl‹ hin? So oder so, es fallen diese Blätter in eine Periode, da er sich von Cotta und der dahinrinnenden Zeit gezwungen sieht, abermals das *Faust*-Drama aufzunehmen, einen dramatischen Stoff also, der das Seinige vom Verfasser verlangt. Dies aber nach Monaten und Jahren stiller Naturbetrachtung, ausgewogenen Blicks auf Flora, Gestein und Wolkenbildungen... So gesehen verstehe ich das Unverständliche.

Nun ist zwar, wie er mir sagte, der Tragödie Zweiter Teil kaum mehr fürs Theater gedacht und soll noch viel weniger dafür gemacht werden, dennoch – das jetzige Frühjahr findet uns immer häufiger bei gemeinsamen Theatergängen, denen ich nur allzugern meine freudige Zustimmung gebe.
Auch wird der Name *Schiller* jetzt wieder öfter erinnert. Wo vordem lange Zeit die Verklärung Schillers nützliche Dienste leistete, diesen Großen – und sei es auch in den Hades der Unsterblichkeit – gewissermaßen wegzurücken in eine sichere Entfernung, so wird neuerdings, da sich G., wie er sagt, zum ›letzten Drama‹ anschickt, das Bild des Freund-Feindes wieder lebendig-klar, drohend und tröstlich gegenwärtig.

16. März 1825

Heute kam die Rede aufs Verreisen! Und wer der glücklichste Mensch dabei gewesen ist, muß nicht lange geraten werden – Ich! Es gelte, sagte G., beizeiten die Reisevorkehrungen zu treffen, es solle dies nämlich die letzte große Reise werden. Nichts lieber als das. Sich in eine Chaise fallen lassen, und ab geht die Post! Nach Süden, nach Norden – gleichwohl! Nur wieder einmal die Nase in fremde Lüfte stecken. Ich bin rasend vor Glück, und ihm bin ich wohlgesonnen. Die Grämlichkeiten der letzten Zeit sind fortgeblasen. Das macht die frische Reiseluft, die alles in mir durcheinandergewirbelt hat.

Montag, 21. März d. J. 25

Nieselregen. –
Heute vormittag, punkt zehn Uhr, bei G.

Ich sitze mit den Utensilien bereit am Arbeitstisch. G., die Hände auf dem Rücken, steht am Fenster, dem linken, und blickt hinaus in den Garten. Schweigen.
Bevor wir zu den Tagesgeschäften kommen, mit denen es heute offenbar keine besondere Eile zu haben scheint, erzählt mir G. folgenden Traum der vergangenen Nacht.
»Also, ich bin im Schauspiel. Trotz ausgesuchtester Kleidung – der schwarze, zworeihige Samtrock – ein Gefühl der Nacktheit, des Blickausgeliefertseins, welches mich wie mit magischer Kraft in die dunkleren Ecken zwingt, hinter die Säulen, ja beinahe zwischen die Vorhänge. Von da: Beobachter. Mit einemmal – die Levetzow. Im Traum nannte ich sie für mich natürlich Ulrike, Rikchen...
Im Schlafe, Eckermann, also ein Wachwerden längst vergessen gewähnter Gefühle, Ängste. – Kann man Gefühle vergessen? Nun, da es keine Gedanken sind, sagen wir besser: verschütteter Gefühle.
Ich also bin da, aber gleichermaßen auch nicht da. Alles läuft, alles flaniert, doch ohne mich. Ich, ein Gespenst, geistere durch diese Traumwelt, unbemerkt, und merke selber doch alles... Freundliche Tête-à-Têtes der Levetzow mit Bülow und Voigt. Funkelnde Blicke der Schelmin hinter schwarzseidenem, italienischem Fächer hervor. Verbeugungen nach allen Seiten, welche jedoch in Ansehung ihres tiefdekolletierten Abendkleides – was mich betrifft: in geradezu atemloser Ansehung – allzutief ausfallen.
Ulrike... Ich – trockene Kehle, schweißkaltglühende Stirne. Ich vergehe. Sie – geht. Ich – laufe, laufe endlose Treppenflure, mit roten abgetretenen Teppichen ausgelegt, von verrußten Wandlüstern verdunkelt eher denn erhellt, hinauf und hinunter, laufe, kaum aber entdecke ich sie wieder, irgendwo, und will nähertreten und auch mich ihr entdecken, siehe! siehe!, ist sie verschwunden. Ein Brennen in meinen Schläfen. Ich wanke. Ich öffne eine Tür, mir wird schwarz vor

Augen. Das kurz aufflammende Schwefelhölzchen in meiner Rechten vermag, zumindest für den Augenblick, meine Lage zu klären. Ich stehe, parterre, im Heizungsgelaß. Holzstapel an den Wänden aufgeschichtet, schwarzfunkelnde Kohlehaufen. Ein zweites Schwefelhölzchen, ein drittes... Die leere Schachtel. Hinfort! Abgebrannt, Eckermann, ausgebrannt. Wo war doch die Türe? Waren da noch Gesichter? Oder nur Wände? Oder Gesichter wie Wände oder... Kein Ausgang!

Jähes Erwachen! Sofort drehte ich mich auf die Seite, mit dem rechten Unterarm mich im aufgewühlten Bette abstützend, und griff, um nur schnell Licht zu machen, nach den Schwefelhölzchen, wobei ich dieselben aber sehr zu meiner Bestürzung nicht an ihrem Orte, nämlich gleich auf dem Lehnstuhle, fand, so daß ich schließlich erschöpft ins Kissen zurücksank. Ich lauschte und vernahm eine Stimme, die im undurchdringlichen Dunkel von Traum und Wirklichkeit flüsterte, mit meinen spröden Lippen: Es werde Licht. Und siehe!, undeutlich und von Ferne dämmerte es. Und dies mir...«

Ich wagte nicht, die nun eingetretene feierliche Stille zu brechen, obgleich mir nach dieser trefflichen Traumerzählung ein Beifallsruf durchaus auf der Zunge lag; ich schwieg.

So war es an G., uns aus den Träumen zu reißen, was er auch ziemlich abrupt tat, indem er das heutige Postpaket mit einem vernehmlichen Seufzer auf den Tisch brachte.

Beim Mittagsmahl (Erbsen mit Bratspeck!) kam er noch einmal auf den Vormittag zurück und fragte mich nach meinen Nacht-Träumen. Ich gestand ihm meine in der Mehrzahl schwarzen, traumlosen Nächte. (Luise verschwieg ich.)

Er lächelte löffelnd.

Hernach verabredeten wir uns auf den morgigen Abend zum Theater; meine Sorge, ob unsere häufigen Theatergänge sein Gemüt nicht allzu sehr angriffen, schob er kopfschüttelnd beiseite.

Über Mittag hatte der Regen ausgesetzt. Jetzt, als ich das Haus verlassen wollte, goß es wieder silbern vom Himmel herab. Ich steckte den Kopf unter den Kragen und lief schnell, gelegentlich Pfützen überspringend, zur Pension, den Kopf tief herabgesenkt, so daß die wenigen Leute, welche auf der Straße, in den Toreinfahrten et cetera anzutreffen waren, nur undeutliche Schemen blieben.
Nota bene: Schuhwerk! Der April kündigt sich an.

23. März, früh

Es brennt! Lichterloh und himmelan. Fix war ich auf und durfte gestern abend von der Loge meines aufgerissenen Fensters, barfuß und im Hemde zwar und mit klappernden Zähnen, doch innig glühenden Gesichts das letzte und wohl größte Schauspiel unseres Theaters miterleben. Krachend barst es vor der himmlischen Kulisse einer sternklaren Märznacht zigfach im prasselnden Feuersturm auseinander! All die Perücken, der ganze Mummenschanz und Zinnober stoben hinweg, ein bunter Traum, der noch einmal glühend ins Nachtschwarz emporflatterte, bevor er zu Asche ward und Rauch.
Oh, was war das für ein Treiben! Hundegebell. Türenschlagen. Stimmen, Fackeln hasteten durch die Gassen, alles dem Theaterplatze zu, als bedürfe dieser, taghell illuminiert, noch irgendeiner Erleuchtung. Von dorther drangen undeutlich Rufe, das rastlose Quietschen der Pumpen; graue Brandflocken geisterten herbei, wie Vogelflaum, federleicht durch die glühende Luft, und setzten sich allerorts, auf den Schieferdächern, den Bäumen nieder, bis schließlich zum grausigen Finale, fortissimo, das Orchester einsetzte, dessen Geigen, Bässe und Flügel mit dem Knallaut von Pulverschüssen zersprangen, nacheinander und gleichzeitig, als wollten die

treuen Instrumente sich gegenseitig noch im Wahnsinne dieser Weltuntergangsmusik übertreffen, bis es allmählich immer stiller ward, pianoforte, und schließlich alles ruhig daniederbrannte bis auf die Mauern. Und eine Handvoll entsetzter Komparsen, die dem Ganzen auf dem Theaterplatze, teils aus Pflicht, teils aus Neigung, bis zum sang- und klanglosen Ende beiwohnten.
Erst gegen zwei Uhr morgens legte ich mich nieder, doch konnte ich bis zum dämmernden Morgen weder Ruhe, geschweige denn Schlaf finden.

Mittwoch, den 23. März, abends

Von früh an auf den Beinen. Die Szenerie des Tages gänzlich vom Theaterskandal beherrscht.
Wie v. Müller dem daniederliegenden G. berichtete, und der wiederum sagte es mir, habe der Herzog noch während des nächtlichen Abfackelns den Bau eines neuen Schauspielhauses beschlossen. Mich packte bei dieser Erzählung schlimme Verzweiflung: O muß denn immerfort Theater gespielt sein! Können die Masken nicht für einen Moment fallen? Ich laufe wie betäubt umher. Aber Phönix, die schwarze Dohle, schüttelt sich und fliegt auf aus der Asche, steigt, angesengter und gerupfter Vogel, auf, landet im nackten Geäst eines Baumes, hockt dort, schwarzes Luftgeflügel, reglos, und streut Asche über unsere Häupter...
Stadelmann, ein vorsichtiges Klopfen, dann seine spitzige Nase durch die Tür vorausschickend, brachte mit dem klirrenden Teegeschirr gegen fünf Uhr allerneueste Meldungen über das Ausmaß der Schäden.
G.s unwilliges Kopfschütteln.
Ich wagte nun endlich, ihn nach einer Deutung für das sonderbare Faktum seines vorgestrigen, ahnungsvollen Traumes

anzugehen. Eine Frage, die mich die halbe Nacht nicht schlafen ließ... G. maß mich lange mit aufmerksamen Blicken, als wollte er die Antwort aus meinem Gesichte lesen.
Dann, eher beiläufig:
»Ja, der Stoff aus dem die Träume sind, ist ein besonderer, zweifellos. Wir haben ja nun gestern nacht ein ganz frisches Exempel davon bekommen. – Stoff? Eher bunte Reststücke aus einer vergessenen Kommode, mit denen die Träume am schäbigen Zeug der Wirklichkeit flicken.«
Nun, am Tee nippend, über das Prophetische mancher Träume.
»Wie kommt das? Mir fällt doch im Traum nicht ein, was im nächsten Moment Wirklichkeit wird. Oder doch? Fällt es mir ein, und ich falle, sitze, wirr, neben meinem Bett auf dem Fußboden, und denke ich zurück, war jener Fall doch im Traum von langer Hand vorbereitet, jeder Schritt lief doch, ohne daß ich es wußte, darauf zu, es war in allem ein dunkles Wissen vom Ende. Es ist damit wie bei den mondwandelnden Gestalten, deren schwebender Fuß traumhaft sicher noch die kleinste Stufe nimmt, obschon beide Augen fest verschlossen sind.
Wie neulich. Woher wußte ich denn, daß ich aus dem Bett fallen würde? Mein Traumgesicht indes wußte es, sah es voraus und schickte mich, mit Ihnen übrigens, Eckermann, richtig in den Harz, Kiefern, Wind, nacktes Gestein, hoch hinaus, so daß mein schließlicher Absturz fest auf dem Vorherigen begründet war, der Schlußpunkt dessen. Da, wo die Träume enden, fängt das Leben an. Und wir sitzen auf dem nackten Fußboden, und es weht uns kühl ein Hauch jener anderen Welt an, die diese ist... Dieses alles nenne ich nun das Metaphysische der Träume, da es der gewöhnlichen Ursache-Wirkung-Physik der Welt den Spiegel vorhält und wir, gleichsam im Spiegelbild, verkehrt, durchaus das Richtige schon zu sehen vermögen, obwohl es doch noch gar nicht da ist.«

Nach diesem Finalsatz gönnte er sich eine längere Pause stillen Nachsinnens.
»Wir wollen uns den 22. März gut vermerken. Gewiß ist das alles auch ein Unglück, aber... habe ich Ihnen eigentlich schon einmal die Umstände meiner Theaterdemission erzählt?«
Hatte er nicht. – Nur gerüchteweise war mir davon, gleich in meiner ersten Weimarer Zeit, einiges Gerede zu Ohren gekommen, so daß ich seine Frage getrost verneinen konnte.
»Nun also morgen denn.«

24. März 1825

Nach unruhig verbrachter Nacht früh des Morgens bei Goethe, den ich bei guter Laune vorfand. Sogleich auch erinnerte er sich seines gestrigen Versprechens.
»Suche ich also nun nach in mir, so muß ich schon sagen, mich verband mit dem Theater eigentlich nichts als eine mit den Jahren gereifte, durch immer neue Anlässe genährte Feindschaft.
Dann, wenn ich mich recht entsinne, war das 1817, kam das Fiasko. Bis dahin lief mein Theaterdirektorium recht und schlecht, manches brave Stück ward auf die Bretter gestellt, Schaden damit nicht angerichtet, gut also.
Dann aber die Jagemann, eine Person! Einfälle und Hüte, sage ich nur. Und beide jagten einander – rasender Wechsel! Dabei hätte ich nur kalten Kopf behalten müssen, 1817, als sie partout in einem von diesen unsäglichen Spektakeln einen übrigens schlecht dressierten Pudel auftreten lassen wollte. Auf meiner Bühne, Eckermann – das! Ich hätte sie nur gewähren lassen sollen. Ließ mich indes in einem Anflug von Jugendlichkeit darauf ein zu widerstreiten, schriftliche Exegesen über die Unmöglichkeit von Tieren auf der Bühne...

Geschenkt. Sie war damals in Liaison mit dem Großherzog. Meine Lehre davon: Wenn unsere Großherrscher sich mit den Mimen einlassen und sich diese gar zu ihren Mätressen machen, Gott, da sind die Schausteller unter sich, das gibt eine höhere Einheit. Der Dichter soll sich da nicht dreinmischen, besser schnell seinen Hut nehmen und nach Hause gehen, die Zeitung lesen... So war das.
Ich demissionierte alsbald und betrachtete von da an alle das Theater betreffenden Dinge völlig leidenschaftslos.«
Er hing noch ein wenig seinen Erinnerungen nach und äußerte einiges Bemerkenswerte über die Zunft der Schauspieler, die, wenn sie gut sind, ein Talent an sich ausgebildet hätten, über welches übrigens wir alle, wenngleich auch in weitaus geringerem Maße, verfügen, nämlich in verschiedenen Lebenssituationen eine gewisse Rolle zu spielen...
»Manchesmal – da wir vielleicht das einzig wirklich begehrte Frauenzimmer in einer flüchtigen Umarmung halten oder, mein lieber Eckermann, einen nie vorher gesehenen Sonnenuntergang vor Augen haben – da ahnen wir davon... Es ist die gemeine Sprache, die uns zu Mimen macht. Und die, da wir etwas Einzigartiges sagen wollen, uns fremd und wie kopiert aus dem eigenen Munde emporklingt. Wie von unsichtbarem Blatte stammeln wir, schlechte Schauspieler, die abgegriffenen Worte einer vorgeschriebenen Textrolle, die der große Direktor des Welttheaters uns zugesteckt hat. Und während unser Mund spricht: ›Ich liebe Dich, o, Du Einzige...‹, dämmert uns dunkel: Es ist nicht unser Text...
Nun, ich sage Ihnen da, Eckermann, nichts Neues, gelegentlich sprachen wir wohl schon über das Übel der Sprache? (Sic!) Schweigen wir nun besser davon. Vielleicht sind auch nur die Textrollen durcheinandergeraten, und von daher die Wirrnis.«
Nun geschah das Folgende, das ich nur der Übernächtigung meiner Sinne zuschreiben kann. Als ich ihm, angeregt von

seinen Sätzen, etwas darauf erwidern wollte, setzte ich versehentlich das blaue böhmische Glas halb auf dem Tellerrand ab, so daß es umfiel, der Magyarwein sich blutrot über das Weiß des Tischtuches ergoß und, was das Schlimmste ist, das Glas sprang und ein Stück davon abbrach.

Ich, aufgesprungen, war untröstlich. Wie aber beschämte mich G.s Großmut! Er, dessen Lieblingsglas es war, nahm die Scherben hoch, betrachtete sie nachdenklich gegen das Licht, ein Netz haarfeiner Sprünge, und tröstete mich.

»Stellen Sie sich nur vor, mein Lieber, man wäre einzig von unzerbrechlichen, unvergänglichen Dingen umgeben, zerbrechlicher, vergänglicher Mensch, der man ist. Alles erinnerte einen da an die eigene Unvollkommenheit. Man zerriebe sich ja förmlich an den Dingen, die allesamt vollkommener, stärker wären als wir. Jedes Glas in der Hand würde einen überleben.

Neinnein, es ist gut und tröstlich, daß dies und jenes Ding vor uns zu Bruch und zum Teufel geht, das ist schon gut so, das ist ein Zeichen.«

G., der sah, daß ich des Glases wegen nicht recht bei der Sache war, und mehr noch, daß sein Großmut mein Unglück darüber nicht gemildert, sondern seltsamerweise noch verstärkt hatte, brachte nun, um nur ein anderes Thema zu finden, die Rede nochmals aufs Theater.

»Und vielleicht, Eckermann, vielleicht hat es so kommen müssen. Ich denke jetzt wieder an die Jagemann. Ob ich nicht, am Ende selbst das Unglück vorbereitend, ungewollt den Anlaß dazu gegeben hatte...«

Ich hob meinen Kopf und bedeutete ihm stumm mein Unverstehen, worauf G., der auf dieses Einsatzzeichen nur gewartet hatte, halb im Ernste, halb im Scherz fortfuhr.

»Denken wir an den Jagemannschen Pudel. Rex hieß er wohl, der Kleine. – Aber nun! Entsinnen Sie sich, wie unser Mephisto uns im *Faust* zuerst entgegentritt? – Sehen Sie.

Jetzt mögen Sie sagen, dies sei ein Zufall. Gut. Nur hat sich meine Neigung, an Zufälle zu glauben, mit den Jahren stark verloren.«

Ich konnte nicht umhin, ihn an dieser Stelle nach einer Deutung des Zufalls zu befragen, da mir auf der Höhe abstrakter Begriffe sehr schnell die Vorstellung schwindet, zumal heute!, und mich ein Schwindel im Bauche erfaßt.

»Den Zufall definiere ich vom Worte her als das, was die Notwendigkeit ›zu Fall‹ bringt. – Aber gibt es etwas, was die eherne Notwendigkeit zu Fall zu bringen vermag? Nach gut sieben Lebensjahrzehnten, und davon einige Jahre am Theater und viele, viele Jahre im Amt, sage ich Ihnen da ganz prompt: nichts.

Also ist der Zufall gewissermaßen ein Nichts...

Nun sind Sie, Eckermann, nicht mit meinen Jahren ausgerüstet, also ein heutiges Beispiel. So ist etwa vorhin das Glas...«

Das Glas, natürlich.

»... notwendig zu Fall gekommen – obwohl es natürlich wie ein unglücklicher Zufall aussah –, bringen wir nur richtig alle dazu nötige Physik in Anwendung. Ein Körper fällt notwendig genau dann, wenn das Lot, gefällt von seinem Masseschwerpunkt, den Boden außerhalb der Grundfläche berührt. So war auch dieser Fall vorhin notwendig, und wir brauchten nichts dazu zu tun. Und ähnlich mit unserem Mephisto-Pudel. Man stellte im dichterischen Traum halb zufällig etwas aufs Blatt, papierne Vorstellungen, Vorsehungen, und ehe man sich versah, wurden sie kraft insgeheim wirkender Kausalitäten Wirklichkeit. Und schon winselt da so ein Jagemannscher Köter auf unserer Bühne.

Oder, was Ihnen interessant sein wird, etwas anderes. Ich schreibe den *Wagner.* Und erst viel später treffe ich auf einen Wagner, der wie das Abbild meines Wagners aussieht, welcher doch selbst nur ein Bild war.«

Hier blickte er mich freundlich-fragend an.
Oh... Das Abbild eines Bildes. Die Kopie einer Kopie! Ich tue, als bemerkte ich nicht diese Spitze gegen mich und meine Fragen, obwohl er gerade dieses mein Stillschweigen darüber als den blinden Eifer eines *Wagner* ansehen könnte. Egal!
Ich notiere für mich zum wiederholten Male G.s Fähigkeit, aus allen möglichen und unmöglichen Welt- und Lebenslagen, und seien sie auch noch so unsinnig und verquer, einen vernünftigen Sinn, eine höhere Idee abzuleiten. Auf diese Weise, ausgestattet nicht allein mit der richtigen Philosophie, sondern, was noch wichtiger ist, mit der Gabe, die richtige Philosophie zur rechten Zeit zu haben, ist er mehr als wir anderen gegen die bunten Wechselfälle des Lebens, sei es nun ein Theaterbrand, ein Halskatarrh oder eine Kindsgeburt, gewappnet. Ja, sollte morgen um Viertel zwölf ein eiserner Komet auf Weimar niedersausen, ich weiß genau, nach kurzem Nachdenken fände sich dazu die passende Vorankündigung bei ihm. Ich ahne etwas von der Einsamkeit der Götter... Mir aber geht es dabei so, wie G. sagte: Ist man nur von Vollkommenheit umgeben, erstrahlt die eigene Nichtigkeit in neuem Glanze.
Nun wäre dies alles noch zu ertragen gewesen, hätte ich nicht noch selbigen Abend zu meiner großen Verwirrung ein erstaunliches Faktum erfahren, nämlich: was Goethe und Coudray letzten Winter getrieben...
Was wird hier nur gespielt? Theater?

25. März

Es ist nun hohe Zeit, den sich hin und her wendenden Theaterbrandbericht abzuschließen. Freilich, der Punkt, den ich nun daruntersetzen werde, vervollständigt nur das Fragezeichen.

Als letzte Merkwürdigkeit stelle ich nämlich jene Äußerung G.s hierher, die er gestern diesbezogen im vertrauten Kreis gemacht hat und die unbedingt in den »Gesprächen« Aufnahme finden muß, da sie ein neuerliches Dunkel ins Licht des Brandes bringt.

›*Indessen werdet ihr das Schauspiel haben, im Laufe der Sommermonate ein neues Haus hervorsteigen zu sehen. Dieser Brand ist mir sehr merkwürdig. Ich will euch nur verraten, daß ich die langen Abendstunden des Winters mich mit Coudray beschäftigt habe, den Riß eines für Weimar passenden neuen schönen Theaters zu machen. Wir hatten uns von einigen der vorzüglichsten deutschen Theater Grund- und Durchschnittsrisse kommen lassen, und indem wir daraus das Beste benutzten und das uns fehlerhaft Scheinende vermieden, haben wir einen Riß zustande gebracht, der sich wird sehen lassen. Sobald der Großherzog ihn genehmigt, kann mit dem Bau begonnen werden, und es ist keine Kleinigkeit, daß dieses Unheil uns sehr merkwürdigerweise so durchaus vorbereitet findet.*‹

Wahrlich, keine Kleinigkeit!

Man begrüßte diese Nachricht Goethes mit großer Freude, und, was mich betrifft, ich füge das hinzu, mit großem Erstaunen. Der Brand übrigens, so hörte ich, hatte seinen Anfang in der Heizung genommen.

Nun, es drängen sich andere Dinge vor, als daß ich mich noch lange mit fruchtlosen Spekulationen über Traum, Wirklichkeit und Prophetie aufhalten könnte. (Angemerkt sei nur, da es mir an dieser Stelle sehr ins Bild zu passen scheint, daß G. seinen Nachtrock, in welchem ich ihn schon einige Male sehen durfte, stets den ›Prophetenmantel‹ nennt. Ein Wink?) Auch entsann ich mich heute eines Traumes, den ich selbst vor Jahren gehabt und der Goethen, ohne daß ich ihn damals freilich von Angesicht kannte, zum Gegenstand hatte. Ich habe diesen, wohl noch von Göttingen aus, Hanchen in

einem Briefe mitgeteilt, und es wäre mir lieb, könnte ich mein damaliges Traumbild mit dem wirklichen Bilde vergleichen.
Schreibe an Hanchen wegen Zusendung meines alten Briefes. Ansonsten beschäftigt G. jetzt die heraufziehende Jubiläumsfeier, zu der exklusive Gäste sich angesagt haben.

Freitag

Gestern, beiläufig, hat G. wieder von der ›Reise‹ gesprochen. Ich solle dies und das zusammenstellen, ordnen. Größtenteils aber waren hier Manuskripte und Bücher gemeint. (?)
Soll er sich doch endlich einmal bequemen zu sagen, wohin denn die Reise gehen wird. Aber nichts dergleichen. Dafür ein Geheimnistuen ohnegleichen.
Sah schöne schwarze Schnallenschuhe. Erwäge deren alsbaldigen Einkauf.

Mai 1825

Oh, wie lehrte er mich heute wieder das Staunen!
Wir schritten nach Tisch verdauungshalber ein Wegstück flußaufwärts an der Ilm entlang, immer tiefer in den Park hinein. Mit welchen Augen er doch die Natur durchmustert! Wo ich mich schlicht und schlecht in kindsamer Einfalt am Grün der Wiesen und Sträucher ergötze, sieht sein unbestechlicher Blick *Farbmetamorphosen.*
»Schauen Sie nur, Eckermann, schauen Sie! Schmecken Sie diese Farben! Das Grün der Bäume, wie es mit dem Himmelblau zusammengeht, ja wetteifert! In der Natur harmoniert, was auf dem Papier so strenge geschieden, bald verfeindet ist. – Was nicht sein darf, das ist.«

Bin ich denn blind, daß ich das nicht auch zu sehen vermag? Wohl. Er entwickelte mir stegreifend das universelle Wechselspiel der Kolorite, so daß ich am Ende den Wald vor lauter grüner Farbe nicht mehr sah. Alles erschien mir nur als Beispiel. O wie hoffnungslos ich von all dem Grün ward, das ich nicht zu deuten wußte.
Bald wies er stumm mit dem Reisestock auf einzelne botanische Exemplare. Sofern ich die richtige Bezeichnung traf, schwieg er. Sagte ich es falsch, was die Regel war, sagte er, aber mehr für sich, den rechten Namen. Anders wäre es freilich in puncto Vögeln gewesen, in Kenntnis derer ich ihn – er weiß es – himmelhoch überflügle. Doch standen diese für heute nun einmal leider nicht auf dem Plane.
Nach einer Weile ließen wir uns auf einer Bank nieder, Luft schöpfend. Er öffnete sich einen Hemdknopf, den er jedoch, da leichter Wind durch die Gegend ging, alsbald wieder verschloß.
»Schauen Sie nur, Eckermann, hier!«
Dabei deutete er mit seiner Schuhspitze mitten ins flirrende, grillige Gras hinein.
»Hier, mein Bester, wie unnachahmlich vorsichtig doch Freund Tausendfuß einen Fuß vor den andern stellt.«
Ich sah jetzt, was er meinte, einen Tausendfüßler – einen Myriopoden! –, der auf dem sanft gewölbten Kuppelbogen eines Schneidegrases seinen Weg nahm, wobei jedes Schrittchen, das er tat, das Gras unmerklich hinabbeugte.
»Weshalb er sich nur so fürchtet! Verloren kann er ja nicht gehen. Das sichere Netz ist doch schon gespannt.«
Hier wies G. auf das grauschimmernde Netz, das eine Spinne unterhalb der Gräserwipfel ausgespannt hatte. –
Bald erhoben wir uns, und es ging zurück.
Er schritt kräftig aus. Ich hatte einige Mühe, seinen Schritt zu halten, da ich nicht haben wollte, durch kurzes, pfeifendes Atmen seine Aufmerksamkeit, schlimmer: sein Lächeln, auf

mich zu ziehen. So sparte ich mir – wie übrigens auch er sich – überflüssige Worte, und unser Heimweg verlief als stummer Wettlauf in gemessenem Wanderschritt.

Dienstag, Juli d. J. 25

Angenehme Tischgesellschaft mit Meyer, Reinhardt, v. Müller; Jahrgangswein von der Mosel, Kalbslende, junges Gemüse; dazu einige Damen. – Hinterher unangenehme Unterredung mit G.

Während des gemeinsamen Verkehres bei Tisch hatte mich G. mehrfach und sehr zu meiner Verzweiflung als ›Herr Doktor‹ tituliert, eine Anrede, auf welche ich weder Anrecht habe, noch je Anspruch geltend machte. Dies der Grund, weswegen ich mich der weiteren Unterhaltung in Form stillschweigender Anwesenheit fernhielt. Einzig v. Müller bemerkte meine Verlegenheit und richtete des öfteren das Wort an mich, stellte mehrere Fragen in meine Richtung, die ich jedoch, kauend über meinen Teller gebeugt, gleichsam wie ungehört allesamt unbeantwortet ließ.

Kaum waren die Gäste gegangen, nahm mich G. ins Verhör. »Was war Ihnen denn, mein Lieber! Was hat Ihnen nicht geschmeckt? Wollen wir die Mimose spielen? Ich habe sehr wohl Ihre Verdrossenheit bei Tische bemerkt, und – Sie mögen es mir glauben oder nicht – ich ahne die Gründe...

Wohlan, ich wollte schon längstens mit Ihnen darüber reden. Sie wissen besser als jeder andere, wie wenig ich auf Etikette, Hofformalien und ähnliches achte. Nur denke ich – die Jubiläumsfeier rückt heran –, daß gerade der Befestigung Ihrer bürgerlichen Existenz hier in Weimar, letztendlich auch Ihrer geplanten Verheiratung ein Titel wohlanstünde...«

Et cetera.

Das also! Bin ich denn, bar eines höfischen oder akademi-

schen Titels, nackend, daß er mir unbedingt einen schwarzen Doktorhut überstülpen muß? Schämt er sich meiner?
O diese Kanzleiwelt! Alles und jeglicher muß hier von den Bureau-Vorstehern der öffentlichen Meinung abgestempelt sein. Und wo noch kein Stempel aufgedrückt ist, findet sich bald einer. Kursiere ich aber in dieser Kanzleiwelt ohne Stempel, als unbeschriebenes Blatt – ich wäre eine unausdenkbare Weltgefahr! Es könnte ja auf einmal die wahre Schrift wie von Geheimtinte darauf erscheinen ... auf unschuldsweißem Blatt. Dem aber muß abgeholfen werden. Also, damit es seine Ordnung habe, stempelt man mich schleunigst ab, zum ›Doktor Eckermann‹.
Er nahm mir das Versprechen ab, in Kürze einen Lebenslauf meiner Person aufzusetzen, welchen er für mich nebst meiner *Beiträge zur Poesie* zwecks Erlangung eines Doktortitels in Jena einzureichen gedachte, wozu ihm die bevorstehende Jubiläumsfeier der geeignete Anlaß zu sein scheint.
Ich stimmte diesem Ansinnen eher kleinlaut zu. Habe ich doch gerade bei ihm in puncto Titeln eine auffällige Zurückhaltung bemerkt, meistens läßt er sie ganz weg. Doch nicht aus Bescheidenheit, im Gegenteil: seine Eitelkeit verbietet es ihm, seinen einzigen Namen mit den Titeln irgendeiner Universität, irgendeines Staatswesens zu kopulieren. *Goethe.* Nicht mehr und nicht weniger.
Daß ich es dennoch geschehen ließ und nicht weiter widersprach, war vor allen Dingen mit Rücksicht auf Hanchens Hoffnungen getan, denen ich in letzter Zeit, weiß Gott, wenig Nahrung gab. Wann hat sie mir das letzte Mal geschrieben?
Von einer Schrift allerdings, die ich eigens zu diesem Zwecke noch aufzusetzen gedachte, wollte er partout nichts wissen, da dies nur sinnlos meine Kräfte zersplittern würde. Zumal da betreffs des mir vorschwebenden Themas, nämlich des Dichter *Lenzens* unglücklichem Schicksal, schon alles gesagt

sei. Sei es drum. Werde in Kürze meine Lenz-Papiere in Ordnung bringen und auch G.s Schriften diesbezüglich sichten. Abends in der Pension Lektüre der frischen Anzeigeblätter. Bestelle aus Leipzig englisches Tuch, marinierten Lachs, Zitronat, nichttropfende russische Talglichter, etliche Bücher, darunter eines zur Anatomie, und »Die Lehre von den Giften« des Herrn Doktor Möller für 1 Thlr. 5 Sgr., und anderes. Schnürschuhe oder Schnallenschuhe? Diese Frage muß jetzt umgehend geklärt werden.

Montag

Den halben Tag spann der Regen graue Fäden vom Himmel herab. – Nun ist es still, nur irgendwo tackt ein Specht. Ich lehne am halboffenen Fenster, von den Zweigen tropft es, die Wege sind aufgeweicht… Da fällt mir ein, daß ich meinen Lebensweg aufzuschreiben habe. Das Fenster geschlossen, hurtig, und an die Arbeit.

Mittwoch

Habe einen ungefähren Lebenslauf entworfen:
›Am 21sten September 1792 bin ich zu Winsen an der Luhe, einem Städtchen zwischen Lüneburg und Hamburg, geboren. Auf dem Gymnasio zu Hannover und durch Privat-Unterricht habe ich mich zu academischen Studien vorbereitet. Zu Göttingen habe ich studiret, und zwar hörte ich vorzüglich bey Hugo und Kern juristische, bey Bouterweck philosophische und bei Heeren und Dissen geschichtliche und philosophische Collegia. Von der Academie abgegangen, habe ich in einem critischen Werkchen, welches in der Cotta'schen Buchhandlung 1824 unter dem Titel »Beyträge zur

Poesie« herausgekommen, meinen ersten schriftstellerischen Versuch dem Vaterlande vorgelegt. Während meines bis jetzt zweijährigen Aufenthaltes in Weimar bin ich in diesen Richtungen fortgegangen, habe im Stillen manches Literarische vorbereitet, vorzüglich aber das Glück gehabt, Se. Excellenz den Herrn Geheime Rath von Goethe bey der Redaction seiner bisher noch ungedruckten Werke zu unterstützen.
Aus meinem früheren Leben habe nachzuholen, daß ich unter den Hannöverschen Jägern den Befreyungskrieg von 1813 und 1814 mitgemacht und sechs Jahre lang in Hannover eine administrative Stelle bekleidet habe.
Weimar, d. 24. October 1825. Johann Peter Eckermann‹
Die Abschilderung der grauen Provinzialität meines Herkommens, namentlich auch Erwähnung des bescheidenen, um nicht zu sagen ärmlichen Standes meiner Eltern, glaube ich mir mit Rücksicht darauf ersparen zu können, daß die Herren in Jena vornehmlich über meinen Bildungsgang Unterweisung zu haben wünschen. Und in dieser Hinsicht ist wohl die einfache Ausklammerung meines Elternhauses so ziemlich das Freundlichste, was ich hier zu tun vermag.
G. hat meinen kurzgefaßten Lebensbericht goutiert, einzig, so sagte er, die ihn betreffende Stelle sei überflüssig; so lasse ich es also dabei bewenden.
Nachtrag: Mir ist eingefallen, den für den Druck gedachten »Gesprächen mit Goethe« gleichfalls einen kurzen Abriß der Entwicklung meiner Person vorauszuschicken. Habe hier nach langem Überlegen, zumindest was meinen Vater betrifft, eine Variante gefunden, die unter Umgehung allzu deutlicher Worte das Wesen seines Gewerbes einigermaßen treffend umschreibt: ›Meines Vaters eigentliches Geschäft dagegen war der Betrieb eines kleinen Handels, der nach den verschiedenen Jahreszeiten variierte und ihn veranlaßte, häufiger von Hause abwesend zu sein und in der Umgegend viel zu Fuße umherzuschweifen.‹

Fällt mir noch ein anderes Wort für ›hausieren‹ ein, so könnte hinzugefügt werden: ›Man sah ihn mit einem leichten hölzernen Schränkchen auf dem Rücken von Dorf zu Dorf wandern und mit Band, Zwirn und Seide (hausieren?) gehen.‹ usf. –
Handeln? Geschäft treiben?

28. Oktober 1825

Die Abfassung des Lebenslaufes hat mich doch mehr als erwartet im Innersten aufgewühlt, Unterstes zuoberst gekehrt, so daß ich lange und vergeblich Schlaf suche. Mein abendlicher Kopf schwirrt vor Stimmen – die Stimmen der Toten, in diesem Haus unterm Schädel-Dach. Ein fernes fiebriges Leuchten hinter den halbgeschlossenen Augenfenstern. Dort gehen sie um, die Vergangenen, wie ehedem. Sie sind alle da. Und sprechen miteinander, und sprechen doch allein zu mir.
›... Hol einen Maßkrug Bremer Bier, Johann ... Wo sind die zwei Groschen? ... In einem tiefen, tiefen Wald ... Wer einmal lügt, Johann Peter ... Komm her, du böses Kind ... Was einer sich ganz feste vornimmt ... Die Kuh kalbt! ... I want to believe it. You want ... Morgen geht's über Land, nach Lüneburg, schnür die Sachen ... Zwirnsfäden! Seidensachen! ... Schiffe? Schiffe ... Deine gottlose Nachäfferei ... Was mag der Herr Oberamtmann wohl dazu sagen? ... Wann hat das alles ein Ende ... Schlaf, morgen früh ist die Nacht um ...‹
Entsetzen, was ich in den untersten Fächern meines Gehirnkastens durch die Welt schleppe. Schlafpulver.
Natürlich sind wir verreist! Wie vergaß ich das nur zu erwähnen ... Mit der Morgenpost, früh um sieben, in den aufdämmernden Tag hinein – südwärts ...

Erinnerungen fuhren links und rechts im Schliffglas der Wagenfenster vorüber. Reichenstein, Wällischbirken, Rotenhof. Der Böhmerwald. Winzige Dörfer, die sich unscheinbar in tiefe grüne Täler drücken, wie Glasperlen aufgefädelt am blauen Band der eisigen Gebirgsbäche. Die Furt schlängelt sich bald hinan, durch stumm aufragende Tannenwälder, und es ist, als bräche – da eben noch der Himmel sich weit und blau über uns wölbte – eine Nacht herein. Nur ganz oben, in den Wipfeln, dünne Lichtstrahlen.

Dann: eine öde Bergkuppe unter der Junisonne. Wir rasteten im dürren Gras, fast in den Wolken. Geröll ringsum. Aus den Ledertaschen quillt unser Proviant: Würzburger Flaschen, Käse, weißes Brot. –

Wie lange waren wir unterwegs? Zwei Tage oder sieben Jahre? Eine Traum-Reise, gewiß. Bis nach Italien ging es; sogar den Petersdom zu Rom zeigte mir G. (In Gedanken, Hanchen, in Gedanken.)

Wegen meines Göttinger Briefes noch keine Antwort von Hanchen. Bin ungeduldig. Könnte doch damit Interessantes beisteuern und G. eine Freude bereiten. – Findet sie den Brief nicht? So soll sie schreiben, daß sie ihn nicht findet. – Oder habe ich nur geträumt, einen solchen Traum gehabt zu haben. Wo ist die Grenze zwischen Traum und Erinnerung? Unscharf …

Übrigens

Heute hatte G., mit Blick auf mich und die jungen Leute vom Theater, die Laune, von uns als ›den Kindern‹ zu sprechen. Ich war sehr angerührt davon und vertraue dies nur meinem Tagebuch an.

Wohl meine ich, diese Rührung habe ihre tiefere Ursache darin, daß ich selbst nie eigentlich ein Kind gewesen bin und von dieser Warte her mich sehr empfänglich für väterliche Gefühle zeige. Denke ich nämlich zurück an meine Zeit in Winsen, so fällt mir auf, daß ich meinen Eltern gegenüber –

ohne das damals freilich selbst zu ahnen – stets die Rolle des Erwachsenen innehatte: Ich mußte ihren kindischen Launen mit Nachsicht begegnen, ihren oft unsteten Wünschen still und duldsam, auch wider besseres Wissen, nachgeben. So kam es denn etwa, daß ich erst mit meinem fünfundzwanzigsten Jahr – und zwar aus eigenem Antrieb – in eine höhere Schule eintreten konnte, um dort, in der Sekunda, zwischen Knaben, die ich um Kopflänge überragte, eine im ganzen recht unglückliche Figur zu machen.
Vielleicht kann, wer die Kindheit ausläßt, ihr niemals ganz erwachsen und ein Erwachsener werden? Jedenfalls spiele ich die Rolle, die mir G. in unserem Verhältnis zugedacht hat, nämlich als sein Kind zu gelten, nicht schlecht, bedenkt man, daß ich immerhin auf mein vierzigstes Lebensjahr zueile.
Mein Hang zur Selbstbeobachtung nimmt zu. Es wird Winter – Zeit, die Vögel zu beobachten.

Donnerstag, spät

Da es mir die letzte Zeit nicht vergönnt war zu dichten, trachte ich, mein kritisches Talent weiter auszubilden und all das, was mir angesichts von Mondscheinnächten und Heideblumen nicht mehr zu sagen vergönnt ist, zwar nicht – wie es Manier mancher Kritiker ist – in Gift und Galle umzumünzen, aber doch der Allgemeinheit irgendwie, und sei es nur als kritischer Leser und Rezensent, zuzuführen.
Nun wußte ich lange keinen würdigen Gegenstand. Da fiel mir Herr Jakob Lenz auf. Er war tot. Dies sprach für ihn und konnte, wie mich Erfahrung lehrt, einer unparteiischen Betrachtung nur dienlich sein. Und natürlich interessierte ich mich für ihn. Schon weil er einmal in Weimar gewesen und ein Dichter war und Ambitionen mit G. hatte. Auch war er eine Zeitlang, wie ich, in enger Tuchfühlung mit dem Militär.

Genug Gemeinsamkeiten also, um sich seinem Leben mit der Hoffnung nähern zu können, etwas mich Betreffendes herauszulesen. (Mein dauerndes Bestreben, im Leben anderer einen Halt zu suchen, den ich bei mir selbst nicht finden kann, ... gehört auf ein anderes Blatt!)
Auch geschahen diese Streifzüge, zumindest bis zu dem Zeitpunkt, da mir G. Veröffentlichungen in Sachen *Lenz* ›dringend abempfohlen‹ hatte, im Hinblick auf meine leidige Dissertationsangelegenheit, die nun freilich einer anderen Klärung entgegensieht.
Mit G. wage ich, seit seines deutlichen Bescheides, nicht über Lenz zu sprechen, obschon es vieles gibt, worin einzig er mir Aufklärung geben könnte. Etwa jenen verlorengegangenen, nur flüchtig in *Dichtung und Wahrheit* erwähnten Aufsatz, den Lenz an G. sandte und der »Über unsere Ehe« betitelt war. (Irgendwann träumte mir, ich hätte ihn gelesen, und das einzige, was mir davon erinnerlich ist, war, daß ich im Traum errötete.)
Auf Lenz befragt, gab G. mir vor längerer Zeit einmal die Auskunft, daß alles, was man von Lenz wissen müsse, im dritten Teil von *Dichtung und Wahrheit* festgehalten sei. Nun hat es mit dieser Schrift eine eigene Bewandtnis, und schon der Titel ist nachdenkenswert, stellt er doch Wahrheit und Dichtung gegeneinander, wovon letztere unzweifelhaft den Geschmack der Lüge bekommt. Nun könnte man dies hingehen lassen, wüßte man jeweils mit Bestimmtheit, aus wieviel Dichtung die Wahrheiten bestehen, die ganz gewiß doch auch darin enthalten sind.
Vor kurzem, als ein englisches Blatt mich erneut um Korrespondentendienste aus Weimar anging, sagte er mir unter anderem:
»Lassen Sie die englischen Journale, diese ganzen unglückseligen Verzettelungen. Daß es Ihnen nur ja nicht so gehen möge, wie diesen Lenzen und Hölderlinen und und und. Die

notwendig zu Fall kommen mußten, weil sie sich in ihrem Wollen allzuweit über das hinauswagten, was ihr Zirkel war, was ihnen zu sagen gegeben war. Wann, Eckermann, fällt ein Körper?«

Die Weinglasanalogie, natürlich. Nur streift diese Seelenphysik lediglich die Oberfläche der Dinge. Ich glaube hier zu spüren, was G. meinte, als er ein andermal sagte, die Sprache halte ihn gefangen. Derart gefangen, opfert der Dichter auch den Gedanken. Und ist einmal eine Metapher gefunden, so müssen sich die Dinge schon, auf Biegen und Brechen, danach richten.

So hielt ich mich zunächst doch mangels anderer Stücke an *Dichtung und Wahrheit* und fand, Lenz verfolgend, diesen Steckbrief:

›*Klein, aber nett von Gestalt, ein allerliebstes Köpfchen, dessen zierlicher Form niedliche, etwas abgestumpfte Züge vollkommen entsprachen; blaue Augen, blonde Haare, kurz, ein Persönchen, wie mir unter nordischen Jünglingen von Zeit zu Zeit eins begegnet ist; einen sanften, gleichsam vorsichtigen Schritt, eine angenehme, nicht ganz fließende Sprache und ein Betragen, das, zwischen Zurückhaltung und Schüchternheit sich bewegend, einem jungen Manne gar wohl anstand. Kleinere Gedichte, besonders seine eigenen, las er sehr gut vor und schrieb eine fließende Hand. Für seine Sinnesart wüßte ich nur das englische Wort whimsical, welches, wie das Wörterbuch ausweist, gar manche Seltsamkeiten in einem Begriff zusammenfaßt.*‹

Aha. – Zum Vergleiche stellte ich mir nun G.s Äußerung über den großen Klinger dagegen, da G. ja beide, als gemeinsame Jugendfreunde der Straßburger Sozietät, auch gemeinsam abhandelt.

›*Klingers Äußeres – denn von diesem beginne ich immer am liebsten – war sehr vorteilhaft. Die Natur hatte ihm eine große, schlanke wohlgebaute Gestalt und eine regelmäßige*

Gesichtsbildung gegeben; er hielt auf seine Person, trug sich nett, und man konnte ihn für das hübscheste Mitglied der ganzen kleinen Gesellschaft ansprechen.‹

Über beide nun das Folgende:

›*Beide waren gleichzeitig, bestrebten sich in ihrer Jugend mit- und nebeneinander. Lenz jedoch, als ein vorübergehendes Meteor, zog nur augenblicklich über den Horizont der deutschen Literatur hin und verschwand plötzlich, ohne im Leben eine Spur zurückzulassen; Klinger hingegen, als einflußreicher Schriftsteller, als tätiger Geschäftsmann, erhält sich noch bis auf diese Zeit.‹*

Hohe Zeit, an dieser Stelle G.s prophetische Weitsicht zu loben! Tatsächlich, während der Name Lenzens völlig vergessen scheint, weswegen ich mich seiner auch anzunehmen gedachte, wird Klinger wohl noch in hundert Jahren das Theaterpublikum erfreuen. Insofern stecken gewiß auch in *Dichtung und Wahrheit* einige Wahrheiten, die es herauszufinden gilt.

Auch Lenzens Projekt der Soldatenehen, mit dem er 1776 hier in W. anreiste, war doch sehr verfehlt und konnte nicht fruchten. Darüber, wenn nötig, später. (Siehe »Die Soldaten«. Hier im speziellen über den *Widersinn* der Soldaten-Ehe: Was triebe den Soldaten denn im Felde vor, könnte er des Abends regelmäßig sein Weib niederringen! Was wollte er da im Felde noch erobern! Et cetera et cetera, abschweifend...)

Bin aber insgesamt noch ziemlich im unklaren, wie sich der Bruch mit G. erklären läßt, was Lenz aus Weimar fortgetrieben hat.

Unter G.s Papieren, die er mich zu irgendeinem anderen Zwecke durchzusuchen bat, fand ich zufällig Lenzens damaliges Billett.

›*Der lahme Kranich ist gekommen. Er sucht, wo er seinen Fuß hinsetze.‹*

Lenz, der im Gasthof *Zum Erbprinzen* abgestiegen war, schickte es an G.; dieser aber war mit dem Großherzog außerhalb. Schon zu Beginn also ein Anfang des Aneinandervorbei.

Falk, mit dem mich v. Müller bekannt gemacht hat, erzählte mir nun die folgende Begebenheit von Lenzens Ankunft. Lenz, neu und allein in der fremden Stadt, kam etwas von einem Ball zu Ohren. Hastig, wie sein Wesen war, suchte er diese Gelegenheit zu einem Beginn und ließ einen erstaunten Marquer kommen, der ihm gegen Geld Maske und schwarzen Domino anfertigte.

So erschien er bei Hofe zu seinem ersten Auftritt, und damit war schon beinahe alles verloren. Lenz, als schwarz maskierter Domino, inmitten fröhlich und hell aufgeputzter Damen und Kavaliere – ihm wird Tanz um Tanz abgeschlagen, er weiß nicht weshalb und benimmt sich wie ein Kind.

Wieland und der inzwischen herbeigeholte G. holen ihn auf die Galerie und suchen, den Skandal abzuwenden. Lenz, dem alle welsche Sprache eins ist, hatte, dies der Knoten aller Verwirrung, ›bal masque‹ verstanden, wo von ›bal paré‹ die Rede war. Lenz erzürnt. G. sucht zu beschwichtigen und auszugleichen; er ahnt, was für ein Vogel ihm da ins Nest geflattert ist.

In G.s Papieren, die er für die Abfassung der *Dichtung und Wahrheit* zusammengestellt hatte, fand ich noch das folgende Blatt. Es muß aus der Straßburger Zeit stammen, ist nicht von Goethes Hand (offenbar eine Abschrift Lenzens), trägt als Verfasser den Namen Lenzens, als Titel »Über den Götz von Berlichingen« und ist G. gewidmet. Daraus das Folgende:

›*Wir werden geboren – unsere Eltern geben uns Brot und Kleid – unsere Lehrer drücken in unser Hirn Worte, Sprachen, Wissenschaften – irgendein artiges Mädchen drückt in unser Herz den Wunsch, es eigen zu besitzen, es in unsere Arme als unser Eigentum zu schließen, wenn sich nicht gar*

ein tierisch Bedürfnis mit hineinmischt – es entsteht eine Lücke in der Republik, wo wir hineinpassen – unsere Freunde, Verwandte, Gönner setzen an und stoßen uns glücklich hinein – wir drehen uns eine Zeitlang in diesem Platz herum, wie die anderen Räder, und stoßen und treiben – bis wir, wenns noch so ordentlich geht, abgestumpft sind und zuletzt wieder einem neuen Rade Platz machen müssen – das ist, meine Herren!, ohne Ruhm zu melden unsere Biographie – und was bleibt nun der Mensch anders als eine vorzüglich-künstliche Maschine, die in die große Maschinerie, die wir Welt, Weltbegebenheiten, Weltläufte nennen, besser oder schlimmer hineinpaßt.‹
Am unteren Blattrand eine rätselhafte Notiz G.s aus dem Jahre 1876: ›Der Lenz ist gekommen! Der Lenz ist gegangen. Ein Shakespeare-Narr wie ehedem. Unheilbar. Desgleichen über die Unmöglichkeit eines Perpetuum mobile. – Erleichterung, doch auch Leere.‹

Montag

»Lieber Eckermann! Ich habe mir heute morgen, noch im Nachtzeug, einige, ich darf sagen: ziemlich weittragende Gedanken gemacht. Diese betrafen sowohl das große Ganze, als auch diejenigen Einzeldinge, die uns die letzten Tage so nachhaltig bewegten. Es waren dies Gedanken, welche mir das alles in einem neuen Lichte zeigten.«
Stillschweigen, einzig vom Ticken der Wanduhr skandiert.
»Und wenn ich mich nun auch noch anschicke, es strenge und wissenschaftlich zu sagen, so möchte ich schon behaupten, daß dies grüne Gedanken gewesen sein mögen, denn sie machten meinem Gemüt ein Gefühl großer Ruhe und tiefer Befriedigung. Wie heißt es noch in der Farbenlehre für grün? *Man will nicht weiter und man kann nicht weiter.*«

Ich frug nun begierig, was für Gedanken es denn im einzelnen gewesen seien, welche Dinge betreffend und wie.
»Ja, eben, das habe ich vergessen. Nun, sei es drum. – Kommen Sie.«
Teetrinken, dazu Himbeereis und Plaudereien.

Sonntag, 23. Juli 1826, gleich früh

Es ist heraus! Der »Waldbruder« Lenzens ist ein Briefroman in Chiffren! Ich habe die Lösung gefunden, mit der die Geheimtinte sichtbar wird und aus den Blättern die wahre Schrift und das Bild jener unseligen Verhältnisse hervortritt, die damals zum Zerwürfnis zwischen G. und Lenz führen mußten.
Goethe ist *Rothe* und *Herz* ist natürlich Lenz, der sich damals auch wie jener als Waldbruder in ländliche Einsamkeit, und zwar nach Berka, zurückgezogen hatte. Und jene Briefe, die *Herz*-Lenz in die Stadt schreibt, sind natürlich nichts als Lenzens Briefe an G.
Gestern zur Nacht, während der Lektüre, mehrfaches Aufmerken, undeutliches Ahnen, bis ich mich zu jenem fünften Briefe vorgeblättert hatte, der mir Gewißheit brachte.
Rothe-Goethe schreibt an *Herz*-Lenz: ›*Aber Herz, bist Du nicht ein Narr, und zwar einer von den gefährlichen, die, wie Shakespeare sagt, für ihre Narrheit immer eine Entschuldigung wissen und folglich unheilbar sind?*‹
Fließen hier aus *Rothes* Feder nicht genau jene Worte, die Lenz so oft aus G.s Munde gehört haben mochte? Auch wäre damit eine Erklärung für G.s Randnotiz zu Lenzens merkwürdiger Darstellung des menschlichen Lebens gefunden, einer Uhrwerksbeschreibung, die jeden Aufbruch ins Menschenwürdige von vornherein in Konflikt mit der tickenden Weltmaschine setzte – da sie aller aus dem Getriebe ausbre-

chenden Individualität den Stempel der Narrheit aufdrückt. Anfangs, ich gebe es zu, hielt ich G.s Stillschweigen in puncto Lenz für kaltherzig. Auch daß er maßgeblichen Anteil an Lenzens schließlicher Ausweisung aus dem Großherzogtum gehabt haben soll, schien mir ins Bild zu passen. Die neuen Entdeckungen mahnen mich indes zur Zurückhaltung. G., der über manche Dinge in endloser Wiederholung sprechen kann, spricht nicht mehr über Lenz. Also urteilt er auch nicht mehr über ihn; verurteilt ihn vielleicht auch nicht mehr? Als Antwort steht eine neue Frage: G.s tiefes Schweigen...
Das kann fortwährendes, andauerndes Schweigen meinen oder ein Schweigen, das tief ist, gewichtig und aus der Zerrissenheit gegensätzlicher Meinungen entsteht. Wie auch immer – ich halte es für nobel, und den stillschweigenden Abschluß meiner Lenz-Studien halte ich für den bestmöglichen.
Ansonsten: schwarze Schnallenschuhe gekauft. Das Leder ist noch hart, sie drücken ein wenig. Aber es geht – mehr von Schuhen zu sagen, wäre töricht.

Aug. 25

Zum Vorigen.
In den *Berlinischen Nachrichten* vom Januar d. J. fand ich die folgende Notiz:
›*Im Repräsentantenrat von Genf machte der Professor Decandelle unter allgemeinem Beifall den Antrag, die öffentliche Bibliothek aus dem bisherigen veralteten Gebäude zu verlegen, und schlug dazu das Irrenhaus vor, damit zugleich irgendwo auf dem Lande für die im Hause befindlichen Unglücklichen ein Gebäude errichtet werde...*‹
Goethe (sinngemäß) dazu:
»Die Irren werden ins Grüne entlassen. Dafür, an ihre Stelle,

werden nun die Büchernarren ins graue Gemäuer gesperrt. Bis es bei denen soweit ist. Undsofort. Eine denkwürdige Kette, oder mehr noch: ein Ring. Da es sich zum Kreis schließt, haben wir hier ein treffendes Abbild eines unendlichen Vorganges, der ja auch immer ein Kreisgang ist.
Es wird hier ein natürlicher Vorgang sinnfällig von Institutionen begleitet, und das ist der Idealzustand eines Staatswesens. Ich halte die Schweiz für ein fortgeschrittenes Land.«

28. August 1826

G.s Geburtstag. –
Die elfte Stunde des Vormittags. Der Chor der Gratulanten hatte sich im Erdgeschoß eingefunden, und man stimmte in höchsten Tönen – Riemer gab den Ton an – in einen Jubelchorus ein. ›Wir ehren Sie! Wir achten Sie! Wir verehren Sie! Wir ver...‹ »Ach, lassen Sie es gut sein, meine lieben Freunde. Kommen Sie in den Salon. Ich habe aus italischen Landen heitere Bildchen geschickt bekommen. Kleine Landszenen von erstaunlicher Delikatesse, und sehr gewagt...«
So trotteten wir ihm nach. Er vorneweg, wir, die Blumen und Präsente hinterdrein. Eine Prozession durchs Treppenhaus, vorbei an Apoll und Aphrodite, zum Sammlungszimmer. Irgendwo bimmelte eine Glocke, ich sah die schmächtigen und riesigen, teils behende, teils behäbig, die Treppe hinaufschaukelnden Hinterteile meiner Vordermänner und hatte, wie schon so oft, inmitten dieser ganzen Herde das bestimmte Gefühl, in dem Maße hierher zu gehören, wie etwa die englische Königinmutter unter einen Stamm halbnackter, einäugiger Südseepiraten gehört.
Nur keine Angst vor der Einsamkeit! Das Unglück, unser treuester Gefährte, wird uns schon nicht verlassen...

den 4. Okt. 1826

Der Dichter der »Ahnfrau«, eines widerlichen Spektakulums, das seinerzeit einiges Aufsehen gemacht hatte, der Österreicher *Franz Grillparzer,* war hier. Mit der Landkutsche von Weißenfels, auf der Durchreise. Gestern schon ist er wieder aufgebrochen.
v. Müller berichtet mir, wie Besagter, der sogleich nach seiner Ankunft ein Billett zu G. bringen ließ, von diesem empfangen wurde. Dabei sei er, als G. ihn bei der Hand nahm, um ihn zu Tische zu führen, in Tränen ausgebrochen. Bei Tische habe er zum Befremden aller Anwesenden das Brot zerkrümelt...
G. selbst habe dies alles so unbefangen wie möglich hingenommen und war bestrebt, dem fremden Mann etwas Freundliches zu sagen. Unterhaltungen, so Müller, über die »Poetik« des Aristoteles, die G. zum wiederholten Male studiert und aus der er für diesmal extrahiert, daß der Held der Tragödie weder ganz schuldig, noch ganz schuldlos sein dürfe. - Ich notiere das nach v. Müllers Worten und halte es für bemerkenswert.
Für den darauffolgenden Vormittag war der Fremde von G. zum Frauenplanhaus bestellt, um sich dort für das Besucherzimmer porträtieren zu lassen. Gespräche mit G. im Garten. Zu Mittag speiste er mit v. Müller, der ihm Bescheid gab, G. würde ihn gerne am Abend und allein empfangen. Indes, wer des Abends nicht erschien – war Grillparzer. G.s unsägliche Verstimmung darüber. v. Müller, der sich des Fremden angenommen hat, versuchte – ich war zugegen – zu vermitteln; Grillparzer habe bei der Vorstellung, einen Abend in G.s Gesellschaft zu verbringen, vor Angst geschlottert. – G. wehrt das brüsk, aber auch fassungslos ab. Bald verläßt er den Raum und hinterläßt v. Müller und mich in tiefem Schweigen.

Den nächsten Morgen bei G. Ich komme auf Grillparzer zu sprechen.

»Wissen Sie, es ist ein höchst unwohles Gefühl, so viele Meinungen über sich zu hören. Am Ende halte ich mich noch selber für den Menschenfresser. Wollen Sie, bester Eckermann, die Güte besitzen, nicht auch noch damit anzufangen... Sie haben sich bisher so wohltuend darin zurückgehalten.

Man ist so schnell herbei mit einem Bilde! Da heißt es nun, der Alte in Weimar wäre kalt und abweisend. Nicht wahr, so heißt es doch? Aber zeugt es nicht ebenso von Kälte, sich derlei oberflächlicher Betrachtung hinzugeben? Bin denn nicht auch ich mit diesem Urteile von vornherein abgewiesen?

Alles macht sich ein Porträt, ein Bild von mir. Ich aber, das Modell, sitze und werde allmählich regungslos und unbeweglich und möchte bald zum Bilderstürmer werden wider mich, wider die Bilder von meiner Person. – Von den Füßen her kommt bisweilen eine Kälte, als würde ich versteinern. Wollen wir ein Stück gehen!«

Das Pflaster grau und glänzend wie Eisen. Allmählich wird es Herbst. Wir laufen hinunter zum Ilmpark, wobei er schweigsam ist und ich es unterlasse, daran zu rühren.

»Am Ende bin ich ganz hilflos gegen diese Wandergrillen, die in Scharen hier einfallen und weiterziehen, verstehen Sie. Was sie zurücklassen, bin ich, der ich allmählich glauben muß, ich sei wahrhaftig der, für den man mich hält. – Wenn ich Sie nicht hätte, Eckermann...«

Stumm schritten wir nebeneinander her.

Dann, erheitert:

»Wenigstens, daß ich sie allesamt porträtieren lasse, tröstet mich. Das entschädigt mich, habe doch dadurch auch ich ein Bild dieser flüchtigen Originale, das ich in einen Holzrahmen sperren lassen kann. – Und es macht doch auch Eindruck, diese Pilger-Galerie, nicht wahr?«

Hier war er stehengeblieben und musterte mich fragend. Dann über die Färbung des Blattwerkes und Verschiedenes.
»Kommen Sie. – Unsere Reisepläne übrigens wollen wir nicht auf die lange Bank schieben. Den Rahmen auseinandersprengen... Wohin ist er denn gefahren, unser junger Freund ohne Sitzfleisch?«
Über Jena, gab ich Bescheid, nach München. Von dort wohl nach Wien, in die Heimat.
G. nickte stumm.
Wir hatten die Ilm erreicht. Beim Überqueren, auf der Unterbrücke, entdeckte G.s vorsichtig tastender Fuß mehrere morsche Planken. Ich nahm – während G. den Kopf nachdenklich gesenkt hielt – eilige Notizen von dem Übelstand auf, die G. morgen über Müller an die Behörde leiten will.

Freitag, Oktober

Im bunten Teil eines Frankfurter Journals hatte ich das Folgende über Grillparzers Familienverhältnisse entdeckt: Seine Mutter erhängte sich 1819 unter dem Eindrucke von Wahnvorstellungen, zwei Jahre vorher hatte Adolf, Grillparzers Bruder, selbstmörderisch in der Donau ein Ende gefunden. Ein anderer Bruder, Karl, dessen Sohn übrigens auch durch eigenes Handanlegen zu Ende ging, war zeitlebens, einmal mehr, einmal weniger, im Geiste abwesend. Und so fort.
Beseelt von dem guten Willen, Goethe mit dieser Aufstellung, die für sich spricht, über Grillparzers unerquicklichen Besuch hinwegzutrösten, unterbreitete ich ihm gestern abend diese traurige Ahnenreihe. G. unterbrach mich schroff.
»Ich will davon nichts wissen. – Die Familienverhältnisse sollen niemandem zum Vorwurf gereichen. Im Gegenteil! Im Gegenteil. Oft blühen im Sumpfe die schönsten, seltensten

Blumen, die ungesehen und unerkannt bleiben, nur weil niemand, aus Angst vor nassen Füßen, sich an sie heranwagt, Sie, Eckermann, sollten das wissen! Und ich wünschte mir von den Leuten hier einfach mehr Takt.«
Ich nahm es schweigend hin und bereute meinen Eifer.

Dezember 26

Wie soll man wohl an der Sprache nicht zweifeln!, frage ich und beiß mir auf die Zunge, denn es ist unaussprechlich. Vorige Woche, es war der Dienstag, hatte ich wahrlich Grund, in diesem Belang schier verzweifelt zu sein.
»Sie wollen also ganz unbedingt meine Briefe ordnen? Und noch zum nächsten Frühjahr? Gut, ich will mir das durchdenken. Obwohl ich Ihnen schon jetzt präjudiziere, Eckermann, daß solches Projekt eher auf günstige Zustimmung denn auf Ablehnung stoßen wird. Seien Sie also nur getrost, mein fleißiger Freund.«
Wie! Dabei hatte ich ihn doch allein um die Lektüre eines Briefes, eines einzigen Briefes von Schiller gebeten.
Wie geht es nur an, daß mir zauberisch das Wort im Munde gedreht wird, bis es unkenntlich ist und aus seinem Munde mir so fremd entgegentritt, daß ich fürs erste es nicht als das meinige erkenne?
Tags darauf erinnerte er mich gar an mein ›gestriges Versprechen‹. Ein Versprecher? Wohl kaum, er wollte nicht einmal bis nach der Tafel säumen, mir die ›langersehnten Stücke‹ in Gänze auszuhändigen. Und zwar sofort mußte dies geschehen, unverzüglich, wobei er mir gönnerhaft zunickte.
Mir blieb aber nicht einmal Zeit, mich darüber zu verwundern, und so betrachtete ich nur sprachlos-nachdenklich seine kräftigen, von grauen Strümpfen straff umspannten Waden, denn er stand ja inzwischen hoch droben auf der Lei-

ter am Regal, unerreichbar, in höheren Regionen: zwischen verstaubten Schädeln, alten Feuerzeugen, Hygrometern, Glasbechern, grünen Flaschen et cetera.
Als ich – ich gebe zu: etwas verschreckt – vorerst nicht durch weitere Äußerungen meines Mundes Unklarheit stiften wollte und mich auf abwartendes Schweigen beschränkte – eben hatte er mir besagtes Briefbündel heruntergelangt –, stellte er mir just in diesem Moment, herabsteigend, die Frage, ob mir womöglich, da mir nun heute schon dieser eine ›Herzenswunsch‹ (?) erfüllt werde, noch etwas anderes zu wünschen übrig bliebe.
Mein Kopf schüttelte sich stumm.
(Nachher erst, zu Hause, fiel mir ein, daß ich ihn ja in Sachen einer festen Anstellung meiner Person hier in W. hätte ansprechen können, müssen!)
»Es ist ja gut. Sie müssen nur immer sagen, was Sie auf dem Herzen haben. Manches Mal bedarf es nur eines einzigen Wortes, um eine Sache anzutippen, und – Sie sehen ja! – schon ist sie die Ihrige.
Wie ich überhaupt immer gegen eine Bescheidenheit opponiere, die ich gerne die *falsche* nenne. Weil es unbescheiden ist, wie manche Individuen tiefsinnig-schweigend alle Welt mit Rätselraten darüber aufzuhalten verstehen, wie und wonach ihnen momentan oder überhaupt der Sinn stünde. Solche Individuen ziehen damit oft allzu viele Gedanken auf sich, welche woanders vielleicht nützlicher angewendet wären.
Das ist eine Qual bisweilen!
›Möchten Sie Tee?‹ – Nein? ›Möchten Sie vielleicht Kaffee?‹ – Nein? ›Oder Wein?‹ – Nein? – ›Was wollen Sie eigentlich!‹ – will es einem da manchmal entfahren. Mich macht das oft sehr ungehalten. Der Mensch soll genau sagen. Immer freiweg. Etwa: ›Ich möchte Moselwein, und zwar vom zwölfer Jahrgang‹, worauf ihm dann schlüssig und ohne langes Nachsinnen die Antwort erteilt werden kann, solcher sei nicht

mehr zu haben, da nirgendwo, weder hier, noch andernorts, vorrätig. Und Schlußaus! –
Nun, Ihre kleine Bitte hat uns ja ein gehöriges Stück fortgeführt. Aber die Richtung war wohl nicht ganz die falsche...«
Derweilen nämlich hatte es Mittag geläutet, und unterm Arm das Briefbündel, im rechten eingehakt G., ging es über das Treppenhaus zum angerichteten Mahl ins Speisezimmer.
Ich beschloß für mich nach diesem Vorfall, die vergehende Frist bis zum neuen Jahr schweigend zu verharren.
Indes, wie groß war mein Erstaunen, das mich nun ohne alles Planen sprachlos machte: Niemand, und vor allem er nicht, bemerkte in den folgenden Tagen, daß ich mich in Wort und Urteil so gänzlich zurückhielt. Alles wie immer, und nichts war verändert.
Es ist nur zu schade: Ich würde des Experiments wegen mir schon ganz gerne einmal die Kehle durchschneiden, um dann zu sehen, ob dies vielleicht etwas mehr Eindruck bei ihm hinterließe, ob sein Herz denn von Stein sei und ihm dieser Fakt keinen Eindruck machte? Aber es ist schwierig, beinahe unmöglich, sich zu ermorden, um vielleicht dann aufatmend das Wehgeschrei hören zu können. Die Anteilnahme, die wir so dringend zum Leben brauchten, wird uns erst nach dem Leben zugebilligt, wenn wir sie nicht mehr gebrauchen können. So heißt es im Leben denn: ausharren...

Freitag, zu Mittag

Post von Hanchen, heute eingegangen. Meinen Brief hat sie vergessen, natürlich.
›*Bleckede, 30. Januar. –... ich möchte gern wissen, womit Du Dich beschäftigst und was Du wieder mit Göthe vorhast, ists Dir nicht möglich, einige Zeit ihn schmachten zu lassen, so lange bis Du erst tüchtig was geleistet und wie ich glaube*

immer wieder durch Göthens Bitten und Aufforderungen gestört wirst. Der Ehr in Weimar hast Du nun genug und möchte ich auch gern, daß sich Dein Ruhm weiter verbreitete. Wenn Du aber immer noch für Göthe arbeitest, so bleibst Du stehen, wo Du bist und ich muß daraus schließen, daß Du mir zu Liebe nichts beginnst. Das ists, was mir zuweilen in den Kopf kommt und mich unruhig macht. Göthe zollt Dir für Deine Güte gegen ihn nichts weiter als Ehre, an mich oder an Dein künftiges bürgerliches Glück denkt er nicht, er läßt sich Deine Güte höchlich gefallen und ist Dir dennoch nicht einmal dankbar dafür. In Lüneburg hörte ich auch schon, daß Göthe schon oft junge Dichter, die er gerne hätte leiden mögen um sich gehabt und zu seinen Zwecken gebraucht habe, er sich aber nie dankbar genug dafür erwiesen hätte. Ich bin ganz vorurteilsfrey, doch sehe ich auch leider, daß es sich bestätigt…‹

Februar d. J. 1827

›Er ist hinüber!‹

Mit diesem Rufe stürzte Friederike, die Aufwärterin, aus Goethes Kabinett, mir direkt in die Arme. Es war dies heute, am 3. Februar, gegen 9 Uhr morgens.

»Nun, habe ich Ihren Beifall, Eckermann?«

Er stand in der Tür, die weißen Haare wirr. Leichenblaß starrte Friederike ihn an, kniff mich in den Arm und biß ihre kleinen Zähne in die Oberlippe, wovon diese ganz blutleer wurde; ihr zarter Aufschrei verstummte. Geschwind raffte sie ihre Röcke und verschwand, eilig die Stufen nehmend. In der Treppenbiegung wandte sie sich noch einmal entsetzt um, vor Aufregung standen ihr rote Flecke im Gesicht, worauf G. ihr schelmisch mit dem Finger drohte.

Er zog mich ins Zimmer.

»Nun aber Ernst. –

Ich habe eine Pose probiert, welche ich eigentlich Ihnen zur Überraschung machen wollte. Sie hat indes die Wirkung gehörig verfehlt, so weit verfehlt, daß gegenteiliger Effekt eingetreten ist. Friederike, anstelle nachdenkend gemacht, ist aufgeschreckt davongeflattert wie ein Huhn, einfältige Person, und wird es natürlich gleich brühwarm der jungen Frau Goethe auftragen, was wir hier für Unfug treiben. Egal. Wir haben schon anderes durchgestanden. –
Sie entsinnen sich wohl, lieber Eckermann, ich habe dies ja auch gelegentlich mancher Gesellschaft zum Besten gegeben, wie langsam, ja widerstrebend ich mich ans Licht der Welt habe ziehen lassen, ein lila Erdenwurm, zitternd vor Bangnis und Kälte. Nun, da ich also schon einmal da bin, sollte ich mich vielleicht auch mit meinem Fortgange aus der Welt nicht allzusehr beeilen, mir Zeit lassen. Wie meinen Sie? Das wäre doch angemessen. Mich etwas sträuben. Ein Ende, das zum Anfang paßte. Ich habe gelebt in aller Kunst, da werde ich doch beim Sterben nicht auf einmal nachlässig werden wollen. Oder?
Mir sind diese Werthern suspekt, die sich reihenweise Löcher in die Köpfe schießen. Blasen sich in Windeseile ihre kleinen Lebens-Lichter aus. Mit Pistoletten. Schuß – Schluß und aus. Neineinein.«
Pause, schweres Atmen.
»Kurzum, es gilt Dispositionen zu treffen. Die Gicht der Glieder gibt mir ein Gefühl der Enge, des Eingesperrtseins.«
Nun flüsterte er.
»So, als wollten sie mich gemahnen an die Enge und Endlichkeit des Erdenlebens.
Ich denke nun so – hakt nur immer ein, lieber Eckermann, wofern Ihr es für nötig befindet –: Ihr geht jetzt und die ganze nächste Zeit mein Œuvre durch. Womit wir zwei Fliegen mit einer Klappe totschlagen! Seite für Seite wäre das Beste, freilich, freilich, aber ...«

Hier nahm er einige Tropfen von dem grünen Fläschchen, das neuerdings stets bei der Hand ist.
»... die Zeit wird wohl knapp. Die Luft ist es schon.
Euch ist diese Lektüre eine durchaus nützliche Auffrischung in puncto Kenntnis, mir aber wollt Ihr damit einen unschätzbaren Dienst erweisen, indem Ihr den gehörigen Text, besser: den Satz herausfindet, mit welchem ich wohl das Kapitel endigen kann. Ich kann mich jetzt nicht verzetteln.«
Eine Liebesaffäre, denke ich. Er, der in mir wie in einem aufgeschlagenen Buche lesen kann, antwortet auf meine nicht gestellte Frage:
»Eine Liebesaffäre mit der Welt, Eckermann, die zu Ende geht. Es geht um meinen Tod.«
Er sprach diesen letzten Satz in solch beiläufigen Tonfall, als ginge es hier darum, den Kammerjäger zu bestellen, eine neue Küchenfrau zu besolden oder dergleichen, daß mir davon wohl Tränen in die Augen traten, denn gerührt trat er ganz dicht an mich heran und ergriff mit fester Greisenhand meine Schulter.
»Kommen Sie, Eckermann, mein Guter. Wir wollen das ganz gefaßt betrachten. – Ich weiß mir davon keinen Nutzen zu ziehen, einfach so stillschweigend die Augen zu verschließen. Welcherlei Effekt macht das? Es möchte schon ein erklärendes Wort beigefügt sein bei unserm Abgang von der Weltenbühne. Ein letzter Satz, das ist es ...«
Ein kurzer Moment des Stillschweigens.
»Sollte sich denn nicht ebenso wie die *Urpflanze*, meine alte liebe Grille, aus der sich wie von selbst die mannigfachen Wesen ableiten lassen, auch das Urwort finden lassen, dieses ›Sesam, öffne dich‹ zur Ewigkeit? Das wäre es, worauf ich Ihre Aufmerksamkeit, lieber Eckermann, lenken möchte.«
Nun, als er wieder auf seinen Tod zu sprechen gekommen war, schien er mir auf einmal wie ein Kind. Seine Augen blickten mich ganz traurig, fast ungläubig an.

Er bemerkte jedoch bald, daß ihm diese Rolle nicht zukommt. Er spielte diese Rolle schlecht, weil er sie nicht *spielen* kann. Sobald er aber, nachdem er sich kräftig geschneuzt, wieder über die praktischen Vorkehrungen spricht, dies mit ungewöhnlich fester Stimme, findet sein tastender Fuß erneut Halt, er gewinnt Land und vermag, hinter dem traurigen Exempel wieder das große Allgemeine zu schauen.
»Dieser letzte Satz, denke ich mir, müßte gewissermaßen die Summe aller vorherigen darstellen, das Fazit. Wie ein Brennpunkt aus der Optik. Ihn lesend, hörend müßte man, mit einem Satze also, das ganze Opus überspringen können. Kann ich mich deutlich machen?«
Er trat beiseite, zum Schreibschrank, und nahm aus der Lade ein Blatt Papier heraus, das obenauflag.
»Sehen Sie, es ist damit mehr als nur eine Augenblicksgrille dieses Frühlings. Mich beschäftigt diese Frage schon länger. Da habe ich neulich beim Ordnungmachen die Abschrift eines Briefes an Knebeln gefunden, in dem heißt es, ich lese: ›... *Ich weiß nicht, ob Dir schon zu Ohren gekommen ist, daß seine letzten Worte* – das meint des guten Wielands letzte Worte – *waren: »To be or not to be, that is the question.« Das heißt doch seinen Skeptizismus bis an's Ende bewähren*...‹ und so weiter. – Na?
Was Knebeln betrifft, der wußte natürlich schon davon, denn Wielands Bonmot, obwohl nicht einmal ein eigenes, hatte schneller als je einer seiner Romane die Runde gemacht. –
Das meine ich, wenn Sie verstehen wollen. Noch über den Tod hinaus den Leuten etwas zum Denken aufgeben. Und ähnlich gedenke ich es also mit mir selbst zu tun. Wer sollte es sonst tun für mich? So ein schönes Gedicht, wie ich damals auf Schillers Tod gemacht habe, das macht mir doch keiner nach. Alles muß ich alleine machen!«
Das Weinerliche, das sich nun seiner Stimme bemächtigt hatte, war sofort gewichen, als er meiner angesichtig wurde.

»Mit Ihrer Hilfe, Eckermann, natürlich. –
Ich sage Ihnen, es möchte einem dabei regelrecht die Lust am Sterben vergehen, und man würde beinahe die ewige Qual eines ewigen Lebens auf sich nehmen, um nur nicht so sang- und klanglos der Welt Valet! zu sagen.
Wollen Sie mir künftig also zwanglos, bei allem Fleiß, den ich möchte, daß Sie ihn darauf verwenden, Bericht davon geben, welche einzelnen Sätze meiner Schriften Ihnen auffällig scheinen und es verdienen, in die engere Auswahl gezogen zu werden für diesen Schlußsatz, den ich suche, für mein, um es so zu sagen, Schlußwort, das ich vom Sterbebette her der Welt zudiktieren will.
Gewinn, Eckermann, verspreche ich mir davon für uns beide. Obgleich es im Grunde nichts anderes ist, als eine Nadel im Heuhaufen zu finden. Aber ich kenne Ihren Fleiß und habe Proben davon genug.«
Hier blickte er zur Tür und senkte seine Stimme.
»Wir sollten, lieber Eckermann, ohne es nun gleich der österreichischen Staatspolizei abzusehen, diese Frage mit einer gewissen Verschwiegenheit, ja Geheimhaltung bewegen. Ich denke mir, es wäre ganz treffend, wenn wir dafür ein eigenes Codewort prägten. Um für die Zukunft solche Desaster auszuschließen, wie es mir heute, beim Präludium, mit der Friederiken geschehen ist. Es müßte dies ein Schlüsselwort sein, womit allein wir beide die Sache aufzuschließen verstünden. Verstehen Sie?
Was halten Sie, um damit auch für Sie die rätselhaften Ankündigungen letzter Zeit aufzuhellen, von *Reisevorbereitungen*?«
Ich, der ich mich mit einemmal um die schöne Hoffnung des Verreisens betrogen sah, gleichzeitig jedoch so überglücklich von allem war, wandte schnell-eifrig ein, daß dies Aufregungen hervorrufen könnte, unliebsames Interesse. Reise – wohin? und mit wem?

»Da mögen Sie recht haben. – Lassen wir es also besser dunkler, nennen wir es doch einfach den *Coup*, den *großen Coup*. Das hat etwas Stabsmäßiges und trifft die Sache wohl am ehesten.«
Teetrinken. Geplauder über Stadtneuigkeiten und über die Nürnberger Vierlinge, von denen erst heute Nachricht in der Zeitung stand. Über das Magische der Zahl Vier, Jahreszeiten, Gliedmaßen, Gänseblümchen, Klee et cetera.
Glück.

Heute, spätabends

O wie wenig, wie wenig gibt doch vorstehender Bericht in seiner trockenen Nüchternheit von dem berauschenden Glücke preis, das sich seit heute morgen meiner bemächtigt hat! Die Kerze auf dem Tisch brennt flackernd nieder – ich aber bin aufs neue entflammt!
Das Eis ist gebrochen, er hat mich ins Vertrauen gezogen, sein Innerstes mir geöffnet, zu dem ich nun von Stund an ungehindert Einlaß habe. Und ich werde Gebrauch davon machen, du ...
Zunächst gilt es, alles andere zurückzustellen und ganz der neuen Aufgabe zu leben. Wie delikat er es doch verstanden hat, den gewissen Sachverhalt mit dem Begriff *Reisevorbereitung* einzukleiden und so mich für lange Zeit in dauernder Spannung zu halten. Wohlan!, der Schleier ist gefallen.
Nur muß ich vor allem Ruhe bewahren! Konspiration auch gegen Hanchen scheint geboten. Ihre ständigen und zur Gewohnheit gewordenen Ermahnungen betreffs des Verlages meiner eigenen Werke müssen freundlich, aber entschieden abgewiesen werden, ohne auch nur ein Wort zuviel zu verraten ... Auch muß in bezug auf das Verheiratungsprojekt Ruhe geboten werden! Kategorisch! Allem Diffundieren Einhalt!

O gebe Gott uns allen doch eine große Aufgabe, egal welche, schon finden wir wieder unsern Platz, und allem Grübeln ist ein Ende bereitet.
Steige frohgemut zu Bette, obwohl an Schlaf natürlich nicht zu denken sein wird. *Mens agitat molem!*

W. d. 5. Februar 1827

Schreibe an Hanchen – hoffentlich nicht zuviel? – auf ihren Brief vom 30. Januar. Unter anderem das Folgende:
›*... Die Lüneburger wissen nichts, Goethe hat nie zu jungen Dichtern ein Verhältnis gehabt, vielweniger ist einer der Art gewesen daß er Ihm in seinen großen Sachen hätte helfen können. Ein Verhältnis wie meins zu Goethe hat aber nie in Weimar existiert. Ich habe große Pläne, denen ich jeden Tag mit größerer Gewißheit entgegen gehe; deshalb bin ich sehr glücklich, besonders seit dem Eintritt des Jahres 1827, wo ein ganz besonderer Geist der Arbeit über mich gekommen. Was habe ich aber auch in dieser Zeit mit dem herrlichen Goethe für große Abende erlebt!*
Wenn Du glaubst, ich dächte nicht an die Verbreitung meines Wirkens und an unser Glück, so irrst Du sehr. Ich denke an nichts anderes.
Ich habe vor einigen Abenden ein schönes Souppée mit dem Großherzog und dem Herzog Bernhard gehabt und bin doch dadurch diesen Herren nun auch nähergekommen.
P. S.: Diesmal habe ich Goethen meine Hilfe angetragen, und nicht Er hat mich darum ersucht. So stehen die Sachen ...‹
Ach, Johanne, du mein Heideröslein, wüßtest du, was du nicht wissen kannst. Nichts weißt du.
Im Postskriptum stehen die Sachen zwar etwas auf dem Kopf, aber es ist dies der einzige Modus, in welchem ich Hanchen die große Wahrheit zumuten kann.

Mittwoch, halb elf

Postwendend Hanchens Antwort.
›*Bleckede, d. 16. Februar 1827 –... Ich freue mich außerordentlich über Deinen Fleiß; doch schreibst Du mir nicht, von welcher Art Deine jetzige Arbeit ist, sind es vielleicht die bewußten Conversationen mit Göthe, womit Du Dich beschäftigst, ich vermute dies, weil unser Wilhelm mir schreibt, daß sie der Vollendung nahe wären; ich bitte Dich, mir künftig darüber etwas mitzuteilen. Du sprichst auch von großen Plänen, denen Du jeden Tag mit größerer Gewißheit entgegen sähest. Sehr neugierig bin ich, diese Pläne zu erfahren und wünsche, daß Du nächstens mich damit bekannt machen möchtest...*‹
– Was weiß Wilhelm?

D.

Eine graue Schweinesülze hat mir den Magen verdorben, so daß ich die letzten zwei Tage in Sachen Hauptgeschäft, bei allen Stuhlgängen, nicht zu Stuhle kam. G. notiert's schweigend. Menschliches, sofern es sich in Grenzen hält, ist ihm nicht fremd.
Heute schon besser.

Schlag 11 Uhr abends, 1827

Wie lange schon habe ich doch meinem lieben Tagebüchlein nichts eingeschrieben. So viele Tage sind dahingegangen, dahin- und ich bin in ihrem Schatten gegangen, ein stummer Mitwisser. So ich des Abends nicht noch einen Tintenklecks daruntersetze, sind die Tage wie ungelebt.

Da sitze ich also endlich wieder, im Lichtkegel, vor Federkiel und Tintenfäßchen und will die letzten Begebenheiten auf Papier stellen. Ist es nicht am Ende ein unmögliches Unterfangen? Die Tage sind fort, und ich, ihr Zeuge, bin müde.
Wie flott floß mir doch früher die Tinte aus der Feder, und diese flog noch flotter über das Papier. Kein Kratzen. Rasch über die weiße Fläche hin. Nunmehr weiß ich – es war die Oberfläche, jetzt kratze ich nur daran herum und ahne Fürchterliches: daß ich nicht dahinterkommen werde...
Gemeinsamer Grund dieses Irrewerdens an mir selber als auch des anhaltenden Fernbleibens schriftlicher Äußerungen in letzter Zeit sind gewisse *Geheimstudien*, die mich Wochen beschäftigten und die mit heutigem Datum endgültig abzuschließen sind. Geheimstudien, denn ich habe dabei fürchterliche Entdeckungen gemacht, die ich keinem, zuallerletzt ihm, anvertrauen darf.
Vor einigen Wochen, ich saß unbeweglich inmitten der *Metamorphosen*, um – wie mir G. für diesen Sommer aufgegeben – womöglich aus diesem Sammelsurium einen der gesuchten gültigen *Sätze* herauszufinden, fiel mir ein sonderliches Buch in die Hände.
Kräuter, der Bibliotheksdiener, dessen pergamentenes Gesichtlein sich ansonsten nur während gelegentlicher Anfälle trockenen Hustens zu verfärben pflegte, reichte es mir mit einem Anhauch schamhaft-wehmütigen Lächelns von der obersten Stufe des knarrenden, zerbrechlichen Holzpodestes aus dem weder von Sonne noch Wachslicht je erhellten Dämmerbereich seines Bücherorkus. Es war die Wolffsche »Logik« in einer, von anonymer Hand, ins Englische gebrachten Ausgabe, London 1794, die mir beim Durchfliegen des Registerbüchleins in die Augen gefallen war.
Logik? Da blitzte in meinem müden Hirn ein Gedanke auf. Wenn ein Verstand, ein *Logos* in dem Ganzen des Goetheschen Werkes waltete, so müßte doch diesem auch mit einer

Logik beizukommen sein. Mein naives Wollen war es also, das Verfahren aufwendiger Suche, das mich nun schon so viele Tage im kalten Lesesaale festgebunden, mit logischer Ratio scharfsinnig abzukürzen. Sogleich machte ich mich – frohgemut eingedenk der auf diese Weise einzusparenden Stunden, die schon im voraus sämtlich verplant waren – hinaus nach Tauchstedt! O grüne Hoffnung, die allenthalben rankt, welche Fessel – ans Werk.
Obschon besagtes Buch alt war, schien es kaum je in wirklicher Benutzung gewesen zu sein. Wer die Materie etwas kennt, wird wissen, weshalb. Besonders sauer ward mir die erste Woche, da es an die Grundbegriffe ging. Ich will mich darüber nicht verbreiten, nur konnte ich, ohne – nach schwitzender Lektüre – vorwitzig genannt werden zu müssen, anfangs eine gewisse Stumpfsinnigkeit der Logik feststellen, eine Stumpfheit des *Ockamschen Messers*, die mir zunächst eine Gewähr dafür zu sein schien, daß größerer Schaden vom Gebrauch derselben nicht zu befürchten sei.
Namentlich meine ich jene Eigenart der Logik, nichts eigentlich Neues zu sagen, sondern nur das alte auf neue Weise. Es konnte daher bei Anwendung der Logik auf Goethes Werk nichts hineingelegt, sondern nur etwas herausgeholt werden. (Aber was!)
Wie groß war indes meine Freude, als ich schon nach anderthalb Wochen intensivster Bemühung durchaus Bedeutsames zu Tage brachte, meinen ersten eigenen Erfolg im Fache Logik verbuchen konnte.
Nämlich fand ich streng-logisch heraus: ›Eckermann sei ein Mensch.‹ Dieses war nun bei allem Zweifelsmut recht unzweifelbar erwiesen, und ich freute mich darüber nicht wenig, denn das Studium der logischen Figuren hatte meine Zweifel an der Vernünftigkeit menschlichen Denkens doch merkwürdig verstärkt und mir zunächst den Mut genommen, darin fortzufahren.

Ich hatte diesen Satz, der gewiß keine Trivialität aussagt, spitzfindig folgenden Prämissen abgezogen: ›Wenn Eckermann ein deutscher Gelehrter ist, so ist Eckermann (auch) ein Mensch‹, hierbei natürlich stillschweigend voraussetzend, die deutschen Gelehrten seien, im allgemeinen, Menschen. Nun mußte ich nur noch einige Indizien sammeln, um für meine Person den Satz aufzustellen: ›Eckermann ist ein deutscher Gelehrter‹, was mir rückblickend auf meine »Beiträge zur Poesie« auch nicht sehr schwergefallen. Das übrige war dann schon meine Sache nicht mehr; die logische Maschine, ausgerüstet mit besagten Prämissen, brachte nach einigem Stottern und Rumoren auch folgerichtig mein Mensch-Sein ans Licht.

Soweit, so gut.

Nun war wohl genug vorgespielt, und ich meinte, es sei an der Zeit, mich der eigentlichen Untersuchung zuzuwenden. Zunächst galt es, einen entsprechenden *Mittelbegriff* zu finden, ohne dessen Zutun in der Logik ja schlechterdings nichts zustande gebracht werden kann. Sehr bald fand ich aus der Liste bereits vorgemerkter Sätze das *Strebertum* als tauglichen Mittelbegriff heraus, denn dieses vermittelt freilich vieles in der Welt, und auch in G.s Schriften hat es an mehreren Stellen seinen festen Platz.

Also: *Wer immer strebend sich bemüht, den können wir erlösen.* Ein Satz, der mir ob seiner Biederkeit, die ihm etwas unbestritten Tröstliches verlieh, aufgefallen war, der allein aber und auf sich gestellt mir doch noch nicht hinzureichen schien, G.s Erlösung einzuläuten. (Weswegen er auch bei mir mit einem Fragezeichen versehen stand.) Denn daß G. strebend sich gemüht, steht außer aller Frage; die avisierte Erlösung indes scheint, im Gegenteil, bei aller Emsigkeit seines Tuns keineswegs von dieser Folgerichtigkeit. So zumindest mein Eindruck.

Sollte mir nun die Logik dienlich sein, diesem Satze vermittels eines nächsten ein tieferes Geheimnis abzuhorchen? Hinter dem platten Wandspruch die Liniaturen einer tieferen Wahrheit aufzufinden?

Ich kopulierte Satz Numero eins mit dem folgenden: *Es irrt der Mensch, solang er strebt.*

Dieser Satz, dem Prolog im Himmel abgelauscht, bezieht seinen schlichten Trost aus großer, geradezu himmlischer Trostlosigkeit, weswegen ich ihn – mit Ausrufezeichen – lange für den Schlüsselsatz hielt, denn die eigene Unvollkommenheit aus größerer, höherer Unvollkommenheit ableiten zu können – das ist tröstlich, das ist erlösend.

Ich ging also zu Werke – doch was folgte?

Wer immer strebend sich bemüht, der ist im Irrtum? Oder: Die immer sich irren (womit zweifelsohne nur die Irren, Hirnschwundigen gemeint sind) können erlöst werden? Nur die? Die anderen nicht?

Wie ich die logischen Figuren auch drehen und wenden mochte, Darapti, Bocardo, Festino..., allesamt machten sie mir eine schlechte Figur... Und ich saß, ein hingebogenes Fragezeichen, vor diesen logischen Wahrheiten, halb noch an ihnen zweifelnd, halb schon an mir.

»Lassen Sie doch diesen erbärmlichen Unsinn!«

Derart fuhr mich, wenige Tage später, sehr entschieden G. an, als ich, beschäftigt mit der Neuordnung seiner Handbibliothek, die philosophischen und logischen Schriften, derer es ohnehin bei ihm nicht viele gab, unauffällig von ihren angestammten Plätzen, aus dem Blickfeld, wegrücken und die botanischen Jahrbücher dahin stellen wollte.

»Welcher Dämon hat Ihnen denn eingegeben, den treuen *Kant* zu verbannen! Jugendlichen Leichtsinn, Eckermann, nenne ich das.«

Kopfschüttelnd maß er meine Neuordnung, ohne den Liebesdienst auch nur zu ahnen, den ich ihm mit der Eliminierung dieser gefährlichen Bücher tun wollte.

Bald aber, die braunen Augen immer fest auf mich gerichtet, fuhr er mit ruhig-gesenkter Stimme, sehr milde, fort:
»Bin ich doch, zwar im Alter erst und allmählich, zu dem Beschluß gekommmen, daß auch die Philosophie einen Sinn und füglich einen Platz habe. Nämlich – und das ist der Kasus, Eckermann – hält sie uns mit ihrem endlosen Für-und-Wider-Halten vom Handeln ab. Und da wir, wenn wir handeln, Unrecht tun, zwangsläufig, so ist all unser Philosophieren gut, da es das Rechte befördert oder, andersherum, das Tun, also das Unrechte, verhindert. – Können Sie folgen?«
Ich folgte.
»Ich gebe gerne zu, meine Urteile über den philosophischen Gegenstand waren schwankend. Hätte es anders sein können? – Kaum.
Kant etwa hat nie von mir Notiz genommen, wiewohl ich aus eigener Natur einen ähnlichen Weg ging als er. Meine ›Metamorphose der Pflanzen‹ habe ich geschrieben, ehe ich etwas von Kant wußte, und doch ist sie ganz im Sinne seiner Lehre. Die Unterscheidung des Subjekts vom Objekt und ferner die Ansicht, daß jedes Geschöpf um seiner selbst willen existiert, und nicht etwa der Korkbaum gewachsen ist, damit wir unsere Flaschen pfropfen können: dies hatte Kant mit mir gemein, und ich freute mich, ihm hierin zu begegnen.«
Ich freute mich mit G. und lächelte; freilich, weil ich es für lächerlich hielt (. . . ein Korkbaum existiert nicht unserer Flaschen wegen, o Himmel . . .), und war, da das Gespräch nun schon einmal bei diesem leidigen Gegenstand verweilte, darauf bedacht, nun auch unauffällig seine Ansichten über das Logische einzuholen.
»Damit verhält es sich doch wie mit der Anatomie! –
Stellen Sie sich nur einmal eine Schöne vor, Eckermann, nicht zu zaghaft. – Haben Sie? – So. Und nun, wo wir eben noch die weiche Leibesfülle unserer Schönen zu sehen meinten, die geschwungenen Arme, den wogenden Busen unserer

Grazie, Schwanenhals, lieblich gerundetes Gesicht, kurz: all den Flitterkram der Vergänglichkeit, da zeigt uns der gestrenge Anatom seine Wahrheit: Skelett und beinernen Totenschädel, notdürftig zusammengehalten von Sehnen und Fasern. – Derart streng verfährt nun auch Herr Logikus mit unseren verschwommenen Gedanken...«

Ich nickte.

»Ungläubigen Geistern macht das ein Schaudern, weswegen die Logik auch in einem schlechten Ruf steht und tot und kalt genannt wird. Ich sage aber, und Sie werden mir recht damit geben, sie schafft geradezu subalternen Geistern einigen Halt.«

Hier nun, gewissermaßen angesprochen, wagte ich einzuwerfen, ob nicht manches von dem, was uns die Logik lehrt, sehr schlimm bisheriger Erfahrung widerstreiten könne (ich dachte hier an Konklusionen von der Art ›Nur die Irren können erlöst werden‹ et cetera) und uns Fragen beschere, wo wir doch auf Antworten hofften...

»Daß die logischen Schlüsse oft widersinnig scheinen, soll uns nicht verwundern. Was sie ans Licht bringen, mag freilich zunächst wider die Sinne zeugen. Denken Sie jetzt wieder an unsere Schöne! Ist es doch höchst verwunderlich und, jawohl, widersinnig, daß das, was wir da im Arm halten und begehren, nichts anderes sei als ein maskiertes Skelett.

Allerdings wäre man schlecht beraten, wollte man sich gegen derlei nackte Wahrheiten sperren. Im Gegenteil – nur zu! Und ich höre gerne, wie Kräuter mir berichtet, daß Sie auch im logischen Fach sich fortzubilden suchen.«

Ich errötete vor Scham. (Woher wußte er das? Holt er Erkundigungen über mich ein?) G. indes muß mein Erröten für Bescheidenheit angesehen haben, denn er fuhr ungestört, jetzt mit wachsendem Eifer, fort.

»›Habe nun, ach! Philosophie‹... Nichts habe ich. Ach, hätte ich doch, ich könnte Ihnen wohl besser Rede stehen.

Auch in der Logik habe ich aus Wenigem immer Vieles zu machen gesucht. Da wußte ich etwa, noch aus den Studienjahren, den Satz ›Ex falso quodlibet‹, und das war mir schon genug, und ich konnte gleich sagen, dieses ›Aus Falschem folgt Beliebiges‹ sei das mephistophelische Prinzip der Logik.
Macht es mein Mephisto, der Falsche, denn anders? Was ihm an Wahrheiten entfährt, ist von dieser Art, und steht es nicht turmhoch über den kleinen Wahrheiten, die zwar recht und doch herzlich schlecht mein lieber Wagner stammelt?
Da ich aber Beliebiges folgen lassen wollte, in aller Größe, war mir vor keinem Widerspruche in den Prämissen mehr bange. – Doch zurück zu Ihnen...«
So ist das immer. Kaum hat er seine Gedanken ein Stück vorangetrieben, ich schreibe im Geiste mit, gebietet er sich Einhalt und kehrt zurück zu mir, dem Ausgangspunkt seines Denkens, gleichsam aber auch dorthin, wo das Reich der Gedanken wohl noch nicht begonnen hat. Diese Maßlosigkeit der Überhebung!
»Wie ist es, mein lieber Doktor? Sind Sie vorangekommen? Zeigen sich Sätze?«
Die Hände auf dem Rücken, auf und ab schreitend, in Pose wie Gangart dem Franzosenkaiser nicht unähnlich, nahm er nun meinen vorläufigen Rapport ab; ich verlas, ohne freilich meiner logischen Extravaganzen Erwähnung zu tun, der Reihe nach die von mir exzerpierten Sätze.
Dabei ruhten seine Blicke nicht eben wohlgefällig auf den anmarschierenden Truppen, eher vermeinte ich den besorgten, bisweilen kopfschüttelnden Feldherrn zu sehen, dem der Anblick seiner Truppen im Angesichte der bevorstehenden Schlacht Hoffnungslosigkeit oktroyiert.
Es war dies gestern, Donnerstag. Zum Abend gab es Kochschinken, der uns allen ausnehmend gut schmeckte.
Heute spät zu Bett. – Meine Ausflüge ins Land *Logica* haben

mich müde gemacht. Es ist ein Land nicht von dieser Welt. So wie der Sternenhimmel, erhaben und einfach goldig, aber...

Gute Nacht, schöne Welt! Sehe ich dich mit geschlossenen Augen, bist du nicht nur die beste aller möglichen Welten, sondern – ich gehe weit über Leibniz hinaus – auch die schönste...

den Tag darauf, gleich früh

Beschließe, die tiefsinnige Bemerkung G.s über Kant (›ein Korkbaum‹ et cetera) an geeignet erscheinender Stelle in die für den Druck gedachten »Gespräche« einzuschalten, schon damit mein bescheidener Exkurs ins philosophische Gebiet nicht ganz umsonst gewesen sein möge, und zwar in das Gespräch vom 11. April d. J. Dabei ist zweifelsohne einige Malice im Spiel, scheint mir doch diese Stelle Goethes Leichtsinn bezüglich philosophischer Materien auf zarte, andeutende Weise – für den aufmerksamen Leser indes immer noch deutlich genug – zu unterstreichen.

11. August 1827

Unter heutigem Datum 1. die Schuhe besohlen lassen, 2. das Weltenrätsel nicht gelöst und 3. nach dem Mittag (Stallhase, Kraut und Klöße) Magendrücken. Dasselbe mit Likör und frischer Luft einigermaßen kuriert. Keine Post.

Dienstag

Post von Hanchen, die mich restlos glücklich hätte machen können – nämlich: endlich Übersendung des besagten, lange

erwarteten Traum-Briefes vom 19. Dezember 1821, aufgegeben in Göttingen –, wäre nicht Hanchens einziger Kommentar dazu: eisiges Schweigen.
Die Lektüre des Briefes belehrt mich, mehr als ich erwarten durfte, über das Prophetische auch meiner Träume.
Ihn G. zu zeigen, halte ich für verfrüht.
›*Mir träumte vorige ganze Nacht bey Goethen, ich habe viel mit ihm gesprochen. Ich faßte immer seine Beine um, aber er hatte dicke Unterhosen an; er sagte, er könne anders nicht mehr warm werden. Er war schon sehr alt, aber mich hatte er sehr lieb, er holte mir auch aus der Kammer eine ganze Hand voll Birnen, die er auch schälte, aber bloß am Stengel herum; ich sollte alle aufessen, aber ich sagte ihm, zwey wollte ich an mein Hannchen in Hannover mitnehmen, ich käme zwar erst Ostern hin, aber sie würden sich wohl so lange halten, die 2. steckte ich in die Taschen. Auch der Ottilien ihre beyden Kinder stellte er mir vor, sie waren hübsch und dick mit hellen Locken, und ich recitirte ihm seine Verse ›daß dem Vater in dem Sohne tüchtig schöne Knaben bringst‹. Er meinte, ›stillst‹ müßte es heißen, ich aber sagte ihm, ob er sein eigenes Gedicht nicht besser kenne, es müsse ja bringst heißen, worauf er mir denn auch Recht gab. Er weinte über die jetzige Poesie, er sagte, sie läge ihm gar zu schwer am Herzen, er müsse nun bald davon, habe aber die beste Hoffnung auf mich gesetzt und würde nunmehr ruhiger sterben. Ich fragte ihn, was er von mir hielte, worauf er antwortete, daß, wenn ich es recht anfinge, ich einst gleichen Ruhm haben könne als er jetzt, denn mein Talent wäre nicht geringer als das seinige. Obgleich ich im Traume war, so kam es mir dennoch übertrieben vor, aber ich hatte darüber meine innerliche Freude, und dachte das meinige zu thun. Ich fragte ihn, wie ich es denn anfangen müsse, er aber sagte, es sey gefährlich, mir das zu sagen, und ließ mich darüber im Unklaren; er brachte dann das Gespräch auf andere Dinge und ging mit mir in den*

Garten. Auch der Großherzog von Weimar und andere große Männer waren bey ihm, aber die ließ er im großen Saale, wo ich sie aus der Ferne, wenn sich die Türe öffnete, auf und abgehen sah; ich war in seiner Stube und bey mir war er die größte Zeit, obgleich er auch zuweilen nach den Anderen hinüberging. Warum ich diesen Traum erzähle? Der beyden Birnen wegen, woraus Du sehen magst, daß ich auch bey Goethen an Dich dachte ...‹

Mittwoch, 17. Oktober

Gestern, zum Abend, noch eine Partie Schach gespielt. Ich gegen mich. Natürlich verloren, wie immer. –
Konversation heute morgen über das Schachspiel; irgendwie vermochte ich das Gespräch darauf zu lenken und habe mir mancherlei darüber aufgeschrieben.
Im einzelnen versteht er zwar sehr wenig vom Schach, immerhin aber doch soviel, oder besser: so wenig, daß er Allgemeines darüber zu äußern vermag. (Gott, wäre es doch einzig beim Schachspiele so!) Sein tiefes Wissen – gründet es sich nicht gewissermaßen auf eine raffinierte, weil universelle Oberflächlichkeit?
»Oh, ich wollte, weiß Gott, all die beim Schach in rauchigen Salons vertüftelte Vernunft wäre besseren Zwecken zugeflossen.«
Ich erwiderte ihm darauf, daß ein Schachspiel am Abend doch eine gelegene Abwechslung und Unterhaltung darstelle; nach des Tages Ernst – heiteres, königliches Spiel ...
»Spiel nennen Sie das, Freund? Mitnichten. Ist doch, wie man leicht finden kann, auf diesem schwarz-weißen Brettgeviert alles haargenauso eingerichtet wie in der Welt draußen.«
Ich wußte, was mir wohl auf dem Gesicht zu lesen stand, mit dieser Analogie noch wenig anzufangen.

»Nun, sehen Sie sich doch die Bauern an. Wie sie nur stumpf vorzurücken wissen, schrittweis, und lediglich in der Schlacht, wofern sie selbst noch nicht geschlagen, ist es ihnen verstattet, nach links oder rechts auszuschlagen. Das ist ihre Freiheit. Gerückt von blinder Vernunft oder Unvernunft, Schicksalsgriff im Nacken, Zug um Zug. – Die zweite Reihe aber, das königliche Haus, im sicheren Gewahr der Bauern. Ihr ist so ziemlich alles erlaubt... Eckermann, Freund, die dürfen alles... Königliches Spiel?... Rösselsprünge, Diagonalläufe, Winkelzüge... Nein, das ist kein Spiel.
Lassen wir doch besser die Finger davon. –
Sie schauen so, habe ich noch Wichtiges vergessen?«
Die Damen, erwiderte ich matt.
»Oh, die Damen, natürlich, ganz recht, Sie bringen mich erst darauf, da sehen wir es ja ganz deutlich. – Die fremde Dame, höchste Begehr – sie vermag alles gegen uns, zieht, wofern ihr nur etwas Freiheit gegeben, kreuz und quer und wie es ihr paßt übers Feld und gegen uns. –
Nota bene, selbst der König steht und fällt mit der Dame...«
Den letzten Satz hatte G. mit bedeutungsvoll gesenkter Stimme gesprochen, so daß ich, darüber nachsinnend, versäumte, mit meinen Fragen fortzufahren; damit hatte unser Schachgespräch sein Bewenden.
Inzwischen hatte G. schon damit begonnen, die von Brandt gelieferten Medaillenentwürfe – ein Geschenk an die Großherzogin – aus der Schatulle zu nehmen und vor mir auf dem Tische auszubreiten. Porträtstudien des Herrscherpaares und Goethes (letzterer lorbeerbekränzt), von denen die getroffensten zu favorisieren waren.
Hierbei G.s rätselhafte Bemerkungen über den Gesichtsausdruck als undeutlichen, aber untrüglichen Spiegel der Seele. Beispiele aus englischer Geschichte und aus der Historie bedeutender Geister. Doktor Galls Forschungen hierzu.
Ich blickte wohl mit interessierter Physiognomie drein,

meine Gedanken indes waren völlig zum gestrigen Schachspiel zurückgekehrt, so daß G.s Bemerkungen über die innere Schönheit an mir vorbei ins Leere gesprochen waren.

D.

Vormittags bei G., der nicht sehr aufgeräumt war.
Die kleine silberne Dochtschere war verschwunden.
»Ei, das kann doch wohl unmöglich der Fall sein. Sehe ich sie doch ganz deutlich vor meinen Augen, noch heute am Morgen, ehe Sie kamen, hier auf dem Tische, hier bei der Karaffe liegen...«
Solcherart Erwägungen.
Nun muß hinzugefügt werden, daß er seit dem frühen Morgen sich hier im Raume allein in meiner Gegenwart befunden hatte. Oh, wie ward mir schwindelig! Zielten doch alle Fragen, ohne daß ich genannt zu werden brauchte, in meine Richtung.
Prompt errötete ich.
Er nahm es wahr – und schien damit befriedigt zu sein. Er hatte seine Erklärung, das Unmögliche hatte nicht stattgefunden, und damit war es gut. Und eine neue Dochtschere würde sich ja schließlich überall im Hause auftreiben lassen.
Er ließ es bewenden und fuhr fort.
Nur einmal noch, als ich meiner feuchten Hände wegen ein Schneuztuch aus der Rocktasche langen wollte, blickte er mich sonderbar an. Da ließ ich es – Gott allein weiß, weshalb – sein. G. nickte, dann schüttelte er den Kopf.
Am Gespräch nahm ich nur mit halben Sinnen teil, spähte, ob ich das leidige Corpus nicht doch irgendwo fände.
Er schüttelte mehrfach mißbilligend ob meiner offensichtlichen Zerstreutheit den Kopf; wir waren erleichtert, als es Mittag hieß.
Beim Mittag verschluckte ich um ein Haar eine Gräte.

Er brachte mich bald zur Tür.
»Wollen wir wünschen, daß wir morgen einen besseren Tag miteinander haben, Herr Doktor Eckermann.«

Mittwoch

Am Morgen, beiläufig, zog G. die Schere aus der Tasche.
»Hier übrigens, Eckermann, ist sie, die Dochtschere. Ich hatte sie eingesteckt, zum Scherenschleifer. Es muß scharf sein, scharf, sonst quetscht man damit am Dochte, bis das Feuer womöglich erstickt, verstehen Sie?«
Ich verstand.

1. November, spätabends

Draußen auf der Gasse geht der Wind vorbei, im weiten schwarzen Mantel und rüttelt an Türen und Fensterladen vergeblich um Einlaß. Noch in die Ofenzüge dringt sein furioses Fauchen und machte mir zuerst bange. Aber wozu Bangigkeit! Schließlich, dem vagabundierenden Winde danke ich es ja doch, daß ich mich diese Nacht zum ersten Mal seit langem in meiner Klause wieder beheimatet fühlte.
An Hanchen sogleich einen Brief geschrieben, worin ich ihr in Antwort auf ihr letztes Schreiben neben anderen Dingen auseinandergesetzt, daß auch eine siebenjährige Verlobungszeit, denn solchen Stand erreichte unser Verhältnis in diesem Jahr, nicht für Scharlatanerie oder Leichtfüßigkeit – wie sie es auslegte – zeugt, sondern viel eher von gehörigem Lebensernst. Ewig, beklagt sie, könne doch dieser Zustand nicht währen. O weiblicher Unverstand! Natürlich nicht ewig. Denn alle sind wir – Ihn nehme ich hier einmal aus – sterblich, und nichts währt ewig.

Beispiele aus lebendiger Natur hier liebevoll von mir eingefügt, ›ewiges‹ Wechselspiel von Larve, Raupe und Schmetterling et cetera.
Ich schrieb ihr noch einige Lektüre auf, denn auf dem Gebiet des Geistes und der Bildung ist selbst das wenige, das ich ihr zu empfehlen wage, noch zu viel.

Freitag

O dieses stumme Wegrücken des Stuhles, mit freundlicher Miene zum bösen Spiel, das er da mit mir treibt. Wie ich das hasse!
Stelle ich den Stuhl nämlich etwas seitwärts, um Platz für meine Beine zu haben, sonst nämlich klemme ich am Tisch, doch sitze nicht eigentlich, so scheint er dies zunächst – er spricht von Wichtigem – nicht einmal zu bemerken. Erhebe ich mich dann aber nur einmal kurz, etwa um die italienischen Atlanten herbeizuschaffen oder ein Glas Wasser, schon macht er sich am Möbel zu schaffen, ganz wie nebenbei, ohne Vorwurf, als hätte ein Nichts mit Geisterhand unsinnigerweise den Stuhl verrückt, und beordert ihn zurück an den Platz, der ihm zukommt. Seinem Gusto nach.
»Ist etwas, mein lieber Eckermann? Sie schauen so besorgt drein...«
Nein, es ist nichts. Nichts ist. Und nichts ist in Ordnung. Das ist.
Diese unausgesprochene Quälerei, wie ich die hasse, unaussprechlich. Diese stummen Kriege, nicht erklärt und nicht erklärlich. Zu sagen: so und so, dies mag ich haben, dieses nicht, scheint unmöglich. Stumm und verbissen schiebt jeder am Gestühl nach seiner Fasson.
Und wer nicht aufpaßt?
Sitzt zwischen den Stühlen. Wie ich es neulich tat. Nicht weil

mein Sitzteil den Stuhl unwissentlich verfehlt hätte, nein, wissentlich – ich wollte ihm ein Exempel statuieren. – Er war wirklich sehr besorgt, half mir gleich auf, ohne erst lange nach Friedrich zu rufen oder sich um irgendwelche Etikette zu bekümmern. Als er sah, daß ich, aufgestanden, den Rock abklopfend, meinen Sturz heil, am Leib zumindest – in meine Seele hätte er nicht blicken dürfen! –, überstanden, war er sichtlich erleichtert und – rückte den Stuhl wieder grade, an seinen Platz, daß er ja nicht seitwärts abstünde...

»Ein Glas Wasser? Es hat Sie ja richtig durchgerüttelt. O weh, wie grämlich Sie dreinblicken, Ärmster. So setzen Sie sich doch wieder.«

Ich habe auf diese Weise, schweratmend mich niedersetzend, zumindest etwas herausgefunden, eine triftige Erklärung nämlich für uns alle, unser aller Los, ich schließe mich da nicht aus. Nur deswegen taugen wir nicht recht zum Großen, weil wir doch am Kleinen schon verzagen und verzweifeln. Größte Gabe – am Kleinen, Gewöhnlichen nicht verzweifeln.

Schon allein aber die Liste, welche ich selbigen Abend noch für meine Person zu Hilfszwecken aufzustellen begonnen, damit ich im Zweifelsfalle mich bestimmter, mir wohlbekannter Unarten erinnern möge, um vor ihnen und ihrer verderblichen Wirkung gewarnt und also gewitzt zu sein, schon die bloße Anfertigung dieser mnemontischen Liste trieb mich zu wahrer, fieberhafter Verzweiflung, da sie, diese Liste, bis spät nach Mitternacht nicht enden mochte und Blatt um Blatt fortwuchs. Folgende Proben seien zitiert:... Punkt 5) Weshalb kein ruhiges Einschlafen möglich, wenn das Schuhwerk verstreut im Zimmer liegt, wo doch sein fester Platz an der gedachten Luftlinie zwischen den Bettpfosten ist?... Punkt 12) Warum wohl eine schwarzsmaragdgrünchangierende ekle Fliege, die neulich einen Vormittag lang am Fenster surrte und nicht hinauszubewegen war, ein

Eckermannsches Epos auf König Ludwig von Bayern, welches – fertiggestellt – eine auskömmliche Jahrespension gesichert hätte, dieses tatsächlich zu verhindern gewußt, so daß es nun Riemer machen wird?... Punkt 21) Wieso kann ein Wachsfleck, versehentlich auf die Hose getropft, einen ernst denkenden Menschen, der zudem alleine mit sich im Raume ist, diesen zu Verdeckungsmanövern bewegen, mal mit dem Rock, mal mit dem anderen Hosenbein, und ihn schließlich nach mehrstündiger, immer erfolgloser Bemühung, selbigen Fleck zu verdecken, zu rasendem Beinkleidwechsel zwingen?... Punkt 28) Warum denke ich, wenn auf der Erfurter Chaussee mir der Wind ins Gesicht bläst, nicht an den Wind (respektive das Wetter, respektive die Bewegung vom Atlantik, respektive das Weltganze), sondern nur an meinen – zugegeben: teuren – englischen Hut, der davonzufliegen droht? Und und und. Punkt folgt auf Punkt. Kleinigkeiten ohne Ende, jede hat einen anderen Namen. Keine Kleinigkeit ist das!

Deswegen ist wohl Verzweiflung *namenlos*, weil sie jedermanns Namen trägt...

November d. J. 27

Ich sollte ihm seinen Willen lassen!

Das heißt, seinen Willen ändert er ohnehin nicht. Also sollte ich nicht wollen, daß er seinen Willen ändert.

Kurz: ›Ich sollte ihm seinen Willen lassen‹ heißt: Ich soll meinen Willen aufgeben. –

Diese kurze Deduktion belehrt mich, daß zwischen uns das Prinzip der Materie wirkt: Wo ein Ding ist, kann ein anderes nicht sein. Ginge es bei uns geistig zu, Gott, so wäre es freilich anders: Geister können sich durchdringen, bedürfen dessen geradezu. So aber...

2. Januar 1828

»Ich verstehe wohl, Eckermann, Sie meinen auch, ich müßte doch endlich nur dem *Eigentlichen* meine besten Kräfte schenken? Sie sehen mich mit russischen Tänzerinnen parlieren, über die Zukunft der Hanse nachdenken, lange Tagesstunden Beforstungspläne ausheckend und was weiß ich noch die lieben langen Tage treiben. Das meinen Sie doch? – Ich will mich nicht entschuldigen, nur erklären.«
Er saß in eine Decke gehüllt im Arbeitszimmer und blickte unterm grünen Augenschirm hervor mich freundlich an. Heute hatte er den Blick eines Kindes, und mir war sehr wohl in seiner Nähe. Sonnenlicht lag in schrägen, langgezogenen Vierecken auf der Diele. Wärme.
Ich wagte es, meine Hand zart auf die seinige zu legen, was er sich gerne gefallen ließ.
»Habe ich doch lange und mühsam herausfinden müssen, daß die ständige Abwesenheit des Eigentlichen wohl seine eigentümlichste Eigenschaft ist, obzwar es dies durchaus mit anderen Dingen, etwa dem menschlichen Glücke, teilt. So ist das.
Höre ich also einen sagen, nun endlich sei er nur mit dem Eigentlichen befaßt, wie es der gute Klinger oft tat, so weiß ich für mich, daß er ein Tagedieb ist und – zumindest im Moment – mit nichts beschäftigt. Denn das Eigentliche ist nichts. Wohl darf es und muß wohl auch ständig gesucht werden; wer es jedoch findet, hat falsch gesucht.«
Wir nahmen einfachen Tisch, Mehlspeisen aller Art mit kandierten Früchten, dann Wild mit scharfen Saucen, wovon wildes Schwein am meisten seinen stummen kauenden Zuspruch fand. Dazu leichten französischen Schaumwein, der die Lider zwar schwer macht, die Sinne aber angenehm erleichtert.
Danach angenehmes Plaudern über dies und jenes bis gegen drei.

F.

Der Reihe nach ... ich muß es der Reihe nach erzählen! Doch wo anfangen! Noch ist alles viel zu frisch, als daß ich den festen Haltepunkt zu finden vermag, von wo ab ich am Leitfaden strengster Disziplin sichergehen könnte.
Nun denn, mein Bericht – chronologisch.
Alle großen Tage haben ihren Morgen. Dieser hier, der gestrige, einen ganz gewöhnlichen. Und dies – muß es uns nicht geradezu ungewöhnlich erscheinen? Nun, ich will mir Reflexion und Wertung weitgehend versagen und nur die äußeren Geschehnisse sprechen lassen. Wie sonst sollte ich Ordnung stiften können?
Also das Abc des Morgens: Augenauftuen, Aus-dem-Bette-Drehen, Anziehen der Leibwäsche, Beinkleider, Bibbern, Bartschaben, Kaffeeschlürfen ... Der Tag versprach wenig, und das Beste an ihm – die Tasse Kaffee war justament ausgetrunken – schien mir schon im voraus nur noch dies zu sein, daß auch er wie all seine Vorgänger vergehen würde und hinabfallen in den schwarzen Schacht der Ewigkeit. Fürwahr, große Worte, zu deren Entschuldigung vielleicht nur die vielen geistesverwirrenden Kleinigkeiten anzuführen sind, die dieser Wochentag mir abverlangen würde. Es steht den Tagen nicht im Gesicht ...
Und es kann ja auch gar nicht!, füge ich ein. Wie ich es übrigens von jeher für eine Zumutung hielt, daß auf den Montag der Dienstag, auf den Dienstag der Mittwoch und so fort folgt. Indem wir den Tagen Namen geben, was eigentlich nur den Göttern zusteht, ist ihnen schon vorab unser Stempel aufgedrückt. Was kann schon aus einem Sonntag werden? Fromme Sprüche und saures Aufstoßen. Aus einem Wochentag? Arbeit. So laufen die Tage dahin, wie wir es für sie bestimmt haben, und es ist eine Anmaßung, mehr von ihnen zu verlangen. – Freilich, ich erinnere mich, wie ich einmal,

vor Jahren war das, in der Osterzeit tagelang durch die Heide gewandert bin. Bald war mir Uhrzeit und Datum verloren, und mir schien, als wäre dabei auch ein eiserner Ring von meinem Herzen gesprungen, so frei schlug es im grauen Morgendunst, da ich frierend, in eine dünne Pferdedecke gehüllt, im feuchten Grase lag, dem aufdämmernden Tage entgegen. Da war jeder Tag ein Schöpfungsbeginn, wenn vom Osten der Himmel sich rötete...

Kurz, der gestrige Donnerstag, ein Tag, grau wie mein Gesicht, als ich mich zur Pflichtlektüre am Schreibtische einfand. Wie durch ein Wunder lag das geflochtene Lederband, ein Geschenk Hanchens, so gnadenlos weit vorn im Buch, wo ich dasselbe vorgestern zugeklappt hatte. Jeden Morgen habe ich die undeutliche, insgeheime Hoffnung, es möge ein Quidam die Dinge über Nacht in eine Ordnung gebracht, sozusagen im Schlafe durchstudiert haben. Doch nichts dergleichen. Eher weniger, da man sich auch noch um diese schwache Hoffnung betrogen sieht.

Nun, es waren die anatomischen Schriften auf *Coup*-Sätze durchzugehen. Zu diesem Zwecke bildete ich meine diesbezüglichen Kenntnisse anhand eines von G. entliehenen anatomischen Atlasses fort. Die Organe der Reihe nach im Querschnitt. Auge, Gehirn... alles drängte hin auf Seite 31, wo ich den Schnitt des Ohres fand. Ich las und las, und, jawohl!, in der Anatomie des Ohres fand ich endlich das Merkwürdige, Unerhörte, das mir alles erklärt – all die Harthörigkeit, den schlimmen Mangel an Verstand und Verständnis füreinander, kurz: die Taubheit unserer Verhältnisse. Da ich mich nun so glücklich über den Aufbau des Ohres fortgebildet hatte, fiel es mir wie Schuppen auch von den Augen, und ich will und darf keinem mehr seine Taubheit verargen oder gar zum Vorwurfe machen. Im Gehörgang nämlich, nun kommt es!, findet sich ein Organ, von den Herrn Medizi mal so, mal so, bald aber auch *Labyrinth* benannt! Das also... ein kleines

Knöchelchen von unförmiger Gestalt... Oh, die Ohren zustopfen, um zu hören! Das also ist es.
Die vielen schönen, sorgsam erwählten Worte, die wir, sobald wir den Mund auftun, hoffnungsbeladen auf Reisen schicken, damit sie in des anderen Kopfe ankommen, um dort wohltätig zu werden – sie alle verenden irgendwo und wie ungesagt in diesem kleinen unendlichen Labyrinth, und nur ein fernes Echo schallt womöglich noch herüber... Was Wunder da, daß wir im Gespräche beständig einen Mangel an Verständnis spüren, der uns bisweilen die Zunge lähmen möchte. Mir war auf einmal so vieles klar, etwa mein schweigender Eintritt ins Jahr 27, Gespräche von Labyrinth zu Labyrinth... Es ist – siehe Seite 31! – eine anatomische Wahrheit. Ist diese auch niederschmetternd – jawohl, das ist sie –, so will ich doch gestehen, daß sie mich, weil ich es ja war, der sie entdeckt hatte, doch auch recht froh machte. Die Welt hatte sich zwar nicht von ihrer besten Seite gezeigt, im Gegenteil, da sie sich mir aber überhaupt irgendwie erklärbar gezeigt hatte, so hatte auch diese schlechte Seite ihr übergreifend Gutes, und ich konnte getrost zum Mittagstische schreiten. Es liegt nicht an uns – es liegt *in* uns!
Heute nun, als ich die Stunde geeignet fand, eröffnete ich ihm meine Entdeckung. Und? Zweifelsohne mühte er sich, meinen Gedanken zu folgen; die herabgezogenen Mundwinkel verrieten es ebenso wie seine nach oben gedrehten Augen. Auch verzichtete er darauf, eine nachdenkliche Miene zu machen, was mir eine sichere Gewähr dafür zu sein schien, daß er tatsächlich nachdachte. Denn denkt er wirklich nach, hat er keine Muße, nachdenklich zu gucken; da ist er ganz angespannt, und seine Miene hat eher etwas Blödes.
Aber! Aber! Aber! Er verstand mich nicht, trotz all meiner eindringlichen Wiederholungen verstand er nicht – sein Blick blieb fragend und abwehrend. – Dies nun verstand zunächst ich nicht, und ich wollte soeben zu erneuten Erklärungen

anheben . . ., da aber ging mir ein Licht auf – in mir jubelte es! Wie hätte er es denn auch verstehen können? Wie denn? Dies sein Unverstehen nehme ich also rechtens als eine schöne Bestätigung meiner Hypothese; Ohrenlabyrinthe hat auch er, natürlich, solche nämlich, in denen sich meine Worte verlieren. Deren zwei, wie jedermann – aber was für welche! Ein großer Mann hat große, undurchdringliche.
Ich verabschiedete mich bald von G., weil ich den Abend nutzen wollte, an meiner Hypothese fortzuarbeiten. Schon fürchte ich um meinen Nachtschlaf, denn ist einmal eine Idee da, so zieht sie einen ganzen Schweif von Unterideen nach sich, die verfolgt werden müssen. Mein abendliches Hirn ist dann von innen hell erleuchtet. Den fälligen Brief an Hanchen verschoben.
Seine Zurückhaltung in diesem Belang erkläre ich mir, da ich heute abend noch einmal in Ruhe darüber nachdachte, freilich auch aus einem anderen Grunde: sein berühmter os intermaxillare, der Zwischenkieferknochen, auf welchen er mich heute beim Abschiednehmen nachdrücklich verwies, war und ist natürlich niemals von derselben Wirkung auf die zivilisierte Welt, wie es dereinst meine Labyrinthe werden könnten. Wenn sein Knochen wenigstens das Kauen oder den Schluckauf oder sonst etwas näher erklären würde – nichts! Er hat einen Knochen aufgesammelt, apportiert, den die Jenenser Herrn Medizi einfach liegengelassen hatten, weil nichts davon zu haben war.

11. Dezember d. J.

Mit der Tabakspfeife sitzen, die ich sonst ihm zuliebe verabscheue. Nur der Rauch vermag sich noch zu erheben auf blauen Flügeln, da man selbst zurückgesunken ist. Das ist die Ruhe vor dem Sturm, der niemals kommen wird.

Die Tantalos-Arbeit der letzten Zeit hält meine ganze Aufmerksamkeit gefangen. Nur selten gestatte ich meinen müden und abendlich sehr geröteten Augen, mit sehnsuchtsvollen Blicken zu fliehen. Sie finden Zuflucht im besänftigenden Schwarz des Baumes draußen vorm Fenster, schweifen hierhin und dorthin ab und schließlich hinan zum dunklen Dämmerhimmel.
Gestern noch war ich frohgemut und wie von schwerer Last befreit, denn es schien einige Hoffnung zu sein, *den* gültigen Satz gefunden zu haben.
Mit fliegenden Schritten eilte ich zu G., ohne Anmeldung trat ich, überglücklicher Bote, vor ihn hin. Doch ehe ich ihm auseinanderzusetzen vermochte, was ich gefunden, daß er nämlich sein nun bald achtzigjähriges Lebenswerk am Ende füglich genauso beschließen müsse wie das letzte große Werk seines Lebens, den *Faust*, und daß demnach das Finale des *Faust*-Dramas, der *Chorus Mysticus*, uns unweigerlich auch den gesuchten Coup-Satz weisen müsse – ehe ich ihm dies alles so deutlich, wie es mir vor Augen stand, erklären konnte, hatte er schon mit seinen knapp und nüchtern vorgebrachten Bedenken all meine Hoffnungen auf ein glückliches Ende zunichte gemacht.
»Es ist doch immer dasselbe. Da geht es uns ja wie bei dem Verslein von neulich. Entsinnen Sie sich? ›... Der wird zuletzt sich überzeugen / Er sei kein Wesen ihresgleichen.‹ Entsinnen Sie sich! Überzeuchen... Überzeuchen... Diese Unart, die ich nie habe ganz abstellen können und die schon, ich sage es Ihnen im Bilde, die schönsten Blüten meiner Dichtkunst zu Provinzdisteln verdorren ließ. Diese beleidigenden Dialektreime! ›Ach neiche / Du Schmerzensreiche, / Dein Antlitz gnädig meiner Not!‹... Merken Sie das nicht?
Der ganze *Faust* wimmelt doch davon und von den Gedichten mindestens die Hälfte. Ich kann das alles nicht mehr kaltsinnig lesen und wünschte mir Ihren Leichtsinn. – Daß man es den

großen Weltsätzen auch ja auf den ersten Blick recht scharf ansehe, aus welchem Zipfel Deutschlands sie emporgestiegen. Ich habe viel gesündigt in diesem Belang und will es nicht noch auf dem Sterbelager tun. Das verstehen Sie. – Geben Sie nur her, das fängt doch gleich so an... Na sehen Sie, hören Sie: ›Alles Vergängliche / Ist nur ein Gleichnis; / Das Unzulängliche, / Hier wirds Er...‹ Ich spare mir und Ihnen den Rest.«

Er war aufgestanden und machte kopfschüttelnd im Zimmer die Runde. Ich für meinen Teil war vom Stuhl aufgesprungen und wandte eilfertig-beherzt, um zu retten, was vielleicht noch zu retten war, ein, ob wir es dann nicht wenigstens bei den letzten beiden – reimfreien! – Zeilen des Chorus belassen könnten...

»Das? Sie – mir? – Unglücklicher!«

Nun machte er seinem angestauten Ärger Luft und zerschmetterte vor meinen betrübten Augen auch noch diese. Er tat dies mit einer kalten, beinahe satanischen Lust, welche ich bei ihm vorher, zumal in bezug auf Eigenes, noch nie beobachtet hatte.

»Da wären also dann den Mißverständnissen glücklich alle Schranken aus dem Wege geräumt, nicht wahr. ›Das Ewig-Weibliche / Zieht uns hinan.‹ Das also? Das ›Ewige‹ werden sie natürlich weglassen, die Nachplapperer, und was bleibt? ›Das Weibliche zieht uns hinan.‹ Und dies, die große Klammer der Ewigkeit genommen, ist genauso gut, genauso schlecht eben auch, wie ›Das Weibliche zieht uns hinab!‹ Und das bieten Sie mir an? Soll dies das Fazit meines unermüdlichen Lebens sein? Ich schau in Abgründe, Eckermann.«

Stillschweigen, G. auf und ab im Zimmer.

»Ich weiß, Eckermann, es ist kein leichtes. Und dennoch, dennoch...«

– Die Pfeife ist kalt, und ich gehe wieder zu Werke. Die Uhr schlägt die siebente Stunde.

Müdigkeit, und mehr als das.

Januar 1828

Ich bin wohl der unglücklichste Mensch von dieser Welt! Bei unserem heutigen Gespräch, wir saßen allein zu Tisch, bemerkte ich ihn nicht ganz bei der Sache. Sein Mund verzog sich gebieterisch, so wie ich es bisher selten bei ihm gefunden.
Großes Erschrecken! Rasch überlegte ich, womit ich ihm wohl diesmal Anlaß zu Mißfallen gegeben haben könnte. Allein ich fand nichts. Oder sollten ihm meine, auf eigene Faust unternommenen Knochenstudien nicht geschmeckt haben? Ich saß beklommen.
Schließlich aber bemerkte ich die tiefere Ursache seines gestreng verzogenen Mundes – ein faseriges Stück des Rinderbratens klemmte ihm zwischen den Backenzähnen.
Zunächst wendete er den Kopf beiseite. Dann ließ er diese Vorkehrung, blickte zu mir herüber, wobei er, als ob ich Luft wäre, endlich mangels eines anderen Gerätes seinen kleinen Finger dazu benutzte, die störende Faser zu entfernen. Als all dieses nichts helfen wollte, erzeugte er mit geschlossenen, seitwärts verzogenen Lippen für kurze Momente einen Unterdruck in der rechten Backenkammer, hoffend, mit der kurz darauf in kleinen Abständen schmatzend abgelassenen Sogluft auch das leidige Stück Fleisch loszuwerden. So ging das eine Weile fort. Ich tat mein Bestes, das Peinliche der Situation zu überspielen, so zu tun, als ob ich nichts sähe, höre, was mir allerdings schwerfiel, da er ja seinerseits mir gegenüber keinerlei Scheu zeigte. Wozu da eigentlich meine klagenden, in seinen Augen flüchtenden, über den sich verziehenden Mund hinwegsehenden Blicke?
Es war wieder einmal die Peinlichkeit unbegreiflicherweise auf meine Seite umgeladen. Ich errötete. Und er? Hatte mit einem Male seinen Mund frei, wischte sich diesen zufrieden ab und legte die Serviette auf die leere Bratenplatte. Er konnte

sich nun dem Gespräche widmen; am besten, so G., schmecke das Fleisch der heiligen Kühe – mir aber stockte die Zunge. Überhaupt sehe ich mich sonderbar gefügt in seiner Macht stehen. So versteht es G. auf geheimnisvolle Weise, Schuldgefühle in mir zu erzeugen, die mich ganz hilflos machen. Ich entsinne mich eines Gespräches vom letzten Sommer, als in kleiner Gesellschaft die Rede auf die zu erwartende Mißernte kam. Während v. Müller der Runde das Ausmaß der Schäden an Roggen, Weizen und so weiter auseinandersetzte, ruhte G.s Blick die ganze Zeit bestätigend auf mir, als sei *ich* die Ursache allen Übels. Sein Blick schien zu fragen, ob ich es wirklich so schlecht gewollt habe und ob ich denn nun endlich damit zufrieden sei, daß es seit Wochen in Sturzbächen aus dem Himmel flösse. Ich senkte meine Blicke, was er wohl als ein Schuldgeständnis angesehen haben mochte.
Man muß nur mit irgendeiner fixen Idee vor die Welt hintreten, bestätigen wird sie sich allemale von selbst.

Freitag, Mittag

Post von Hanchen.
›*Bleckede, d. 7. Februar 1828 – ... Womit soll ich Dir auf Deine Klagen erwiedern und womit soll ich Dich trösten, da ich einsehe, daß sie gerecht sind. Nimmer hätte ich geglaubt, daß es Göthen nicht leichter würde, Dir eine Anstellung, zumal eine solche, wie die immer schon erwähnte, zu verschaffen, da diese nur allein vom Herzoge abhängt, und Göthe doch sein bester Freund ist, wie ich mir nicht anders denken kann, unbeschreiblich viel dazu beitragen könnte; ich glaubte, sein gutes kräftiges Wort bey seinem Freunde, dem Großherzog würde eine schnellere, wünschenswerthe Wirkung hervorbringen. Auch muß ich mich wundern, daß Du selbst daran zu zweifeln scheinst; doch freylich, wenn Du an*

das Jubiläums Geschäft denkst, kannst Du wohl Zweifel hegen! – Dießmal hege ich aber mehr Vertrauen zu Göthe und kann unmöglich denken, daß Dein jetziges Geschäft für die dortige Bibliothek wieder unbelohnt bleiben wird…‹

16. Februar 1928

»Ich sehe Sie im Umfeld Studien treiben, und das ist gut so. Ich meine jetzt Ihre jüngst freigelegten Knochen… Habe ich doch früher selbst das Feld eher zu weit abgeschritten als zu knapp. Und tue es ja auch noch heute so.
Nun höre ich immer noch die Leute sagen, unsere Liebesmüh damals, etwa mit dem Zwischenkieferknochen, sei eine vergebliche gewesen. Irrtum, Eckermann. Diese grandiose Entdeckung, die ich eine mutige nenne, war einzig deswegen nicht vor uns gemacht worden, weil damit nur Ärger zu bekommen war.
Mögen Sie jetzt bitte an den seligen *Baruch Spinoza* denken, von dessen Schicksalen Sie mich schon öfter mit wärmster Anteilnahme haben berichten hören. Wo er den allesdurchwebenden Gott hinstellt, den All-Einen, der Natur, Mensch und Geist verbindet – große Philosophie, Eckermann! –, da trat nun ich auf den Weltenplan, das war 1784, in Händen nichts als jenen unscheinbaren, fast verwachsenen Knochen, den ich zum Beweis vorlegte, daß zwischen Tier und Mensch ein natürliches Band geknüpft sei… Was glauben Sie, was das für ein Spektakulum gab! Ich wolle aus dem beseelten Menschenkind eine gefräßige Tier-Bestie machen und so fort. Denn nichts anderes lehre uns ja dieser Knochen, in dem unsere Schneidezähne wurzeln…
Ich mußte bangen!«
Hier nun, da er schon den seligen Spinoza angesprochen, warf ich fragend ein, ob er denn damals für sich ein ähnlich

unglückliches Ende befürchtet habe, wie es der Baruch Spinoza tatsächlich erfahren hat.
»Davor nun hätte ich gerade keine Bangnis gehabt. – Dies übrigens anzumerken für unseren *Coup*. – Denn es hat schon etwas, und es ist ein großes Ende nach allen Querelen, sich in eine stille Gasse zurückzuziehen, wie es Spinoza tat, und Brillen zu schleifen. Seine großen Arbeiten unterdrückte er bei Lebzeiten, lehnte sogar eine kurpfälzische Berufung nach Heidelberg ab, Lehrfreiheit... Seine Freiheit war es, jedermann, der ihn darum anging, das geringe Sehlicht mittels einer passend zurechtgeschliffenen Linse aufzuhellen. Das war seine Freiheit. Mehr Licht, mehr nicht. Und er muß zufrieden damit gewesen sein.
Derlei Selbstbeschränkung war nun bei uns natürlich nicht vonnöten. Sie wissen, der Großherzog, bei allem, was man sagen mag, war und ist eher das, was man *liberal* nennt, wenn es auch, besonders in seinen jungen Jahren, die Liberalität der Regellosigkeit war, eines Desinteresses am Staat. Er war zu sehr mit sich beschäftigt, als daß er Zeit gefunden hätte, sich ein kompliziertes Geflecht der Unfreiheiten für andere auszudenken. So war das. – Später, reifer geworden, ließ er den Dingen bewußt ihren freien Lauf. Das ist dann bis auf den heutigen Tag seine hohe Staatskunst, die man nicht genug loben kann.
Nun mag man vielleicht zu Recht einwenden, daß unsere Freiheit hier in Weimar, auf die wir stolz sind, am Ende doch nur der Willkür eines Despoten entsprang, der es sich nun einmal in seinen eigensinnigen Kopf gesetzt hat, in seinem, gerade in seinem winzigen Staatswesen möge es zur Abwechslung und wie aus einer Laune heraus freier als anderswo zugehen... Das mag sein, Eckermann. Aber so oder so, es war Freiheit. Ich erkenne es daran, daß man ihr nicht entfliehen konnte und sagen: Wir durften nicht, es war uns verwehrt. Nein, wir durften, und verwehrt war uns kaum

etwas. Wie ich denn überhaupt meine, daß man die Freiheit sich nehmen muß. Dies an jedermanns Adresse. Sie wird nicht ausgeteilt wie zum Heiligen Abend Erbsensuppe an Bettler und Waisen.

Nur was wir uns zu nehmen verstehen, gehört uns. Geschenkte Freiheit... geschenkt.

Zeigen Sie mir ein zivilisiertes oder barbarisches Staatswesen, wo einem die Freiheit *gegeben* ist. Das wäre, als schenkte man den nackten Orinoko-Indianern ein Piano. Sie würden sich ein Floß daraus bauen oder sich abends ein Feuer daraus machen. Hingegen auf Bambusröhren, die sie sich selber und mit Geschick aus dem Urwalddickicht brechen, machen sie, wie Humboldt berichtet, passable Musik. Soweit zur Freiheit.

Diese hat natürlich auch noch einen philosophischen Begriff, und es ist mir kein Wunder, daß gerade Spinoza ihn herausgefunden hat. Den klarsten Begriff von einer Sache vermag man sich ja ohnehin nur dann zu machen, wenn man diese nicht hat. Denn in solchem Fall ist man wirklich auf der Suche.

Frei also nennt er ein Ding, das allein aus der Notwendigkeit seiner Natur existiert und handelt.

Darin sehe ich auch einen Fingerzeig! Und es muß hier die *Notwendigkeit* als Aufforderung gelesen werden, noch in aller *Not, Wendigkeit*, an den Tag zu legen. Schon haben wir, was ich meine.

Schauen Sie sich dagegen die unglücklichen Ölbilder an, die uns manchen *freien* Herrscher vorstellen. Mir ist da ein Bildnis erinnerlich, ich sah es in einem italienischen Palazzo, das zeigt einen Thronfolger, es mag ein Knabe von fünf oder sechs Jahren gewesen sein, eingezwängt in ein Schnallenkostüm, in der Hand, halb zerquetscht, ein bunter Vogel... saß er auf dem viel zu großen Throngestühl wie ein Liliputaner-General. Ich sehe noch heute seine nachlässig geöffneten

Augen, voll von Überdruß und Langerweile. Alles zu dürfen ist das Ende aller Freiheit, denn es wirft uns zurück auf uns selbst und macht uns zu Untertanen der eigenen grenzenlosen Willkür.«

Um mein teilnehmendes Interesse an unserm Diskurs zu bekunden, nicht zuletzt auch, um vielleicht noch etwas für den *Coup* aufzuschnappen, fragte ich G. jetzt, sozusagen in eigener Sache, wie Spinoza denn die Unfreiheit definiere.

»Zunächst einmal ist Unfreiheit wohl ein Mangel an Freiheit. –«

Stille, Nachdenken.

»Und wo der Freie seiner Natur gemäß handelt und bestimmt, ist der Unfreie, so Spinoza, von einem anderen bestimmt, so oder so zu handeln.«

Nun, warf ich ein, könne doch wohl nicht bestritten werden, daß auch der vermeintlich Freie, indem er schaltet und waltet und dabei zwangsläufig andere unfrei macht, auf diesem Wege selbst wieder in eine Unfreiheit gerät. Etwa wie jener Herr, der von den Launen seines Dieners abhängt, wie wir es neulich in der Komödie sahen. Der Diener Ambrosius macht alles treu-verschlagen richtig, daran ist nicht zu deuten, und doch macht er es seinem Herren niemals recht. Ja, dieser liegt barmend und jammernd am Ende auf den Knien, schloßhundsmäßig heulend ... Der Diener aber, der, als es galt, das Mittag aufzutragen, beim ersten Eintreten das Klopfen vergaß und beim zweitenmal die Tür, ungelenk das Tablett ausbalancierend, mit dem Fuße aufstieß, weswegen der Herr ihn schalt und, ungehalten über derlei Regelwidrigkeiten, umgehende Korrektur verlangte, der Diener kommt nun ein drittes Mal, richtig anklopfend, die Tür, nachdem er draußen das Tablett auf einem Beitisch abgestellt, geräuschlos aufklinkend, kommt wie geheißen, willkommen, und siehe – die Suppe ist kalt. So trägt er stumm, in stolzer Würde, denn von selbst zu sprechen, also auch Entschuldigungen vorzubringen, ist ihm verwehrt, das Tablett mit der Porzellanterrine, darin die kalte Bouillon schwappt, wieder hinaus in die Küche. Und der Herr krallt sich ins Tischtuch, bleich, sinkt nieder, und was er jetzt braucht, ist keine Suppe mehr, sondern nur noch ein geladenes Terzerol.

»Voyons! Eckermann, der Freie, der unfrei wird, das scheint mir gut und listig beobachtet! –

Wie ich denn überhaupt den Scharfsinn in Ihnen rühmen muß, den Sie nicht zuletzt durch Zurückstellung manchen eigenen Werkchens erlangt haben, ja, ich bemerke zunehmend, daß Sie Eigenes am besten dann erzeugen, wenn Sie sich dem scheinbar Fremden zuwenden, um daraus etwas zu extrahieren. Namentlich auch Ihr Vermögen, den innewohnenden Widerstreit dingfest zu machen.

Gut so.«

Ermuntert von diesem Zuspruch, fiel mit bei dieser Gelegenheit noch die Geschichte jenes ›Sekretärs‹ ein, die ich vor kurzem in den »Mannigfachen Neuigkeiten aus aller Welt« gelesen hatte und die ich nun zum Besten gab.

Ein französischer Graf, der greise Marquis O., aus der Provence, lag, es war im Winter 1 . . ., im Bibliothekszimmer seines Landhauses zu F. todkrank danieder. Niemand zweifelte, daß es das Sterbebette war. Ein kaltes tropisches Nervenfieber raffte ihn dahin; mit jedem Tag wurde er weniger. Die verbleibende Lebenszeit – seine junge Frau war geschäftlicher Dinge wegen mit Eilpost nach Paris gereist – verbrachte er damit, halb wachend, halb schlafend, einem jungen Mann namens Leopoldo, den er eigens als Schreiber angestellt hatte, seine Memoiren zu diktieren; sei es, um seinen Nachkommen, denen er eine florierende Wirtschaft und reichlich in- und ausländisches Kapital hinterließ, ein Denkmal seines Lebens zu stiften oder aber, um das Geschriebene sogar in Druck zu geben, wovon er sich einige Belehrung auch für weitere Kreise versprach, denn angesichts seines unvermeidlich herannahenden Endes spürte O. keinerlei Scheu mehr und diktierte dem nachdenklich blickenden Leopoldo intimste Bekenntnisse seines Lebens in die rasch übers Papier fliegende Feder. Der Erlebnisse während des russischen Feldzuges ward in allen Einzelheiten gedacht, ebenso hatten ausschweifende Erzählungen über Kindheit und Jugendjahre ihren Platz, zahlreiche Episoden der verschiedentlich unternommenen Reisen ins Nilland, bis hinein in den Sudan – kein Detail versäumte O. zu erwähnen, so daß am Ende vor ihm ein buntes Mosaikbild seines wechselvollen Lebens erstand.

Wie nun das Buch gefüllt war, es waren über den mehrmals vor Schwäche unterbrochenen Diktaten mehrere Wochen vergangen, ließ O., gänzlich ermattet und nun doch auch von der Last drückender Erinnerungen befreit, sich eines Morgens den dicken Folianten zur Durchsicht reichen. Der Schreiber senkte den Blick. O. hielt es für Bescheidenheit und erwog in diesem Moment wohl auch, das Salär des treuen Schreibers ein wenig zu erhöhen, nickte matt und schlug die erste Seite auf …

Nun, es stellte sich heraus, daß Leopoldo, der in Wirklichkeit Louis hieß und ein Landstreicher war, bisher in völliger Unkenntnis des Lesens und Schreibens gelebt hatte. Einzig der Protektion einer gefundenen oder gestohlenen Brille, die er auf der Nase trug, sowie seiner, wie sich später herausstellte: angeborenen, Stummheit, welche man allerdings im gräflichen Hause – was besonders für den jungen Mann gesprochen haben mußte – für vornehme Verschwiegenheit gehalten hatte, verdankte er diesen Posten, ohne daß er dabei einer Lüge bedurfte, die er seiner Natur nach ja auch gar nicht hätte über die Lippen bringen können. So also verbrachte er dankbar und schweigsam die langen kalten Wintermonate im warm geheizten Bibliothekszimmer, bei guter Verpflegung, und tat nichts, als während der, wie er später auf Befragung nickend gestand, durchaus fesselnden Erzählungen des Grafen, denen er mit wachen Sinnen lauschte, das leere Buch von Anfang bis Ende mit schwarzen Schnörkellinien zu füllen. Er soll dabei ein Halbdutzend Schreibfedern und mehrere Tintenfäßchen verbraucht haben.

Marquis O. wurde wahnsinnig.

Zunächst aber erhob er sich vom Sterbebette, genas augenblicklich vor Wut und fuhr mit der nächsten Post nach Paris, wo er seine Frau in den Armen eines Cousins fand.

O., ein Gespenst seiner selbst, taumelte fiebernd ins Pariser Leben, wo er mit einer spanischen Tänzerin, die Dolores hieß, die er aber stets nur *den Leoparden* nannte, in Etablissements und gemeiner Gesellschaft binnen weniger Wochen sein gesamtes Vermögen durchbrachte – eine Leistung, die nur derjenige zu würdigen weiß, der sich eine Vorstellung von der einstigen Größe des gräflichen Vermögens machen kann... Ein knappes Jahr später setzte ein Kopfschuß seinem Leben ein Ende. Er starb an einem Februarmorgen in einem Waldstück unweit von P., nach einem Duell mit Monsieur de L. Auf dem Duell hatte der Marquis bestanden, weil de L. in einer Wirtschaft ›beleidigende anstößige Bemerkungen‹ über Lou-Lou, eine einäugige Katze, die letzte Begleiterin des Grafen, gemacht hatte.

Des Grafen Hinterlassenschaft belief sich auf einen gigantischen Schuldenberg und eine keineswegs fröhliche Witwe, die in dem mit Hypotheken belasteten Hause zu F., dem einstigen Landsitz des Grafen, zwei kleine Zimmer bezog, nachdem der Cousin sich von ihr abgewendet hatte. –

Eine Geschichte, deren fatale Wechselfälle mich damals wie heute erheiterten.

G. lächelte süß-säuerlich, bald auch kopfschüttelnd, rutschte auf seinem Stuhl hin und her, und es war ihm anzusehen, daß die Geschichte vom falschen Sekretär nicht nach seinem Geschmacke war.

Ich erinnerte schließlich noch, um am Ende doch zu einem versöhnlichen Abschluß zu kommen, als Resümee gewissermaßen und auf die Formel gebracht, an die Worte des Zweiten preußischen Friedrich, der sich selbst ja als den *ersten Diener* seines Staates betrachtete.
»Ja, das sind große Worte –«,
fiel G. hier ein, sichtlich froh, von der unangenehmen Geschichte mit dem falschen Sekretär wegzukommen.
»– und die *Freiheit* gibt uns wohl noch manches Rätsel auf. Aber im Ernst – hoffen Sie noch auf Auflösung aller Rätsel? Lassen wir der Freiheit, die uns heute so in Beschlag nahm, das Wolkige – ist sie doch im Grunde eine Idee! –, und wenden wir uns den Arbeiten zu. Schließlich gibt es noch Wichtigeres.«
Wir sperrten die Tür zwecks Abhaltung aller Störungen zu und breiteten auf dem Boden des Kabinetts und der Bibliothek die Herbarien aus, um die Neuzugänge (Gräser aus dem Schwarzwald, Käfer, Schmetterlinge, darunter eine prächtige Liparis monacha!) einzusortieren. – Bis gegen eins. Ganz von der farbigen Wunderpracht gefangen.

S.

Bin sehr entfernt davon zu glauben, wir wären der *Freiheit* ein Stück näher gekommen. Las heute abend, unbefriedigt wie eigentlich immer, sein *Zweites Kophtisches Lied,* das – offenbar seiner zahlreichen Imperative wegen – einen Platz *in meinem Coup*-Sammelsurium gefunden hat. Aber nur einzelne Zeilen verdienen Beachtung, wohingegen das Ganze einen zwiespältigen Eindruck hinterläßt: hier der Freie – da, im Staub, der Unfreie. Die Freiheit des Einen – die Unfreiheit des Anderen? Oder umgekehrt? Oder wieder umgekehrt? Wer weiß. Vermisse Gedanklichkeit im Gedicht.

Reine Deklamation. Er hat es in den achtziger Jahren geschrieben, als er vierzig war, im besten Mannesalter. (Ob es wohl das beste Alter nicht ist? Im Vollbesitz aller Kräfte – vielleicht ein Mangel an Mangel?)
Das Dichter-Ich gibt sich schon im ersten Wort als Herr zu erkennen: ›Geh! gehorche meinen Winken...‹ Diese frühe Parteinahme, bevor das Eigentliche begonnen hat, verhindert jedes mitfühlende Interesse. Und dann erst: ›...Du mußt herrschen und gewinnen. / Oder dienen und verlieren, / Leiden oder triumphieren, / Amboß oder Hammer sein./‹
Und was bin ich? Nichts von alledem, irgend etwas in der Mitte, zwischen Hammer und Amboß gelegen... So ist die Lage.
Werde diese Sprüche aus meinem Register streichen. Nicht zuletzt auch ihm zuliebe, dem nicht an derlei kruden Vereinfachungen gelegen sein kann. Freilich, es müssen auch diese Streichungen bedachtsam geschehen. Fiele mit jeder nächsthöheren Wahrheit auch die vorhergehende, so bliebe am Ende konsequenterweise nur ein Satz, der letzte, höchsterrungene bestehen. (Darin haben wir ein Symbol für die Größe und mehr noch für die Diffizilität unserer *Coup*-Unternehmung...)
Auch bin ich, was Spinozas Begriff der Freiheit anbelangt, sehr in Zweifeln. Es hat etwas Konstruiertes. Wüßte ich bei all den Zufällen des Lebens ›die Notwendigkeit meiner Natur‹, der entsprechend ich frei handeln könnte, o gewiß, ich wollte schon frei sein. So aber... Bald ist mir das eine, bald das andere notwendig, und von der Freiheit keine Spur. Denke ich zuletzt noch an seine Knochenfunde im Menschen, so kann ich mich eines müden Lächelns schlecht erwehren. Es ist schon ein ziemlicher Umweg, nachts, im anatomischen Lehrsaal, fernabgeschieden vom Leben, Hunderte von Leichenschädeln aufzusägen, um dann im Vergleiche festzustellen, daß im Kopfe des Menschen etwas Tieri-

sches sei. Man könnte das bei guter Laune *akademisch* nennen... Ich gehe nur einmal quer über den Markt, steige nur einmal nachts durchs Treppenhaus... und sehe!
Für mich haben solche ›Beweise‹ die Schlußkraft eines Circulus vitiosus. Wüßte Hanchen, in welchen Kreisen ich mich hier bewege – o weh! Sie weiß es nicht, und ich will hoffen, daß sie solange wie möglich in dieser tröstlichen Unwissenheit verbleibt.
Beschließe heute auch, von meinen Labyrinthstudien zu lassen, da ich 1. das Wesentliche erkannt; 2. auf Verständnis weder hoffen will, noch darf und mir 3. auch sonst keinen rechten Gebrauch davon denken kann.
Gehe mit dem guten Gefühl zu Bett, die Menschheit um einen großen Gedanken zu betrügen. Quos ego!

27. Februar d. J.

Heute, beim Spaziergang, äußerte G. einiges, den ägyptischen Großkophta und verwandte Dinge betreffend.
»Eckermann, im Grunde ist es eine Gnade, daß uns Einblicknahme ins Zukünftige verwehrt ist. Die Unwissenheit macht uns – wenn schon nicht frei, so doch – freier.
Da wir nicht wissen, was ohnehin kommen wird, können wir die schöne, schillernde Illusion in uns nähren, etwas in der Welt hinge noch von uns ab. Und da die Dinge der Gegenwart ganz augenscheinlich nicht von uns abhängen, so richten wir diesen unseren sehnsüchtigen, naiven Kinderwunsch also folgerichtig in die Zukunft, in dieses kostbare Reich der Freiheit, des Nichts... oder des, um es ganz genau zu sagen, Noch-nicht.
Wir beziehen also unsern frommen Glauben an die Zukunft aus unserem Nicht-Wissen, und wir sollten dies bei all unserer Wissenschaft nicht aus dem Auge lassen – Sie verstehen?«

Mittwoch, d. 5. März 1828

»Eckermann, Sie haben die letzten Tage einige sehr bemerkenswerte Dinge geäußert. Sagen Sie, schreiben Sie da nicht hie und dort etwas davon nieder?«

Diese Frage kam wie nebenbei, er sortierte Mineralien, und dennoch vermerkte ich die Spannung, aus der heraus sie gestellt war; ein prüfendes Aufblicken in meine Richtung verriet mir ganz untrüglich sein Interesse.

Seit ich ihm in einer schwachen Stunde meine Pläne, die Gespräche mit ihm schriftstellerisch nachzuzeichnen, eingestanden hatte und er dieses Ansinnen mit so eisiger Ablehnung bedacht hatte, war von dergleichen Dingen zwar nicht mehr das Gespräch gewesen, dennoch glaube ich, daß er mir nicht glaubte, als ich ihm damals versicherte, mich fortan ganz auf das Wesentliche zu reduzieren und die Finger von dieser Sache zu lassen. Er schien mir sogar ein wenig beleidigt damals.

Bisweilen, wenn er bestimmte komplizierte Dinge mit so grenzenloser Einfachheit (Plattheit?) ausdrückte, daß er zu Recht hoffen durfte, mit solchen Sentenzen in den plappernden Mündern der Nachwelt für einige Zeit sein irdisches Leben zu verlängern, war mir, als ob er es insgeheim bedauerte, daß er mir die Beschäftigung des Nachschreibens eigentlich untersagt hatte.

Vielleicht ahnt er aber auch, daß auf mich – wie ja leider immer – Verlaß ist und ich sein Gebot in den Wind schlage...

Jedenfalls gibt es zwischen uns ›Situationen‹, so will ich es nennen und meine damit gewisse Zustände, die sich näherem Begreifen und damit auch genauerem Begriff ins Dunkel des Ungefähren entziehen, da scheint mir, als diktiere er mir, wo er doch eigentlich nur mit mir spricht.

Sein grandioses Vermögen, Gespräche so zu führen, daß ich fortwährend gezwungen bin, Standpunkte einzunehmen, die

einzunehmen mir sonst im Traum nicht eingefallen wäre! Weil er mich dauernd von etwas überzeugt und ohne diesen Duktus des Lehrmeisters wahrscheinlich gar nicht sprechen kann, muß ich immerfort die bornierte, letztendlich aber doch belehrbare Welt mimen. Diese Kalkulation geht letztendlich auf, weil ich zuletzt wirklich ein stirnrunzelndes Gesicht schneide, was er für Nachdenklichkeit ansehen mag. Nun wäre es banal und schlechtweg grundfalsch anzunehmen, er, dessen Gespür das gewöhnliche Maß weit übersteigt, würde diesen bisweilen falschen Ton im Gespräch nicht wahrnehmen; sein Sensorium registriert sehr wohl diesen Umstand, und es macht ihm einiges Unbehagen.
»Wissen Sie, lieber Eckermann, mir geht es übel mit Gesprächen. So daß ich mit den Jahren fast völlig aufs Schweigen verfallen bin. Einzig mit Ihnen kann ich plaudern. Ich habe einen Menschenblick und weiß, Sie plaudern nichts weiter. (Sic!) Sie bilden da die Ausnahme, und ich weiß, Sie wissen das zu schätzen. – Gesellschaften aber sind mir ein Greuel. Denn wo ich schweigend partizipieren möchte – das mögen die guten Leute nicht haben. Die weniger guten halten mein Schweigen gar für ein Verschweigen. So muß ich also wohl, oder vielmehr: übel, etwas sagen. Aber was? Das Meine nun – Farbenlehre, Schauspiel, Weltlauf, na, Sie wissen schon. Und Batz!, gefangen im eigenen Zirkel. Wo ich hingeh, treffe ich mich. Wenn ich aus mir herausgeh – mich. Die Leute, zu denen ich geh und die zu mir kommen, lassen mir gar keine Chance, Leute zu treffen.
Da bin ich nun also notgedrungen zu dem Beschlusse gekommen, daß, wenn man sich selbst – und auch für andere – Alles ist, in genau diesem einen Falle Selbstgenügsamkeit nichts anderes als eine Art von Universalität sei. Verstehen Sie? Und so halte ich es auch.«
Wenig später, unvermittelt, kam er noch einmal von selbst auf seine Art der Konversation zurück.

»Meine besten Gespräche sind also zweifelsfrei dann geführt, wenn der Besuch weg ist. Allein. Da kann ich sehr gesprächig sein, redselig geradezu. Dann kann ich dem gewesenen Besuch dies und jenes auseinandersetzen. Ich lege ihm dann Fragen in den Mund, nicht zu einfache, aber auch nicht allzu schwere, die ich ihm dann stillschweigend beantworte. In diesen nun gezwungenermaßen stummen Zwiesprachen habe ich meine jeweiligen Gegenüber, obwohl diese selbst abwesend waren, schon auf mannigfaltige Weise belehrt. Gewiß, es dringt von diesen Plauderstunden wenig nach draußen. Gar nichts im Grunde…«
Hier blickte er mich an, dann wandte er sich wieder den Schächtelchen mit den Steinen zu. Ich verabschiedete mich bald.

M., 10. März

Post.
›*Bleckede, d. 1. März 1828 – … Ich dachte mir wohl, als Du mir von jenen Mittheilungen schriebst, die der junge Goethe immer noch geheim hielt, nichts anderes, als daß das jetzige Resultat heraus kommen würde; nur ists mir unbegreiflich, auch muß ich mich wundern, daß der alte Göthe Dir dies, was er ja leicht hätte freundschaftlich sagen können, nicht selbst, sondern durch seinen Sohn, der auch sogleich nicht damit hat herauskommen wollen, gesagt hat. Hierüber muß ich mich wirklich wundern, denn so etwas Großes und Wichtiges für Dich ists ja eben nicht. – Ich möchte so gerne etwas von Deinen Werken wieder produciert sehen, damit Du immer mehr bekannter würdest; denn daß Du Göthe behilflich, weiß ja niemand und erfährt keiner. Ja wenn ich denken könnte, daß Göthe Dich reichlich dafür belohnte, so wäre ich zufrieden, aber davon haben wir noch keine Proben… Bitte*

erzähle mir in Deinem nächsten Briefe, wie Deine häuslichen Angelegenheiten eingerichtet sind. Wohnst Du nun in Göthens Hause und ißt und trinkst Du mit ihm usw. Mich solls wundern, was diesen Sommer für Dich Gutes herauskommen wird, oder ob dies nur wieder ein Hinhalten seyn wird. Unbegreiflich ists und bleibts für mich, daß Göthe nicht besser für Deine feste und sichere Existenz sorgen kann! –...‹

Donnerstag

Ungeduldiger Brief Hanchens. Kein Fortkommen mit den Arbeiten. Kurz: das Übliche, unverändert wie seit Wochen.
Heute bei G. in eigener Sache. Er versprach, sich ›demnächst‹ für eine wirklich fixe Anstellung meiner Person einzusetzen. Ich sah sehr wohl sein Bemühen, aber wie ich es Hanchen begreiflich machen soll, sah und sehe ich noch nicht. Seine Ankündigung, sich für mich zu verwenden, macht mich daher nur zur Hälfte froh. – Zuspruch Goethes, der dies bemerkt.
»Sehen Sie, was Sie doch für ein frohgemuter Mensch sein können! Alle meinen es gut mit Ihnen. In der Heimat wartet ein treues Mägdelein. Sie befestigen hier mit sehr viel Geschick eine bürgerliche Existenz, haben glänzenden Umgang und Verkehr, und Ihre Anlagen versprechen uns manches, wovon Sie, denke ich mir, heutigen Tages noch nicht einmal zu träumen wagen. Sie können sich getrost glücklich schätzen...«
Zur Nacht–
man kann einen Menschen kränken und schließlich krank machen, redet man ihm nur fortdauernd ein, er müsse recht von Herzen glücklich sein. Alles sei doch wohl gerichtet, an nichts fehle es. Und doch ist er unbegreiflich unglücklich. Und wird es mehr und mehr, da er ja finden muß, sein

Unglück habe alleinige Ursache in ihm selbst, da alles Äußere ja Glück verheiße. So ist er schließlich ganz einsam mit sich und seinem vermeintlichen Glück, das ein Unglück ist.

F., Juli

Besuch zieht herauf!
Erhielten ein Billett von B., der im *Elephanten* abgestiegen ist. Anbei ein grünes Bändchen mit Poesie. Morgen will G. ihn empfangen. Ich soll zugegen sein.

Samstag

Heute ist der Besuch von B. auf diesen Blättern zu verzeichnen.
Noch gestern abend suchte ich einiges über ihn in Erfahrung zu bringen – wenig genug. Meine Wirtsleute wollten etwas von einem Liebesroman mit einer preußischen Hofdame wissen. Und auch hier in Weimar hätte es schon erste Schritte aufs schöne Geschlecht hin gegeben. Dabei ist er erst drei Tage am Orte. Ich ließ es ihnen als Legende.
Heute morgen nun trat er mir in persona, es war gegen 11 Uhr, auf der vorderen Treppe entgegen. Eine Erscheinung, die ich auf den ersten Blick nicht eben zu den vorteilhaftesten rechnen kann. Ein goldenes Brillengestell auf der Nase gab ihm etwas unterstrichen Gelehrtes. Ich mußte ihn diesbezüglich leise, aber bestimmt belehren, daß G. es verabscheut, sich durch optische Sehgläser begucken zu lassen, worauf B. sehr eilfertig (für meinen Geschmack *zu* eilfertig) das Sehgestell in einem Lederfutteral verschwinden ließ. Die nunmehr zusammengekniffenen Augen, offenbar ist B. kurzsichtig, machten sein Antlitz nachdenklich, was B. jedoch nicht ein-

mal schlecht zu Gesicht stand. Andererseits, dessen wurde ich jetzt, da er seine Brille abgenommen hatte, gewahr, hatte dieses Sehinstrument sein Gesicht in gewisser Weise wohltuend verallgemeinert, denn ohne dieses traten nun seine unschönen Gesichtszüge nur entschiedener hervor, und man meinte in der starken Nase und der eigensinnigen Stirnwölbung ganze Geschlechter seiner ländlichen Vorfahren (wie wir später im Gespräch auch richtig von ihm erfahren sollten, entstammte er einer ländlichen Handwerksfamilie) aufleben zu sehen.

Gekleidet geht er ganz nach dem Geschmack der Mode. Die geringe Sorgfalt auf Kragensitz und Manschettensauberkeit sollten uns anscheinend den reisenden Studioso verraten. Nur macht sich in diesen Dingen neuerdings eine gewisse Manier Platz! Man hätte meinen können – dies aber nur Vermutung –, mancher der Jackenknöpfe sei mit Vorbedacht und eigens dafür abgetrennt worden, damit nur ja die Knöpfe nicht in langweilig-vollzähliger Reihe stünden. Die Libertinage seiner Kleidung paßte einfach nicht gut zur Biederkeit seiner sonstigen Erscheinung. Des weiteren: zierliche zwar, aber unschön gerötete Hände, untersetzter Wuchs, spärlicher, ungepflegter Haarwuchs. Sein Mund halbwegs gefüllt mit großen unintelligenten Zähnen, wobei namentlich das Auseinanderklaffen der beiden oberen, schräg nach außen stehenden Beißzähne den ungünstigen Gesamteindruck nur verstärkte und unserem Klienten zu allem Überfluß etwas Hasenhaftes gab.

Kurzum, ein Mensch eben.

Wie sieht es nun aber in seinem Innern aus? Über seine Herkunft vermied er es, mir gegenüber Näheres zu äußern. Von abgebrochenen juristischen und medizinischen Studien war undeutlich die Rede. Auch vom Geschäft eines großherzigen Oheims, in welches er nach glücklicher Absolvierung dieser ›Studienreise‹, die ihn bis hinauf nach Reval führen sollte, einzutreten gedachte, um sich dort tags dem Fischhandel, in den Nächten aber einer Reform der deutschen Poesie widmen zu können. Kurz, allem Anscheine nach einer dieser Hinze und Kunze, Hölderline und Kleiste, wie sie G. ja so oft um Rat und Tat angehen.

Soll ich noch erwähnen, daß mich die Art, wie er mich offenbar nur als ein Mittel zum Zwecke einer Bekanntschaft mit G. betrachtete, bis tief ins Herz hinein kränkte? (Am Rande: So hoch, bis zum Herzen, stiegen wohl meine Gefühle nicht. Richtiger vielleicht zu schreiben: Es schlug mir auf den Magen. Mehr nicht.)

Jedenfalls scheint er mich für G.s *Kammerdiener* zu halten. Während er meine einstimmenden Fragen sämtlich mit ungehöriger Maulfaulheit bedachte, befragte er selbst mich sehr fleißig und ohne Anstandsformeln über G.s Eigenarten, Angewohnheiten und anderes. Etwa, ob und wie Goethe sein Gedichtbüchlein aufgenommen habe. Ich war froh, daß ich ihm, ohne lügen zu müssen, hierüber nichts zu vermelden hatte, was seine nervöse Spannung sichtlich steigerte. Ich tat so, als bemerkte ich dies nicht.

Als wir von Ferne Türen gehen hörten, Schritte, die immer näher kamen, glaubte ich an unserem jungen Freunde eine beinahe ängstliche Regung des Gesichtes wahrzunehmen. Ach, wie gut kannte ich doch dieses Gefühl, dieses Fallen ins Unendliche! Und wie ferne war es mir jetzt, da ich schon Ewigkeiten in G.s Nähe zugebracht habe. So fand ich einigen Genuß dabei, diesem Spiel, dessen komplizierte Regeln ich ja allzugenau kannte, als stummer Beobachter beizuwohnen.

(Am Rande: Ist es ein Zeichen des Alterns, daß ich anstelle zu erleben, nur noch beobachte? – Diese Erscheinung an mir muß beobachtet werden. – Dazu: »Sie haben einen entschiedenen Hang zum Voyeur, Eckermann.« G. am 16. 2. oder 18. 2. d. J.)

Die Tür flog auf.

B., der sich eben noch den Kragen zurechtgezupft und die schweißnasse Hand an der Hosennaht gerieben hatte, erhob sich hastig und blickte erwartungsvoll in die geöffnete Tür. »Da ist ja unser junger Freund. – Hatten Sie einen guten Morgen? Guten Morgen auch Ihnen, mein lieber Eckermann.– Und hier haben wir also Ihr Werkchen. Ich will das doch am besten in Ihrer Gegenwart genießen...«, sagte G., schlug das Büchlein auf und vertiefte sich augenblicklich in die Lektüre. B. blickte fragend zu mir herüber, ich wandte meine Blicke aus dem Fenster.

Wie perfide er doch sein kann! Er hat sich das Buch, das ich ihm gestern gab, bis heute aufgehoben, um es in B.s Gegenwart zu ›genießen‹. Wie der Henker, der sich die schlimmste Folter bis zum Ende vorbehält und den Kandidaten zunächst nicht mit den Zangen, sondern mit der Angst quält. B. sitzt gespannt – auf die Folter gespannt! – da. – Ohne jedwede Regung las G. in dem Büchlein. Vielmehr, nicht er las, seine Augen waren es, die lasen. Seine äußere Regungslosigkeit war ein genaues Gegenbild zu B.s offenbarer Erregung, die dieser aber keinem, am wenigsten mir, mitteilen konnte. Als G. die Lektüre beendet hatte, sah er B. tief in die Augen, die dieser aber sofort niederschlug.

Mit Blick zum Fenster legte G. das Buch auf den Tisch und seufzte erleichtert. Er ließ sich nun zunächst ein wenig über die Unregelmäßigkeiten der Niederschläge aus und deren Wirkung auf Hackfrüchte, gedachte auch der neuerlichen Nordseeflutwelle und der unbedingten Notwendigkeit, durch einen Molenbau aus öffentlicher Kasse zukünftig Schaden abzuwenden...

B., mit weitaufgerissenen Augen, folgte G.s Ausführungen. Er war ob dieses Vorspiels sichtlich nervös, allein G. schien dies nicht zu bemerken. Ich, der Zuschauer, bemerkte B.s Fassungslosigkeit sehr wohl. Nur der Zuschauer erkennt – der Akteur ist blind.

Nun, nachdem das Eigentliche der Welt besprochen war, nahm G. mit quälender Langsamkeit das Buch vom Tische auf, wog es in der Hand, worauf unser Studioso halb errötete, halb erbleichte und so unangenehm fleckig im Gesicht ward.
»Da habe ich nun hier Ihr Büchlein, mein Bester, und ich sage freiheraus, ich finde darinnen nicht wenig Stücke, welche ebenso von gutem Geschmack zeugen wie vom beflissenen Studium der Meister. Doch, doch. Ich finde sehr geschmackvolle Idyllen darunter, etwa den ›Ulmenhain‹, wobei ich Euch einige botanische Widersinnigkeiten nachsehen muß. Schade freilich, daß Sie wie so viele, wenig Bedacht darauf haben. Nun gut. Weniger glücklich seid Ihr bei der Wahl Eurer Themen. Ich meine, in einem Gedicht wie ›Das Los des Menschen‹ postuliert Ihr ausufernd. Auch in Rücksicht auf den Takt gibt es hier unverzeihliche Verstöße. So empfehle ich ›Des Menschen Glück ist / nicht genügsam sein‹ einfach durch ›Des Menschen Glück ist nicht / g'nügsam sein‹ zu ersetzen, womit wenigstens einiges gerettet wäre.– Sie sehen, ich bin Ihren Produktionen nicht ungünstig.«
Diese elende Sucht, sich zu verbergen, sich eine verborgene Hintertür offenzuhalten. Aber keiner bemerkt das. Sie alle denken, wunder was er ihnen damit gesagt habe. Aber sie *denken* nicht! Eitelkeit hat rote, aufgeregte, aber halt auch taube Ohren. Nichts hat er damit gesagt. ›Nicht ungünstig‹ kann heißen ›günstig‹, aber kann auch heißen: ›Es interessiert mich nicht, gehen Sie, lassen Sie mich in Frieden.‹ Weshalb denn sonst diese zwiefache Verneinung, zielte er damit nicht genau auf jenen unbestimmten Fall der Mitte …
B. jedenfalls war im Eifer blind für alle Distinktionen und befragte eilfertig G., der sich bequem zurückgelehnt hatte, ob er künftig wohl besser sein *Glück* im kleinen Sujet (Grashüpfer, Bäume et cetera) suchen solle.
Nun ist es immer dasselbe mit G., er vermag im Grund, wie

Glück

wir alle, nur das Eigene zu erfassen, wie er sich auch dreht und wendet, stets faßt er doch nur den eigenen Rockzipfel. Und anstelle einer Antwort auf B.s Frage folgte, mit Seitenblick auf mich, zunächst ein Exkurs über das von B. leichtsinnigerweise ins Gespräch gebrachte *Glück*, ein Thema, das G. schon die ganzen letzten Wochen beschäftigte.

»Ich warne Sie vor dem Glück, junger Mann! Glück macht leicht und leer. Alles fügt sich – zu schön, um wahr zu sein – zusammen. Und wenn man wie ich lange Jahre sich in den Wechselfällen menschlichen Lebens geübt hat, so weiß man doch im Momente größten Glückes: Es wird wieder anders kommen, armer Narr. Glück ist der Anfang allen Unglücks! Denn es treibt uns vor, mehr zu wollen und dabei das Wenige zu verlieren, das wir soeben glücklich – ach ja, glücklich… eroberten.

Wie ich Ihnen überhaupt alle sehr heftigen Gefühle abempfehlen möchte. Sie führen zu nichts. Also auch zu nichts Gutem. Wozu da also die Quälerei, diese dummen Wechselbäder des Herzens!«

Pause.

»Ihr solltet Euch nun also nicht blindlings auf die Natur werfen. Mit Gewalt ist hier wenig verrichtet. Vielmehr, denke ich, soll Euch das ruhige Studium der Natur einen echten Sinn für Maß und Takt beibringen. Ich selbst habe ja so unendlich viel aus Naturstudien gezogen, daß ich mir ein solches Urteil erlauben darf. – Er« (hier wies der leichtgekrümmte Finger seiner müde erhobenen Rechten auf mich) »kann Euch unendlich viel mehr darüber sagen. Ich sage immer: Wenig ist besser als nichts.«

Damit schloß er das Gespräch ab, nicht ohne vorher B. noch für die nächste Woche zum Tee einzuladen.

Obwohl (oder weil?) ich diesen letzten Satz noch nie vorher bei ihm gehört hatte, verfehlte er seine Wirkung auf mich nicht, und ich notierte ihn im stillen für meine Sammlung.

Ein Orakelspruch. Ein halbvolles, ein halbleeres Glas. Man kann daraus Mut oder Mutlosigkeit trinken. Es kann heißen: Kaum etwas ist besser als das Nichts; es ist alles menschliche Tun wenig. Oder aber, mutig: Das Wenige, das wir zu tun vermögen, ist mehr als das Nichts.
Die großen Sätze gelingen ihm immer nebenbei... (N. B.: Zukünftig mehr auf Beiläufiges, Sekundäres bei ihm achten!)
An mir war es, den Delinquenten zur Tür zu bringen.

Noch Juli

Mit B. hat es ein schnelles Ende gefunden!
Eine kleine Teegesellschaft bei G., an der außer mir noch v. Müller, Riemer und B. teilnahmen, um in gemeinsamer Runde den schönen Brief Humboldts zu Gehör zu bringen, in dem dieser die letzten Tage unseres Großherzogs in Berlin und im irdischen Leben schildert, ehe er in seinem einundsiebzigsten Jahr, auf der Heimreise, von uns abgegangen.
G., sichtlich angegriffen, war verschnupft, so daß zunächst zu befürchten stand, er würde das heutige Pensum aufgeben oder doch mildern, allein er tat es nicht. Er reichte mir den Brief zum Verlesen. Im Haus schlug eine Uhr die vierte Stunde.
Nun war es so, daß Goethe entweder sein Schneuztuch verlegt hatte oder aber durch das Tee- und Weingeschirr beide Hände voll zu tun, so daß er gelegentlich einen kurzen Schneuzton aus der Nase entweichen ließ.
Diese Schnauflaute waren eindeutig dem Schnupfen geschuldet, und man konnte sie kaum fehldeuten. Ein Narr freilich, dies will ich rckapitulierend durchaus dem einfältigen B. zugestehen, konnte, zumal wenn er dem von mir übrigens sehr stimmungsvoll verlesenen Brieftext keine Beachtung schenkte, sondern nur Augen und Ohren für Goethe hatte – ein Narr also konnte diese Schnaufer, ganz abstrakt und von

allem abgesehen, mit einiger Mühe natürlich und sehr viel Unverstand dazu, als verkappten Ausdruck der Erheiterung ansehen. Wie man das ja gelegentlich beobachtet, wenn anstelle des Lachens ein kurzer, erheiterter Schnauflaut rückt. Wie nun aber B.?

Unser Studioso, der nach der Art der Schüler den Meister zu übertreffen suchte, ließ es nicht bei den anfänglichen Kopien dieses Tones bewenden, nein, im Laufe des Vortrages ward sein Echo immer gewaltiger, so daß er am Ende schon in ein meckernd-schnaufendes Gelächter ausbrach, welches vor dem Hintergrunde allgemeinen Stillschweigens der übrigen Runde an Peinlichkeit nur gewann. Auch G. hatte sein Schneuzen erwartungsvoll eingestellt.

Er sah, wie ich kurz aufblickend bemerkte, den Studioso mit einem undeutbaren Blick an, zumal ich der betretenen Runde soeben diejenige Stelle des Briefberichtes verlesen hatte, da der selige Großherzog zu Potsdam halbtot, halblebend auf dem Kanapee liegend, das Frühstück verschmäht hatte...

B., der jetzt plötzlich ein genauer Beobachter der Runde war, fühlte mit einem Male die eisige Stimmung, die ihn umgab, und nahm, reichlich verschreckt und von niemandem gehindert, seine Handschuhe und den Abschied.

Dann waren wir unter uns.

Ich las den Brief in ruhigem Tone zu Ende.

»So schließt sich ein weiteres Kapitel. – Bis dereinst das ganze große Buch zusammengeklappt wird.«

In kleiner Runde gab G. nun einiges, sein langjähriges Verhältnis zum Herzog betreffend, zum Besten, was uns neu war. Auch über seine Stellung bei Hofe sprach er ungewohnt offen. »So ist es ja nicht. Ich habe mich schon manches Mal sehr ernst in meinem Leben befragt: Wäre es am Ende nicht besser gewesen, ich hätte mich ganz auf den Staatsminister geworfen, anstatt mich noch als Barde, noch als Naturforscher

zu etablieren. Drei Teile – dies namentlich Ihnen, Eckermann, falls wieder englische Anmutungen kommen – sind etwas viel für einen Mann.
Nun sah ich früh auch das Träumerische, das Wolkenkuckucksheim, das aller Politik anhaftet. Ein Land nach einer Idee, einem Plan zu modeln – das heißt doch Unmögliches zu wollen, nicht wahr, bodenloser Dichtertraum. Politiker sind Phantasten, und gegen einen Politiker ist noch der blumigste Poet ein nüchterner biederer Handwerksgeselle, ein ›Reime-Schmied‹ eben.
So beschied ich mich denn, als der Vernunftsmensch in mir wieder Überhand bekam, damit, das Mögliche zu wollen – nicht ein Land, sondern die Welt zu ändern. Das ist einfacher, denn dies kann bei klarem Verstande nun nicht von heute auf morgen geschehen. Es ist ein fortwährendes Tun. Und so bleibt man verschont vor den übertriebenen Erwartungen, die unser aufs Endliche gerichtetes Wirken immer erfahren muß, und vor mancher Bitternis.
Lieber Müller, entsinnen Sie sich des Tauchstädter Straßenbaus? Wenn ich bedenke, wie viele Kräfte ich dabei aufgezehrt habe... Das waren Dramen...«
Er nahm einen großen Schluck Mosel und kaute ihn samt den Erinnerungen mit bitterer Miene hinunter.
B. ist, wie man hört, noch heute mit der Abendpost nach Berlin abgegangen. Da er Weimar verlassen hat, wünsche ich ihm ohne Arg nur das Beste.

Mittags, halb eins

Post von Hanchen.–
Sie quittiert zwei Briefe, die ich längst vergessen hatte. Vom Tode des Herzogs weiß sie noch nicht, erfährt sie davon, wird sie doppelt betrübt sein und noch mehr in mich drin-

gen. Ich habe es mir zur Angewohnheit gemacht, alles, was ich treibe, ihr gegenüber ›Bibliotheksangelegenheiten‹ zu nennen, was ganz falsch ja nicht ist, so hat sie Stoff zum Nachdenken.–

›*Bleckede (ohne Datum) – ... Deine beyden Briefe, mein bester E., habe ich erhalten. Der erstere, wonach ich mich sehr gesehnt hatte, versetzte mich ebenfalls in eine traurige Stimmung; ich freute mich daher nicht wenig, als kurz darauf ein zweiter erschien und zwar ein heiterer. Auf Göthe war ich nach Lesung Deines Briefes recht böse; weil er Dir in Deiner gegenwärtigen Lage noch eher und leicht hätte behilflich seyn können, ich konnte mir seine Zuneigung und Liebe, die er doch zu Dir zu haben scheint, durchaus nicht erklären, die in solchen Fällen sich doch zuerst und so gerne zeigt; und zumal er dazu im Stande ist. Ich freue mich aber nun, daß er seinen guten Willen gezeigt hat. Was Du mir, mein lieber E., über die Bibliotheks Angelegenheiten schriebst, ist mir auch sehr auffallend gewesen; daher bitte ich Dich inständig, einmal bey G. darüber ein ernstes Wort zu sprechen. Es wäre doch nicht recht, wenn er auf eine fixe Anstellung Dich noch Jahre hinhalten würde und im Ganzen denn doch ohne Zweifel nicht viel dabei rauskommen würde. Ich möchte so gerne hierüber ein Resultat haben. Es macht mich manchmal betrübt, wenn ich daran denke, daß Du schon so manche Jahre auf eine passende Anstellung gehofft, und bis jetzt noch immer nichts daraus hat werden sollen. Ich hätte nicht gedacht, daß Goethe so wenig Einfluß auf eine Anstellung für Dich gehabt hätte. Auch muß ich mich wundern, daß der alte Herzog so ganz unbeachtet Dein Werk; nämlich die Beschreibung des Jubiläumsfestes hat hingehen lassen, man dachte, es würde hiermit gewiß etwas Gutes für Dich herauskommen; und das Ärgste ist noch, daß er Dir für Deine unsägliche Mühe nicht einmal eine Anerkennung des Dankes gezeigt hatte. Vor einem Jahre, als wir so glücklich bey einander waren, brachtest Du mir die Nachricht, daß Du so bald Du wieder nach W. zurückgekehrt seyn würdest, Du dem Herzog durch die Einwirkung Deiner dortigen Freunde vorgestellt werden solltest. Wie hat sich dies so ganz wieder eingeschlafen?...*

21. des Monats

... Ich kann es nicht anders sagen: Er ist ein Genius!

Ich komme darauf, weil es eine genialische Fähigkeit von ihm ist, sich noch in den einfachsten Dingen so unbeholfen zu stellen, daß sein zur Schau getragenes Ungeschick geradezu danach schreit – ohne daß dabei auch nur ein winziges Wörtlein zu fallen brauchte –, von ebenso stummer Hand Abhilfe zu bekommen. Es sind dies durch magische Kräfte induzierte Handreichungen!

Gestern, Donnerstag. Er brauchte das große Mineralienbuch von Grunig, das eine grausame Schicksalshand immer wieder in die oberen Regalfächer schiebt, so daß zumindest ein Hocker, wenn nicht gar die Leiter vonnöten ist – Was muß er tun? Er braucht nichts zu tun, als wehmütig in diese Richtung zu blicken, solange, bis ich aufmerke, seinen Blicken folge und schließlich seinen Gedanken lesen kann. Und schon hat er sein Ziel erreicht... Anfangs bildete ich mir viel darauf ein; jetzt, da ich die Spielregeln kenne, ist mein Eifer gebremst, und ich lasse den großen Grunig aufstaubend auf das Pult fallen.

Bisweilen kommt es mich in solchen Situationen bitter an, und mein Leben kommt mir vor wie ein Whistspiel mit den falschen Karten, und es ist nur eine Frage der Zeit, wann ich Bankrott erklären muß. Oder ich stelle mir vor, und es ist darinnen ein Trost, jemand, von irgendeinem fremden Stern, hat aus einem Terzerol die Kugel schon auf mich abgefeuert, während ich hier sitze, schießt sie schon auf mich zu, unaufhörlich durch das schwarze All. Von sehr weit, so daß ich den Knall nur nicht gehört habe, bloß vielleicht ein leises Klicken... Sie hat mich nur noch nicht erreicht, während ich hier sitze, stehe, schlafe, spreche, schreie, schweige – schießt sie auf mich zu. In drei Stunden vielleicht, in drei Jahren oder in dreißig, wer weiß, werde ich denken: *Jetzt*, und sie wird mir durch Hemd und Haut hart und endgültig ins Herz schlagen...

»Sie haben heute aber auch wieder ein Gesicht aufgesetzt, mein junger Freund! Beschäftigt Sie wieder ein Gedicht? Schreiben Sie es sich nur von der Seele. Nur zu! Ich finde sehr wohl, daß man die Herrn Poeten über die Welt auch jammern lassen soll. Das ist gut so. Zeigt es uns doch, daß es so schlecht um die Welt und um das Schicksal ihrer Poeten nicht bestellt sein kann, da letztere doch Zeit und Muße und bisweilen wohl auch Geldgeber finden, von Herzen zu jammern, nicht wahr. So können uns all die Klagelaute und Litaneien eigentlich nur froh machen.

Schlimmer wäre es mit Schweigen. Davor hätte ich schon Angst, schwiegen plötzlich alle... Es aufschreiben, das ist es, um sich den Kopf und das Herz frei zu machen. Heute also für Mineralienkunde...«

Steine. Steine. Steine.

D., 4. Sept. 1828

Zwei Briefe von Hanchen, die ich erst abends öffne. Welche Herzenseröffnungen! Wieder und wieder.

Anstatt einer gehörigen Antwort verlege ich mich aufs Dichten: ›Mädchentränen sind Perlen / – Aufgefädelt am Faden der Zeit. / Sie rühren her von Kerlen / und die sind weit...‹ et cetera.

Trost, freilich, wird sie daran nicht finden.

G. kommt besser aus den Affären heraus. Vielleicht gibt er sich nur mit halbiertem Herzen? Weil die andere, bessere Hälfte seines Herzens doch nur der Dichtung, dem Eigenen, nachhängt? So ist er auch nie *ganz* unglücklich. Ich aber – was fang ich an?
So setze ich mich denn, ehe ich mich ganz von Stimmungen hinreißen lasse, wieder über die *Coup*-Papiere. Ohne großes Glück indes, beklage ich doch bei jedem G.schen Satz, den ich lese, die schändliche Teilung des Geschäfts: Ihm ist es gegeben, frei und vage vorzudenken – wir andern müssen darüber nachdenken, wie wir es in eine Ordnung bringen, in eine Ordnung, ohne welche alles ein *blaues Nichts* bliebe.
Zeitig, sehr zeitig! zu Bett.

Sonntag

Wie kommt mir denn die Welt vor! Mich schaudert's.
Heute morgen lag ich etwas länger im Bett, mit kalten Füßen und meinen Projekten im Kopf. Ach, wie bin ich doch gescheitert in allem. Ich werde niemals ein G. sein. Dies wissen…
Was ist das, was mir fehlt? Bisweilen kommt mir bei ihm, G., alles so gewöhnlich vor. Und ich finde mich so ungewöhnlich. Nur alle andern finden's anders. Ich bin von Gott entworfen – ebenso wie mein Hut oder wie Schopenhauers Pudel –, irgendeinen Plan muß er doch mit mir gehabt haben, Herrgott. Wenn ich nur wüßte, welchen! Einzigartig bin ich, ja, aber das merkt niemand außer mir. Vielleicht ist das das große Geheimnis, daß niemand seinen Plan kennt? Und es gehört dieses Unwissen zum Plan dazu und macht ihn eigentlich erst aus…
Gestern, ich kam spätabends von G., lief ich durch die leeren Straßen, und die Häuser zeigten mir ihren Rücken, verschlossene Türen, zugeklappte Fensterläden, das Licht da-

hinter glomm wie das Funkeln des Hohns in kalten Augen. Als wäre ich der ewig Draußen-Bleibende, der Türanklopfer. Allein auf der Gasse mit meinem Schatten und mit dem Laternenanzünder.
So ist mir heute früh, nach all dem endlosen Rätselraten um G.s Unsterblichkeit, ein merkwürdiger Gedanke gekommen, den ich nicht fortscheuchen konnte. Er hat sich eingenistet irgendwo zwischen Hirn und Herz, vielleicht im Gaumen, denn er machte mir die Kehle trocken und ließ jedes Wort verstummen. Ich saß bei mir am Tisch und blickte aus dem Fenster. Einmal, dachte ich, werde ich nicht mehr hier sitzen... Der Baum wird noch genauso rauschen, die Wolken noch genauso darüberhinsegeln, das Haus gegenüber, nur etwas verfallener, wird an seinem Platz noch stehen. Nur mein Blick wird fehlen, der das alles zu einem Bild zusammenhält. Die Glocken läuten, hohe Zeit.

Mittwoch, 10. Sept. 1828, spät, bei heruntergedrehtem Licht

Heute will ich, ganz still und ganz für mich – G. ist noch immer in Dornburg – eines kleinen glücklichen Jubiläums gedenken. Es sind doch wahrhaft schon ganze fünfzehn Jahre her, da ich für eine kurze Frist meines Lebens als Freiwilliger in militärische Dienste trat, und zwar ins Kielmannseggsche Jägerkorps und dort in die Kompanie des seligen Herrn Kapitän Knop.
Was könnte das doch für ein schönes Leben sein, wäre nur alles nach der militärischen Regel eingerichtet! Es herrschte eine Ordnung in allem, die der Welt gewiß sehr gut anstünde. Nein, ich will nicht davon reden, wie wir, dem Franzosen-General Maison über den Rhein nachsetzend, ins blühende Flandern kamen, aus dessen Kirchen und Galerien ich so

treffliche Bleistiftkopien in meinem Tornister in die Heimat trug, Brabant... Die augenscheinliche Kenntnis fremder Länder und Völker, ohne die ein friedliches Leben schlechterdings undenkbar ist, verdanke ich ja einzig dem Militär. Und auch nicht die schmucken Uniformen sind es, von denen ich reden will, obwohl sie mich mit allen ihren goldenen Litzen und Kordeln schon dazu reizen könnten. Die glänzenden Lederkoppel und scharfen Messer, die silbernen Knöpfe und Schnallen, abends der Geruch des Gewehröls in der Kaserne, der Putzen und Flicken verhieß... Ach, man gerät doch darüber unversehens ins Schwärmen und sieht sie vor dem inneren Auge vorbeireiten – die Götter im Pulverdampf, Ulanen und Kosaken, die hannoveranischen Reiter und die lieben Preußen... Nein, all das ist es nicht, wovon ich reden möchte, es ist das Militärische an sich!

Der schlimme Krieg – er ist die Folge unserer Wirrnisse und Ordnung, die eine Unordnung ist. Das Militär hingegen als wahres Prinzip der Ordnung, steht also dem Kriege, in den es irrtumshalber und für mich unbegreiflich immer wieder verwickelt wird, geradezu fremd und diametral entgegen. Das ist es, und ich meine, es wäre doch nur einleuchtend, das militärische Regelmaß zum Maß all unserer Dinge zu machen. Ist doch, wie ich es bei einem scharfen Sinner gelesen, die Politik nichts anderes als die Fortsetzung des Krieges mit anderen Mitteln... Weshalb gibt sie es da nicht zu, die hohe Politik, und fügt sich dem innewohnenden Militärprinzip?

Denke ich an meine Militärzeit zurück, so darf ich getrost bekennen, es war dies eine Hoch-Zeit meines Lebens. Wie viele endlos scheinende Sonnenstunden blickte ich wohl in schattenloser Mittagszeit hinunter auf den öden, nackten Kasernenhof? War da ein Platz für Gedanken! Für reine Gedanken, nichts verstellte ihnen ja den Weg. Jedes Grasbüschel, da dieselben doch peinlichst ausgezupft werden mußten, eine Entdeckung!

Und trat tatsächlich einmal ein Herr Offizier heran, so kam er doch immer wie aus anderer Welt. Und der Herr Offizier sprach auch in so seltsamer Sprache, die Worte – wie bei einem Zungenfehler – wunderlich abhackend, daß ich ihn nicht verstand und mich also gar nicht weiter um ihn bekümmern mußte.

Es genügte ja schon, so verlangte es nämlich die Regel, daß man beim Herannahen eines Offiziers in bestimmter Weise und in einem genau vorher bemessenen Abstande vor jenem imaginierten Punkte Aufstellung nahm, wo der Herr Offizier aller Wahrscheinlichkeit nach zum Halten kommen würde, wobei namentlich vom Soldaten verlangt war, die Hacken zusammenzuführen, die Gesäßbacken zusammenzukneifen, kurz: Haltung... Mehr war nicht verlangt!

Und schließlich, nimmer bist du vergessen, köstliche Rührung, und noch dazu befohlene! aller Glieder, schritt der Herr Offizier wichtig davon. Da waren nicht nur Arme und Beine – da war man bis ins Herz gerührt!

Das war doch herrliches Leben! Und wie töricht und kindlich war es doch, sich bisweilen nach der Welt draußen zu sehnen, wo doch ganz andere Vorgesetzte walteten und später tatsächlich auch über uns walten sollten, uns Befehle zu geben, stumm, mit Gesten. Mit einem Wink. Und Blicken... Und man erkennt sie nicht an einem Rangabzeichen; sie sind einem vorgesetzt, und man weiß nicht, wie und warum.

Wie eine leibliche Mutter sorgte sich der Herr Offizier um uns, die ihm anvertrauten Soldatenseelen. Schon früh am Morgen, lange vor uns auf den Beinen, trat er munter in die dumpf-schnaufende, röchelnde Mannschaftsschlafstube, damit wir nur ja den ganzen Tag nicht verschliefen. Frischauf! ging es jetzt, eilig ins Zeug gesprungen, hinaus zum Morgenappell. Wie sorgende Blicke einer Mutter, ich wiederhole mich, gingen die seinigen über uns hin. Wehe! Da durfte aus dem Rocke kein noch so winziges Löchlein lugen. Gleich

hatte er die Saumseele am Genick, die dann den ganzen Tag lang, ›ungestört vom Fressen und anderen Abhaltungen‹, wie er zu sagen liebte, Zeit hatte, dies und andere Löcher auszuflicken. Namentlich auf mich, den Freiwilligen, hatte er Obacht, da er mich aus irgendeinem Grunde für, jawohl, ›militäruntauglich‹ hielt. Kein Witz, leider. Freilich, so durfte ich bei jedem meiner zackigen militärischen Schritte seines gestrengen blauen Auges gewärtig sein. So gesehen konnte mir also überhaupt nichts Schlimmes beim Militär widerfahren! Wie konnte der Herr Offizier auch wissen, daß ich tief in mir so sehr das militärische Prinzip, die Ordre, bejahte. Er war eine praktische Natur und sah mehr auf das Äußere. Etwa wie der Körperbau beschaffen war, wie das Gewehr gehalten ward und so fort.
Auch brachte mir die anerworbene Geschicklichkeit im Porträtieren von Pferdeköpfen nicht die insgeheim erhoffte Protektion. Ich galt, namentlich was das Treffen der Ähnlichkeit meiner Modelle anlangte, meist waren es die guten dunklen Oldenburger, Vollblut, die ich vor der Staffage der Stallung aufs Papier brachte, als unübertroffen im Korpsmaßstabe. Mit einigen Stücken konnte ich sogar durch Verkauf mein kleines Budget schön aufbessern. Als ich nun einmal, mit solch gutem Leumund ausgestattet, meine Schüchternheit überwand und auch den Herrn Offizier um die Erlaubnis einer Porträtsstudie bat, tat dies nicht die erwünschte Wirkung bei ihm, sein hartes Soldatenherz ward nicht weich davon angerührt, eher meinte ich, eine deutliche Ablehnung, ja etwas Wegwerfendes an ihm wahrzunehmen.
Sein Blick, dem vorher immer eine so wohltuende Bestimmtheit eignete, bekam nun, wurde er meiner angesichtig, stets etwas bohrend Fragendes. – Ich ertrug es soldatisch.
Wie es dann ans Befördern ging, ward ich denn auch, die Reihe ging an mir vorbei, ausgelassen. Erst stand mir das Wasser hoch in den geröteten Augen. Ich gestehe es. Abends

im Bett, die frisch Beförderten mühten sich, ihre volltrunkenen Leiber durch die Tür zu zwängen, als ich etwas Ruhe hatte, es recht zu bedenken, sah ich in der Nicht-Beförderung einen willkommenen Beweis dafür, daß ich offenbar doch ein so guter Soldat vor dem Herrn geworden war, daß es daran einfach nichts zu rütteln oder zu verändern oder eben auch zu befördern gab.
Schade nur, daß ich so selten in die vorderste Linie der Bewährung gestellt war...
So stand ich denn, obwohl im Dienste stehend, immer auch ein klein wenig am Rande und konnte daher das Große und Ganze des Militärischen um so deutlicher überblicken und Gefallen daran finden. Vor allem abends im Bett.
Später, das war schon im Sommer 1815, gab es dann noch ein kleines militärisches Intermezzo, eine administrative Anstellung bei der Militärkleidungskommission, einem Zweig der Kriegskanzlei, in Hannover, die unter dem Obersten v. Berger stand, ein sehr feiner Herr. Aber es war dies natürlich nicht das Rechte, kein Dienst in der Truppe, mehr rückwärtig.
Freilich hatte ich in der Ruhe des namentlich von mir zu verwaltenden Stiefellagers einige Muße. Es war dieses Lager in einem Kellergeschoß untergebracht, wo die jeweils paarweis mit Hanffäden zusammengeschnürten Stiefel ihrer Größe nach auf Gestängen abzuhängen waren, um sie im Bedarfsfalle sogleich sicher zur Hand zu haben.
Die kleinen vergitterten Fenster meines unterirdischen Comptoires schauten allesamt auf den Kasernenhof hinaus, so daß von den Vorübergehenden, -hastenden, -marschierenden stets nur die Stiefel auszumachen waren. Ich brachte es mit einiger Geschicklichkeit soweit, ausgehend von der jeweiligen Bestiefelung, mit ziemlicher Sicherheit den Rang des Stiefelträgers zu bestimmen.
Überflüssig zu erwähnen, daß ich in meinem Kellerreich,

wenn nicht etwa eine Inspektion angesagt war oder genereller Stiefeltausch bei Neuzugängen, ausschließlich die großen weitschaftigen Generalstiefel trug. Nicht mit Sporen, aber immerhin. Die Schäfte übrigens mit französischer Seide gefüttert.

Oft sah ich tagelang nur Stiefel, unten wie oben, so daß ich in einer rechten Stiefelwelt lebte. Es kam schon vor, daß ich während meines im ganzen gesehen doch recht eintönigen Tagesablaufes hie und dort ein Scherzwort mit meinen ›ledernen Gesellen‹, wie ich sie nannte, wechselte.

Einmal, als große Lagerrevision zu machen war, wie sie v. Berger etwa halbjährlich verlangte, mit genauer Bestandsaufnahme der defekten, der halbdefekten, der ›Simulanten‹, das waren die, bei denen ein Absatz lose war, oder der ›Deserteure‹, bei denen mußte schon der Absatz ganz verschwunden sein, saß ich tränennah als Häufchen Unglück auf einem noch viel größeren Stiefelhaufen. Da kam mir die glückliche Idee, die Stiefel doch, um eine Ordnung zu haben, in Appellformation antreten zu lassen. Wie ich nun dies bewerkstelligt hatte, keine leichte Sache – da konnte ich aber auch streng sein! Ein Paar, das falsch stand, flog in hohem Bogen hinaus... – und die Stiefel nun, Spitze zu mir, so erwartungsvoll in Reihe und Glied vor mir standen – ich natürlich, wie immer, in Generalsstiefeln –, konnte ich nicht umhin, eine kleine Ansprache zu halten. Ich glaube, ich machte keine schlechte Figur dabei. Jedenfalls, was die Stiefel betraf, standen sie allesamt unbeweglich und in trächtiger Stille. Sie strömten neben allerlei Schweißgerüchen ein Schweigen aus, das man ohne weiteres für ehrfurchtsvolle schweigende Zustimmung halten konnte.

Nun war dies natürlich auch scherzhaft. Aber es hatte auch einen unheimlichen Sog, und wie von selbst zog es mir die Hacken zusammen, und ich salutierte feierlich. Es ist wie mit den Stiefeln. Sie laufen von selbst, der Soldat läuft da nur mit.

Und so war mir auch, als spräche nicht ich, sondern etwas aus mir, das schon lange darauf gewartet hatte zu sprechen. Es hörte sich auch so an, etwa wie ich die Worte stellte oder Gesten dazu machte, als sei ich der Kapitän Knop, der also offenbar ungeahnt tiefen Eindruck bei mir, in mir! hinterlassen haben mußte.
Damals machte Körners »Leier und Schwert« Furore, mich drängte es – wie die vaterländischen Truppen aus Frankreich heimkehrten –, ein Gedicht darauf zu machen, das übrigens schnelle und weite Verbreitung fand. In diese Zeit fällt auch meine erste Bekanntschaft mit G., das meint, mit dem Namen Goethes vorerst, der mir bis dahin noch ein gänzlich unbekannter war.
Das soweit, knapp und militärisch, für heute.
G., wie ich höre, wird die nächsten Tage zurückerwartet.

Samstag, 4. Oktober 28

G. heute vormittag sehr erregt. Worum es ging, weiß ich nicht. Unter anderem das Folgende:
»Ich kann die guten Leute ja verstehen. Bloß – die können mich nicht verstehen, niemand. Niemand versteht mich. Verstehen Sie?«
Ich verstand ihn, den Undankbaren, mehr als er glauben mochte. Freilich bezähmte ich mich, ihm Vorhaltungen zu machen. Es ist seine Art, immer nur einen Zipfel seines Wesens zu zeigen. Ich glaube schon, daß er bemerkt, wie gierig alle nach diesem Zipfel greifen. Nur, was kaum einer merkt, er selbst vielleicht auch nicht, daß ja auch er stets vergeblich diesen schnupftuchgroßen Zipfel zu fassen sucht, und nichts in Händen hält als ... nichts?

13. Oktober!

Auguste... Ich schreibe diesen geheiligten Namen mit schwarztrauernder Tinte und doch so jubelnd in mein Diarium. Was bedeutet mir nicht dieser liebe Schriftzug...
Eine Theaterliebe, mag sein. In den Herzensangelegenheiten wird uns so recht gewahr, wie wenig uns eigentlich das Urteil Dritter befördert. Was läßt sich hier nicht alles räsonieren! Über Herkunft und Auftreten, Bildung und Konversation. Allein – das geliebte Wesen vermag nur der Liebende zu erfassen. Und wo G. von ›ordinärer Gewöhnlichkeit‹ redet, sage ich: aparter, ja gewagter Reiz!
Unser erstes Zusammentreffen fiel auf einen jener Samstage, an denen G. es gefällt, einige Theaterleute zur Abendgesellschaft bei sich zu versammeln. In der Gesellschaft fiel mir sofort eine junge, schwarzgelockte Person auf, von allen nur ›Auguste‹ genannt. – ›Die Kladzig‹, raunte mir v. Müller zu, ›ein hoffnungsvolles Stimmtalent‹, von dem wir demnächst noch einige Proben hören sollten. Ich beschied mich zunächst damit.
Nun wollte es der Zufall, daß ihr Glas, an dem sie oft, aber stets nur in kleinen Zügen nippte, leer war, und keiner der Bediensteten war zur Stelle. So nahm ich also die Flasche und füllte ihr Glas randvoll. Sie bedankte sich mit einem Kopfnicken.
Wie ich mich niedersetzte, bemerkte ich, daß diese Höflichkeit gegen sie eine Unhöflichkeit gegen alle anderen war, deren Gläser beinahe sämtlich ebenfalls leer standen. Ich errötete und verdankte es nur dem Kanzler, daß daraus keine Peinlichkeit in der Runde entstand. Er, der das Eklatante der Situation erfaßt zu haben schien, hatte mir sogleich die Flasche aus der Hand genommen und war, ohne das Gespräch mit La Roche zu unterbrechen, an dem die anderen, auch G., interessiert partizipierten, Mundschenk für die übrigen. Ich

war ihm von Herzen dankbar, zumal G., vom Tischende her, mich dreist lächelnd fixierte.
Als ich meine Blicke umwandte, Auguste saß mir gegenüber, kreuzten sich unsere Blicke wie Klingen, ja, mir war, als stoben Funken davon auf. Mein Herz war das Pulverfaß, und wir waren für einen Augenblick allein in der lauten, fröhlichen Tischgesellschaft...
Bald aber waren wir wieder von der allgemeinen lärmenden Geselligkeit okkupiert, und nur ein genauer Beobachter erkannte in der Art, wie sie nun beinahe euphorisch den nebensächlichsten Wendungen der Unterhaltung folgte, oft herzlich, aber immer kontrolliert und mithin künstlich lachend, in ihrem Bemühen, alles zu tun, um zumindest nicht sogleich wieder mit sich – und mir! – allein zu sein, daß ein Funken auch auf sie übergesprungen war. Ich saß still und genoß es.
Sie schaute so ernsthaft und aufmerksam auf alle anderen und stets an mir vorbei, immer darauf bedacht, nur ja meinen suchenden Blick nicht zu treffen, daß dieses Beiseiteschauen, das einzig mir, mir allein und keinem andern, galt, nichts anderes war als ein Blick tief in ihr Herz hinein.
O dieser unnatürlich heftig zur Seite gewendete Schwanenhals, diese angestrengt geblähten Nasenflügel... all das verriet mir ja, daß ich sie erobert hatte, und ihre letzten Versuche, sich dagegen zu wehren, rührten mich und fachten meine Liebe nur noch an. Mein Herz stand in Flammen! Und all die nächstens darüber noch zu vergießenden Tränen, das wußte ich bereits an jenem Abend, würden den Brand nicht löschen können.
Beim Abschied lag ihre Hand federleicht in der meinen, ich hatte das Spiel gewonnen.

Freitag, 24. Oktober 28

Er verlangt Süßes!
Als ich gestern zu ihm ins Zimmer trat, fuhr er jäh herum. Ich suchte, die ihm peinvolle Situation mit einigen belanglosen Fragen zu überspielen. Er starrte mich an, die Mundwinkel gebieterisch nach unten gezogen.
Ich, der ich zunächst sein Schweigen nicht verstand, spann den Redefaden immer weiter, verhedderte mich schließlich darinnen hoffnungslos... Er aber, als ich mich umwandte und hinabbeugte, um das für heute vorgesehene Notizenbündel aus der unteren Lade des Pappelholzschränkchens hervorzuholen, nahm mit dem Silberlöffelchen, das er fest umklammert in der Rechten hielt, noch rasch, als wäre es bittere Arznei, zwei oder drei Löffel Zucker aus der Dose, die ebenfalls im Mund verschwanden.
Wir übergingen diesen Punkt stillschweigend.
Ich hatte die Papiere auf dem Tisch ausgelegt.
G., die Hände auf dem Rücken, wendete seinen Kopf schief zur Seite, um die Überschrift zu entziffern. Als er diese gelesen zu haben schien, trat er zum Fenster, wo er, eine Hand aufs Stehpult legend, den Rücken zu mir, einen Moment verharrte. Dann wandte er sich um, sein Gesichtsausdruck hatte etwas ungemein Saures bekommen.
»Nun also denn, heute über die *Wahrheit*. –
Wie meinen Sie? Ich gedenke diesen Punkt nicht übergebührend auszudehnen und will Sie nur, Eckermann, vor einem Fehler behüten, den viele machen und den zu begehen man nicht mehr originell nennen kann – die Wahrheit zu suchen...
Das ist edel und Mumpitz! Die Wirklichkeit, Eckermann, ist schon Wahrheit genug, und einzig jene gilt es zu suchen. Verstehen Sie? Die Suche nach der *Wahrheit*, nach der Übereinstimmung unseres Bildes von der Welt mit dieser Welt selbst,

das ist etwa, als wollte man in der dahinpolternden Chaise sitzen und gut vorankommen, aber gleichzeitig haben, daß die Wagenräder nicht ein einziges Gräslein krümmen. So etwa. Das ist Unsinn, natürlich. Da gebe man lieber den Pferden die Peitsche und rase querfeldein! Mag ein Rad brechen, egal, so geht es voran. Sich um die ›Wahrheit‹ zu bekümmern, ist im Grunde nichts als eitle Anbiederung. Wissen Sie, aus wieviel falschen Ideen ich letztendlich die gültige Farbenlehre herausgefiltert habe?

Höre ich nun das Motto: ›Die Wahrheit erkennen und danach handeln‹, so bin ich skeptisch und muß Bankrott erklären. Denn auf der Suche nach der Wahrheit verbrauchen wir uns derart, daß es am Ende zum Handeln nicht mehr kommt. Nun muß das, wie wir wissen, freilich kein Übel sein, aber es zeigt uns den Widersinn dieser Parole. – ›Das Zweckmäßige ahnen und nicht dawider angehen‹ heißt daher, für den vertraulichen Gebrauch, die vernünftige Übersetzung genannter Devise.«

Er kam nun ganz nah, so nah, daß sein Magenwind mich streifte, und flüsterte:

»Soll ich Ihnen mal die ganze Wahrheit sagen, Eckermann?«

Ich nickte mit angehaltener Luft.

Er lehnte sich wohlgefällig zurück und fixierte mich lächelnd.

»Sie müssen noch viel lernen, mein junger Freund. ›Die ganze Wahrheit‹... schon das ist doch eine Lüge. Denn zur ›ganzen Wahrheit‹ unseres Lebens gehört auch die Verdeckung, gehören all die unzähligen Halbwahrheiten, mit denen wir – Gott ja, recht und schlecht, aber eben doch – leben.

Diese Offenbarungsenthusiasten der Wahrheit zerschlagen oft mehr Porzellantassen, als sie im Schranke haben. Und es bleibt ein Rest von Leere nach diesen Orgien der Wahrheit. ›Si tacuisses, philosophus mansisses!‹ sage ich mit dem tröst-

lichen Boethius. Und, weiter zurück, Horaz spricht wohl auch nicht zufällig von der Wahrheit als einer nackten – nuda veritas. Veritas – weiblich natürlich. Auch von daher schlechtweg sittliche Grenzen der Annäherung.«
G. breit lächelnd, ich spitz. –
Noch ein wenig verstimmt über den Scherz, den er sich da mit mir gemacht hatte – denn mir, der ich in meinem Leben noch jedes winzige Körnchen Wahrheit mühsam erringen mußte, fehlt es so ganz an Verständnis für derlei Launen des Verwöhnten, die G., wenn er der Dinge überdrüssig ist, zeigt, indem er sie mutwillig traktiert –, und also nicht ohne eine gewisse Trotzigkeit warf ich hier ein, ob denn bei Preisgabe der Wahrheit nicht, im Gegenteil, unsere Moralität, insonderheit dasjenige davon, was wir ›Wahrhaftigkeit‹ nennen, Schaden nehmen könne.
»Keineswegs. –
Weiß ich nicht, was die Wahrheit ist, so bin ich auch, selbst bei allem Übelwollen, außerstande, die Wahrheit, die ich ja nicht kenne, zu verdrehen, also zu lügen. – Quod erat demonstrandum.«
G. bemerkte mein Unbehagen an dieser Art, mich leichthin und mit Sophismen zu verwirren, Sätze, die für sich zweifellos richtig sind, als Antworten zu setzen, ohne doch welche zu sein. So entstehen Propheten. Fragt man sie: ›Wie ist das Wetter draußen?‹ antworten sie, sehr richtig: ›Zwei mal zwei macht vier!‹ Sie haben die Wahrheit gesagt, und die übrige Welt steht ganz töricht vor Rätseln wie die Kuh vor dem Tor zur Weisheit.
Noch war ich mit der Wahrheit und ihm nicht fertig und gab zu bedenken, ob eine derartige Insuffizienz in Sachen Wahrheit nicht unschicklich sei, angesichts etwa des, von ihm, G., übrigens des öfteren mit warmen Worten bedachten Dominikaners *Bruno,* der wie bekannt, Anno 1600 in Rom für seine Überzeugungen verbrannt wurde.

Hier wurde er ernst und entgegnete nach längerer Pause nachdenklich und, wie mir schien, mehr an die eigene Adresse:
»Für seine Überzeugungen zu sterben ist gewiß schwer. – Aber ist es deswegen leichter, mit ihnen zu leben? Ich bin in Zweifeln.«
Die Hausglocke erlöste uns.
Zur Kaffeestunde gab es Windbeutel, danach Himbeereis.

Samstag

Nachgetragenes:
G. kam heute noch einmal auf unser gestriges Gespräch.
Das Folgende:
»Sagen Sie nur immer – dies als Fazit – alles mit der rechten Überzeugung. Darauf kommt es an. Insgeheim ist es freilich verstattet, Zweifel zu hegen, warum denn auch nicht. Fragen so und so zu stellen, daß sie den eiligen Extrapost-Antworten störrisch im Weg stehen. Nur soll das nicht laut werden, bewahre. Die Welt räumt nur dem Kredit ein, sehr bereitwillig sogar, der mit fester Bestimmung vor sie hintritt. So muß es sein. Der Ochsenkutscher fährt von da nach da« (hier markierte er mit dem weggespreizten Zeigefinger zwei auseinanderliegende Punkte auf dem Tischtuch) »– sein Weg! Und was ihm über den Weg läuft – Katzen, Kinder, Kleinkram –, wofern es nicht achtungsvoll beiseite tritt, das kommt unter die Räder. – Nun, ich denke, damit lassen wir es genug sein, ich will mich wirklich nicht weiter über diesen dunklen Punkt verbreiten und setze hier den Schlußpunkt, einstweilen.«
Übrigens bemerkte G. heute, wie ich nach der Unterredung mit ihm mir draußen im Flur einige wenige Notizen in mein Heft eintrug. Er schien es nicht zu mißbilligen, blickte eher interessiert auf mein Treiben und legte – da er mein offen

erschrockenes Gesicht sah – begütigend seine Hand auf meinen Arm.
»Wir dürfen nur, mein fleißiger Freund, unser Hauptgeschäft nicht aus den Augen verlieren. – Sie sind ja noch so jung, und Ihnen steht alles weit offen ...«

28. Oktober, spät

Die Wirtin fragte heute nach, ob ich nicht zur Nacht eine Wärmeflasche benötige... Es ist der Mond Oktober und noch recht milde!
Bleibe trotz dieser und verschiedener anderer Zweideutigkeiten, Eindeutigkeiten! standhaft. Deute dies auch brieflich gegenüber Hanchen an und streiche den treuen Verlobten heraus. Was ich Hanchen indes verschweige – und was ich selbst bei Niederschrift meines Briefes völlig vergaß –, daß ich die Wirtin abgewiesen, weil ich zu dieser Stunde ja noch in fieberhafter Erwartung auf Augustes Erscheinen war...
Keine eigenfabrizierte Lüge wäre zu groß, als daß man nicht nach gewisser Zeit und ständiger Wiederholung auch selber daran glauben könnte. Muß überhaupt Hanchen gegenüber die Wirtin von Zeit zu Zeit ins Spiel bringen, denn eine vermutete *griechische Leidenschaft* für G., wie ich es als unausgesprochene Frage immer wieder zwischen Hanchens Zeilen lese, wäre gefährlich und könnte Hanchen, die als Weib dagegen wohl kaum ankäme, in Opposition treiben. Eine, und wäre es nur eine fiktive, Konkurrenz mit der Wirtin hingegen, Weib contra Weib sozusagen, hat etwas Natürliches und kann Hanchens Liebeseifer nur befördern. Zudem hilft als Zeichen unserer Aufrichtigkeit ein kleines Eingeständnis (die Wirtin) am ehesten, eine große Lüge (die Wahrheit in puncto Auguste) zu überdecken.

Habe hier, was wieder in puncto Hanchen wichtig ist, die Feststellung gemacht, daß Frauen ihre Männer nur so lange lieben, wie diese ihren eigenen Willen gegen sie, die Frauen, zu behaupten wissen. Läßt ein Mann darin nach, sei es aus Gutmütigkeit oder aus Bequemlichkeit, und gewinnt das Zipfelmützige seines Wesens die Oberhand, fängt der Mann womöglich an, auf die Frau zu hören, endet über kurz oder lang ihre Liebe zu ihm, das Opfer liegt am Boden, respektive zur Mittagsruhe mit einer Zeitung auf dem Sofa. Mehr bedarf es nicht. Der Reiz ist dahin. Das Raubtier Weib richtet sich auf und wendet sich ab. So und nicht anders stehen und liegen die Dinge.

Freitag

Auf Augustes Zimmer, ohne großes Umschweifen, kam es heute bald zum Äußersten. Ich sah zuletzt nur noch ihren halboffenen Mund über mir, die kleinen Zähne, ein spitzes rosiges Zünglein... Diesmal allerdings wurde mir der Kopf davon, der die ganze letzte Zeit wie verrückt auf mir saß, angenehm leicht und ganz klar. So ging ich bald leichtfüßig heim.

Schrieb ein paar dankbare Zeilen an Hanchen, ihren letzten Brief quittierend. Liebe Worte, die – das erste Mal in letzter Zeit – so ehrlich gemeint waren wie von mir aufgeschrieben. Hätte Hanchen nur mehr Verstand, könnte ich sie einweihen, sie wäre meine Vertraute und wüßte, daß ich nicht ihr Betrüger bin. So aber weiß ich es für mich allein, und es muß für diesmal genug sein.

Arbeit an den *Coup*-Notizen, bis spät.

Mittwoch, November 1828

Heute nachmittag, gegen fünf Uhr, bei Goethe, der im Dunkeln saß. Wir sind zum Tee verabredet. – Geplauder über dies und jenes. Er sei »unsagbar froh« über meine Anwesenheit. Dann das folgende:

»Wissen Sie denn noch, lieber Doktor, was wir weiland über den Zufall gesagt haben? Sie sollten es. Schließlich verdanke ich ja doch meine eigentliche Existenz einem Zufall, der die Notwendigkeit, respektive meine selige Frau Mutter, zu Fall gebracht hat...«

Ich war begierig, davon zu hören, wohl auch, weil ich mir davon neben pikanten Einzelheiten seiner Vita einigen Aufschluß über meine eigenen Lebensläufe erhoffte, bei denen zweifellos auch der Zufall, und in nicht geringem Maße, seine zart-bestimmende Hand im Spiel gehabt haben mag.

»Nun, es war ihr, der kleinen Katharina, gewiß nicht an der Wiege gesungen, daß sie ausgerechnet diesen Herrn Goethe freien sollte, und sie war an diesen einundzwanzig Jahr älteren Mann ja auch kaum aus eigenem Antriebe gekommen. Vielmehr verhielt es sich doch so – ich glaube aber, dies schon einmal zum Besten gegeben zu haben, es ist ja egal –, daß mein sehr zum Eigensinn neigender Herr Vater, der ja beständig mit dem Rat der Stadt Frankfurt im Streit lag, einzig aus dem Grunde meine Frau Mutter, die Tochter des Schultheißen Textor, sich zur Frau auserwählte, damit er, nunmehr als Schwiegersohn eines Ratsherrn, ein für allemale, gemäß der Stadtverfassung, von einem Ratsamte ausgeschlossen wäre. Denn dies hatte er sich, nachdem er sich einmal umsonst darum beworben hatte, geschworen: niemals, niemals eine Stelle im städtischen Dienste Frankfurts anzunehmen. Das war mein Vater! Betrachten Sie nur sein Bild. Es sagt mehr, als ich Ihnen je erzählen könnte...

So war denn also meine Mutter, siebzehnjährig, an ihn geraten; die Heirat Kalkül eines Mannes, der sich auf diese Weise für ein öffentliches Amt untauglich zu machen suchte und mit dieser Ehe also seine Kriegserklärung gegenüber den Ratsherren der Stadt sanktionierte... Die Heirat – eine Rache.

Sie sehen also, auf welchem Boden ich gewachsen bin.

Doch es hätte, und darauf will ich heute hinaus, alles auch ganz anders kommen können, zufällig...«

G., obwohl wir allein im Raume waren, sprach nun in vertraulichem Tone weiter.

»Ich mag wohl wenig über mein vierzehntes Lebensjahr hinaus gewesen sein, im Herbst dreiundsechzig... Sie entsinnen sich doch der Gretchentragödie meiner Jugend? Ich habe dieser Geschichte ja in meiner Lebensbeschreibung einigen Raum gewidmet und lasse das hier also weg. – Kurz, nach dem Auf und Ab dieser Leidenschaft und ihrem jähen Ende – im Frühjahr gestand Gretchen zu meinem Entsetzen, in mir nur immer ein Kind gesehen zu haben –, ich war natürlich wie von Sinnen, und das Ende dieses Romans schien mir auch das Ende der Weltgeschichte zu bedeuten.

Wie ich also eines späten Nachmittags im elterlichen Hause so dalag, über ein Sofa geworfen, es wird im Gartenzimmer gewesen sein, das einen herrlichen Blick über die Stadtmauer bot, weit über die grüne Ebene hin; ich aber nichts sah als meine Not und die kleinen, rasch sich ausbreitenden Nässeflecken, die meine Tränen auf dem Sofa hinterließen, trat meine Mutter ins Zimmer. Sie setzte sich zu mir, legte ihre kleine Hand auf meine immer wieder unter heftigem Schluchzen erbebenden Schultern...

Nun muß man wissen, daß meine Mutter uns Kindern, aber besonders mir, wie eine ältere Schwester anhing, die ebenso wie wir die Launen des Vaters fürchtete und uns ein stiller Beistand war, dieselben auf erdenkliche Weise, sei es auf

Hintertreppen oder sonstwie, zu umgehen oder abzuwenden.
Damals konnte ich diese quasi geschwisterliche Beziehung nur ahnen. Denke ich nun heute an jene Erzählung zurück, mit der sie an diesem dämmernden Spätnachmittag in meiner Nähe war – eine Erzählung, die ich in der Selbstbiographie natürlich, wie Sie bald sehen werden, unterdrücken mußte –, so weiß ich deutlicher von ihrem kindlichen, liebesbedürftigen Wesen, das meinen Schmerz nicht anders zu stillen wußte, als seinen eigenen Schmerz zu beichten und so gewissermaßen hinzuzufügen. Trost spendend mußte auch sie Trost empfangen...
Sie erzählte mir nämlich dann, leise dies, gleich einem Märchen aus Tausendundeiner Nacht, wie, kurze Zeit, nachdem mein späterer Herr Vater im Hause Textor um ihre Hand angehalten hatte, sie im Hause einer befreundeten Familie ihren letzten Donnerstagsball besuchte. Ein Fernbleiben davon war ihr noch nicht aufgenötigt, zumal Haus Textor, obwohl man dem Ansinnen des Herrn Goethe im ganzen günstig entgegensah, noch keine bindende Zusage gegeben hatte. – Es war also Donnerstag und ihr letzter Ball.
Wieder und wieder holte sie ein rothaariger Offizier zum Tanz, so daß ihr, die sie bis dahin ernst und nachdenklich auf ihrem Stuhl gesessen hatte, am Ende ganz schwindelnd davon geworden sei.
Sein Gesicht, so meine Mutter, sei zwar alles andere als schön gewesen, nein, schön wirklich nicht, aber es habe eine seltene Anziehung gehabt, die Augen, der Mund... Zudem sei er jung gewesen, wenig über zwanzig Jahre, und war voller Pläne. Bald wollte er den Dienst quittieren, bald wieder den neuen, merkwürdigen Kontinent Amerika bereisen... Wie eine Spielpuppe, gestand meine Mutter wehmütig-lächelnd, habe sie bald in seinen Armen gelegen. Und beim letzten Tanz war es beschlossene Sache, daß er sie nach Ablauf einer

Woche zu sich holen werde. Der Tag war auf den Freitag bestimmt, die Stunde sollte die achte abends sein. Soweit.
Eine Woche ging, nein: flog dahin, die die wundersamste ihres Lebens gewesen sei. Jeder Schritt war ihr leicht und beflügelt. Des Morgens, nach unruhig verbrachten Nächten, war sie früh auf. Die Dinge um sie herum hatten Farbe, und alles atmete Bedeutung. Sie sah die Stadt, in die sie jetzt die mißtrauischen Dienstfrauen bei allen möglichen Besorgungen begleitete, mit Abschiedsaugen. Und was ihr bis dato dunkel und bedrückend daran gewesen war, schien ihr nun heimelig, lieb und vertraut.
Eine glückliche Fügung schien es nun zu sein, daß der alte Schultheiß für den bestimmten Freitag eine Landpartie, wie er sie von Zeit zu Zeit unternahm, vorgesehen hatte, in der offenen Kutsche, Richtung Mainz, Visiten bei den umliegenden Gehöften der Hopfenbauern, die die Familie seit eh und je mit ganztägigen Landausflügen verband. So schien meine Mutter auf stille Weise Abschied von den nichtsahnenden Eltern und von den ihr seit Kind an vertrauten Landstrichen nehmen zu können.
Eine Wegstunde von Frankfurt, schon auf dem Heimweg, bei sinkendem Tage – Sie ahnen es sicher schon, Eckermann – brach die Deichsel des Gefährts.
Der Kutscher mußte einen Schreiner ausfindig machen und so fort, man hatte Aufenthalt in einem kleinen Dorf, dessen Namen ich nicht mehr erinnere, speiste dort zu Abend... Das ist es, Eckermann, was ich klassisch einen Zufall nenne.«
G. hatte sich bei den letzten Worten zurückgelehnt und betrachtete mich nachdenklich. Ich war nicht weniger nachdenkend.
»Meine Mutter... Wo waren wir stehengeblieben?« hub G. nach einer Weile seine Erzählung mit einer Frage wieder an.
›Frohnatur‹, warf ich als Stichwort ein, glücklich, etwas Gescheites beisteuern zu können.

»Ja, Frohnatur, ganz recht...«, wiederholte G., mechanisch mir nachsprechend, noch ganz in Gedanken versunken und, wie mir schien, auch etwas verstimmt, als hätte ich mir durch dieses Wort unerlaubt Zutritt in seine intimsten Gemächer verschafft. Auch war mir, als überlege er für einen Moment, ob er mir überhaupt noch etwas sagen könne, wovon ich nichts wisse. – Dann aber:

»Um es kurz zu machen, wenig vor Mitternacht rollte die Kutsche in Frankfurt ein, in die dunkle Friedberger Gasse, meine Mutter halbtot, und als die Bediensteten auf ihre bange vorgebrachte Frage antworteten, treuherzig – so als wüßten sie nicht um die Bewandtnis –, daß ein Herr Offizier am frühen Abend hier nachgefragt und auch gewartet habe und erst mit der allerletzten Post, gegen zehn Uhr abend, die Stadt nach Bremen verlassen hatte, mußte meine Mutter im Fieber auf ihr Zimmer getragen werden.

Der am nächsten Vormittag von den Eltern herbeigerufene Heilarzt sah in ihrem Zustand Schocksymptome auf den Wagenunfall und verfügte Roßkastanienbäder. Am zwanzigsten August 1748 ehelichte sie den Kaiserlichen Rat Johann Kaspar Goethe. –

Soweit also.

Sie können vielleicht dunkel ahnen, welche Wirkung diese Erzählung damals auf mein jugendlich-aufgeregtes Gemüt gemacht haben muß. Zwar war mein Leid um Gretchen dadurch um nichts gemildert, aber doch durch ein neues Ungewisses ins Hinterlicht gerückt. Ich hatte früh das Zweifelhafte, Zufällige meiner Existenz begriffen – ein durch den Zufall eines Deichselbruches verhindertes Glück stand meinem Leben ja Pate – und all meine späteren Versuche, mein Leben energisch zu befestigen, ihm Notwendigkeit zu verleihen, leite ich zu großen Teilen auch aus dieser Ursache ab. Auch sah ich mich seit dieser Zeit ganz auf mich gestellt, da ich zwar in meiner Mutter eine Teilhaberin meiner Geheimnisse gewonnen, imgleichen aber auch die fürsorgende Mutter, zu der man aufblickte, verloren hatte, die sie mir nun, bei all ihrem Bemühen, nicht mehr war und nicht mehr sein konnte.

So verdanken wir also unser heutiges Beieinander, lieber Eckermann, einer im Jahre 1748 irgendwo vor Frankfurt zerbrochenen Holzdeichsel, und das will ich schon, um es abzuschließen, einen Zufall nennen. –

Nun kennen wahrscheinlich auch Sie diese fruchtlosen Gedankenspiele im Reich des Konjunktives, ›Was wäre, wenn...‹, die man verwerfen könnte, belehrten sie uns nicht doch über manche unserer geheimsten Wünsche und Ängste. Später versuchte ich mir nämlich noch öfter ein Bild zu machen von dem Manne, der ich geworden wäre, hätte meine Mutter damals einen Herrn Unbekannt geheiratet. Ein Irgendjemand im Menschengewimmel, von dem ich nur mit Bestimmtheit weiß, daß er nicht Johann Goethe heißen würde und von dem ich nur dunkel ahnen kann, welche Teile meines jetzigen Wesens in ihm eine Heimstatt gefunden hätten, daselbst wahrscheinlich unerkannt einwohnend, als insgeheime Sehnsucht vielleicht... Und vielleicht, manchmal, hätte er am Sonntag auf der Bank vor dem Hause gesessen, und wenn alles gut wäre, Schweinebraten im Bauch, mit Verdauung beschäftigt, alles im Gleichmaß... käme die Verzweiflung. Die Ahnung, daß Gott vielleicht ganz Großes mit ihm vorgehabt hatte. Einen findigen Botaniker, wer weiß, und nur durch einen Zufall... Dann wäre er müde ins Bett geschlurft, hinein, traumlos geschlafen oder nicht geschlafen, mit starrem Auge die Wand bewacht, oder er hätte sich wie aus Verzweiflung über sein Weib geworfen, um das ganze Elend und Einerlei noch zu vermehren und Kinder gezeugt, die ihm auf fatale Weise ähnlich wären. Trost und doch auch Trostlosigkeit. Jedes Jahr ein neuer Versuch, über sich hinauszuwachsen...«

Inzwischen war es ganz dunkel geworden. G. vermied es jedoch, die Lampe zu entzünden. So saßen wir noch einen Moment still beisammen, und G. hing seinen Gedanken nach. Ich saß nur einfach da. Bis gegen sieben.
Danach gemeinsames Abendessen, sehr guter Schinken, und beiläufige Gespräche.

Samstag

Infolge unserer Unterhaltung vom letzten Mittwoch las ich zum wiederholten Male im Ersten Buch der *Dichtung und Wahrheit.* Aufmerken schon nach den ersten Zeilen: G.s erste segensreiche Stiftung, wenn man ihm glauben darf, fällt, man lese und staune, in eine sehr frühe Periode, da er nämlich selbst noch ein winziges, blaues, nackt-frierendes Kindlein war. So zumindest beschreibt er es. Denn die unglücklichen Zwischenfälle bei seiner Geburt sollen – ob dies nun ins Reich der Dichtung gehört oder in das der Wahrheit, sei dahingestellt – den Herrn Großvater bewogen haben, öffentlich dafür einzutreten, mehr Sorge auf die Unterweisung der Hebammen zu lenken. Wer sich so in die Welt einführt – das nenne ich mit einem Paukenschlag zur Welt kommen! Wen wundert da das Weitere!
Mich wundert gar nichts mehr. Was meine Geburt betrifft, so ist mir nichts weiter davon erinnerlich. Ich werde wie alle anderen auch in die Welt gesetzt worden sein. Freilich, auch schon hier ist das Wort der Schlüssel – ›in die Welt gesetzt‹, das klingt wie: ein Tier wird in der Wildnis ausgesetzt, von Fährnis und Fremde umgeben.

M., d. 15. Dezember 1828

Skandalöse Vorwürfe Hanchens! Gegenbrief sofort erwogen, aber auf morgen verschoben, da namentlich der Vorwurf, ich würde ›meine besten Jahre‹ damit vertun, einem ›Phantom‹ nachzujagen, seine Wirkung auf mich nicht ganz verfehlt hat.
Lange bin ich in der Stube auf und ab gegangen, bis ich merkte, daß ich unwillentlich Ihn imitierte, habe mich dann mit Schuhwerk aufs Bett gelegt, die Hände unterm Kopf, die Unterarme fest gegen die Ohren gepreßt; allein nichts half, das Unerhörte war ausgesprochen und hatte mich erreicht.
Die besten Jahre… Sind sie nicht ohnehin fort und verschwunden, da man wie ein Kontorist dasitzt, nachrechnet und sie sucht? Die ›besten Jahre‹ waren doch die, als es für einen die Frage noch gar nicht gab: Ist es ein gutes Jahr, ist es ein schlechtes? Da man gelebt hat, ohne sich lange Rechenschaft zu geben. Fängt man aber an, nach ihnen zu suchen, so weiß man nur noch nicht, daß sie schon auf immer verloren sind. Das ist es.
Dergestalt muß Hanchen geantwortet werden, um künftig ähnlichen Anwürfen, die mich doch sehr aufregen, zu begegnen.
Lange schlaflos.
Der Regulator tickt. Mein Herz schlägt. Ein leises Schnarren. Der Regulator schlägt schon eins, mein Herz tickt angstvoll in der Brust, die kleine rote Maschine. Die Feder aufziehen, sonst bleibt alles stehen.

D., spät

Auguste, du Luderchen!
Für den Nachmittag hatte ich mich zum Tee bei ihr angesagt.

Die Fenster waren zugezogen, so daß ich in Zweifeln war und nur für alle Fälle, da ich mir schon den Weg gemacht hatte, die Stiege erklomm.
Die Tür stand halboffen. Ihr Blick hatte das Gewisse... und es kam – wieder! wieder! – gegen mein Wollen zum Äußersten.
Halte mich diesmal jedoch für völlig schuldfrei und notiere als Quintessenz: Das Opfer verführt seinen Verführer zuerst. Nämlich zur Verführung. So ist der angebliche Verführer das eigentliche Opfer. – Vermerke eine Verwirrung aller Begriffe, die uns jeder verstandsmäßigen Einschätzung enthebt. Verließ einigermaßen unbefleckt – die Infame befand sich noch im Hemd! halb fünf noch im Hemd! – ihr Etablissement.
Traf unterwegs Dagobert, der vor einer Wirtschaft saß und mir fröhlich zuwinkte.
Zu Hause sogleich umfassenden Brief an Hanchen, in dem ich ihr, ohne auf ihre Anwürfe einzugehen, G.s Schwierigkeiten in der Bibliotheksangelegenheit breit auseinandersetzte. Hoffe, daß ich mich ihr deutlich gemacht habe.

Dezember 28

Der Fesselballon, zumindest für mich, nur in der Lüneburger Heide denkbar. Da steht er weit im Land. In Weimar wäre dieses Größte schon gleich mit dem nächsten Windhauch hinter einem Berg verschwunden. Berge, diese sanftgrünen Begrenzungen des Horizontes, machen die Welt kleiner, mithin die Provinzialität größer. Es ist dies schon an der Luft zu spüren! Weswegen viele Leute zur Erholung in die Berge fahren.
Arbeit am *Coup,* kleine Fortschritte. Wohin?

vor Silvester, 1828

Mit Hanchen eine Familie stiften... Von dieser Perspektive ist mir der Kopf ganz verschoben. Stifte ich da nicht eigentlich ein Unglück?

Mir ist in diesem Konnex eine Sonderlichkeit der Sprache aufgegangen: ›Bekanntschaft‹ – man kennt sich, gut; ›Verwandtschaft‹ – man wendet sich; zum Beispiel hin und her, zum Beispiel zu, zum Beispiel voneinander ab et cetera. Es ist doch im Grunde ein recht unklares Verhältnis, in das ich mich zunehmend von Hanchen gedrängt sehe.

Das so oft gehörte Argument ›Alle heiraten!‹ kann nur dem Herdentier genügen und sakramentiert keinesfalls die Vernünftigkeit der Ehe; eher das Gegenteil. Man wage nur einen Seitenblick auf den Stumpfsinn der Massen. Ist es, das massenhafte Heiraten, also atavistisch zu nennen? Ja.

Mit G. über diese Dinge nie gesprochen, in praktischen Dingen kann ich Aufklärung von ihm kaum erhoffen.

Abends Schach gespielt, wie immer: ich gegen mich.

Beobachte an mir zu meinem Erschrecken die Unfähigkeit – und sei es auch nur eine Partie! –, unparteiisch zu spielen. Schon nach wenigen Zügen favorisiere ich eine Farbe (meistens schwarz – warum?), und es endet üblicherweise mit einem Gemetzel unter den Weißen. Siege, die mich niedergeschlagen machen.

Ähnliche Gefühle auch bei der Niederschrift der für den Druck gedachten »Gespräche mit Goethe«. Anstelle der Objektivität dominiert darin G.

Merkwürdiger Kontrast der Biederkeit dieser gesprächsweise geäußerten Ansichten zur ansonsten so changierenden Erscheinung seines Wesens in Wort und Schrift, so daß mir mein Geschäft mit den »Konversationen« allmählich verdächtig wird.

Was aber dominiert hier, in diesen privat festgehaltenen

Gesprächen, bei denen ich am wenigsten an Veröffentlichung denke? Habe das ungute Gefühl, daß mir die Wahrheit unerkannt und ungenannt zwischen den beiden Extremen entwischt...

Zudem: Ich treibe falsches Spiel.

Allein aus den letzten sechs Wochen ist die vorsätzlich unterlassene Niederschrift folgender höchst merkwürdiger Gespräche anzuzeigen: über die zwingende Notwendigkeit, daß ein denkendes Wesen, früher oder später, in ernstlichen Konflikt mit dem allgemeinen Weltengang geraten müsse (Habe dies unterlassen aufzuschreiben, weil ich die letzte Zeit zu sehr mit den Ehefragen beschäftigt war – jetzt ahne ich, daß es hier Zusammenhänge gibt...), über die Paradoxie jeglichen Staatswesens, das weimarische inbegriffen. (Hier weist wenigstens noch ein spärlicher Eintrag, den ich unterm Datum des 7. Oktober im Manuskript der »Konversationen« vornahm, auf die Umstände des Gespräches hin: ›Nach aufgehobener Tafel ließ sich der preußische Minister, Herr von Jordan, melden, und wir zogen uns in das angrenzende Zimmer.‹)

Womöglich, denke ich, liegt das Grundübel meiner »Konversationen« darin begründet, daß ich bestrebt bin, *ein* Bild, abgeschlossen und vollendet, von ihm zu zeichnen, so daß mir jeder opponierende Zug gegen den Strich geht; jedenfalls betreibe ich eine Zensur, die der preußischen wohl alle Ehre machte, obschon mir dabei vor allen Instanzen als Rechtfertigung dienen möge, daß dies vielleicht der einzige Weg ist, größeren Schaden abzuhalten...

Wollte ich nämlich alles wortgetreu so aufzeichnen, wie er es sagt, und nicht die zahllosen Widersprüche, die er wohl selbst nicht bemerkt, ausmerzen, müßte man am Ende dieses Wirrsals wahrscheinlich einen von uns beiden für nicht ganz gescheit halten – und nach Kenntnis der Dinge stünde wohl anzunehmen, daß ich derjenige sein würde. Also...

Spät am Abend.
Nachgedachtes über den heutigen Eintrag:
Wie, wenn es nun nicht an mir läge, sondern in G.s Natur, die vielleicht eine einfache Beschreibung schlechthin unmöglich macht? Jedenfalls werde ich nicht versäumen, neben den »Konversationen« auch diese meine Geheimtagebücher fortzuschreiben, um wenigstens etwas zu retten.
Erst neulich sagte mir G., als ich bemängelte, daß die meisten – anstatt das wahre Sein zu erkennen – sich mit einer Welt des Scheins begnügten, es wäre dies doch am Ende nicht das Verkehrteste:
»Bewährt es sich doch, und es ist gut zu wissen, daß noch im flüchtigsten *Schein* sich ein *Sein* verbirgt, buchstabengenau, welches ohne ersteres doch nur ein Nichts für uns wäre.«
Beende gegen 11 Uhr abends die Partei mit Remis.

Dienstag, 3. Februar 29

Morgens bei G. im Kabinett, der mich sogleich mit folgender, nach eigenen Angaben über Nacht gewonnener Erkenntnis begrüßte, ja, überfiel.
»Die größten Gefahren, Eckermann, lauern uns immer dort, wo wir sie nicht im mindesten ahnen. Deswegen sind es ja die größten, denn diese treffen ihr Opfer unvorbereitet. Was wir indes als vermeintliche Fährnis erkannt zu haben glauben und kalt und aufmerksam fixieren wie der Hase die Kobraschlange, ist uns doch nur deswegen gefährlich, weil es uns blind macht für die wirklichen Gefahren, die uns ungesehen und unerhört von der Seite treffen. Dies soweit.«
Er blickte mich von der Seite an, abschätzend, ob ich den Sinn seiner Worte auch richtig verstanden hätte. Ich hatte. Und fand seine Worte in vielem, was ich schon selbst erlebt, durchaus bestätigt. Dann ans *Coup*-Geschäft.

Montag, Mittag

Post von Hanchen, immer dasselbe. Die alten Vorwürfe im neuen Wortgewand.
›Bleckede, d. 12. Februar 1829 – ... Unbegreiflich ist es mir und vielen anderen, daß Göthe Dir nicht besser forthilft, da er es nach Aller Meinung doch wohl im Stande wäre! Es scheint sich aber doch zu bewähren, wie man von ihm redet, daß er Vieles verspricht, aber nicht erfüllt. Nimm mir dies von Deinem großen Göthe nicht übel; ich spreche nur so, wie ich darüber denke. Hättest Du nur fortgefahren Jura zu studieren, so wärest Du ohne Zweifel sicherlich jetzt geholfen, mich grämt's jetzt, daß ich damals nicht besser darauf bestanden habe; ich ging aber gar zu weit in Deine Wünsche und schönen Ideen, Hoffnungen mit hinein, und wir sehen uns nun Beyde betrogen, ich hätte nicht gedacht, daß es mit einer guten Anstellung so lange dauern würde! ich möchte Dir wohl rathen, von nun an fleißig an Deinem Werke zu arbeiten, wobei zu deinem eigenen Interesse mehr herauskommen würde, als daß Du stets für Göthe was thuest. –...‹

13. März 1829

Bedenke ich es recht, so war mir nie etwas recht.
Immer war, wenn ein Ding erreicht schien, der zauberische Glanz davon genommen.
Was mir als lichtes Ziel vorschwebte, verdüsterte sich, sobald es erreicht war. Ach, gebe uns Gott, in die Grube zu fahren, ohne all unsere eitlen Ziele erreicht zu haben. Uns wäre froher und sehr viel leichter ums Herz.
Dies heilige Ziel meiner frühen Jahre, einmal, nur ein einziges Mal Goethes Rechte zu halten, die den *Werther* geschrieben, gezaubert... Ach, wäre es doch bei dem einen Male

geblieben. Nun hält sie mich, Goethes Rechte, fester denn je, am Schlawittchen beinahe, noch immer. Schöne Ziele, denen man nachjagt. Hat man sie eingeholt, wird einem plötzlich der Sinn dieser ganzen Jagerei verdächtig. Das also war es ...

»Mein lieber, lieber Eckermann. Ich merke wohl, daß manche Tätigkeit, die ich subaltern nennen möchte und die Sie mir zuliebe verrichten, Sie nicht so glücklich macht, wie ich das wünschte. Daß Sie dennoch gute Miene zum – übrigens guten – Spiele machen, ehrt Sie und hebt Sie auffällig heraus aus der Schar unserer jungen Poeten und Studiosi ... Sie gehen auf die Vierzig, stehen also noch fast im kindlichen Frühling. Die Welt ..., Sie wissen schon. Kurz, ich will Ihnen eingestehen, daß Sie mir so recht fest ans Herz gewachsen sind und ich mir Tage ohne Sie nur schwer vorstellen will. – Wie finden Sie das?«

Oh, wie schämte ich mich da all meines Kleinmuts, der so viele, ach, viel zu viele Zeilen diktierte. Ich war für einen Moment glücklich, und das ist wohl das Höchste, was zu erreichen ist. Ich ging nicht, nein: ich schwebte nach Hause. Die Wirtin bekam einen Silbergroschen für nichts.

Ging bald zu Bette. Resümierte, in die Schlafdecke gewickelt, die Tagesereignisse. Plötzlich die bange Frage, ob er am Ende neue Projekte mit mir plane, mit der ich in schweren, traumlosen Schlaf verfiel.

20. März 29

Das Ungeheuerliche ist ausgesprochen. Dies heute, den zwanzigsten März, nach Tische. Verdauungsstimmung. Alle Kraft sammelt sich im Magen, der Kopf aber ist frei, frei für ungeheuerliche Wahrheiten.

»Das *Vernünftigste,* mein lieber Eckermann, wird sein, Sie

machen sich nun, was unseren *Coup* betrifft, allmählich an die Gesamtrevision der Bände 12–21. Das wäre der Anfang...«, und so weiter.
Gesagt! Gesagt! Kein Wort davon sei zurückgenommen. Gegenzitat: ›Freiheit ist‹ – Goethe –, ›unter allen Bedingungen das Vernünftigste zu tun.‹ Sic!
Freiheit also ist – Unfreiheit. Mit seinen Worten.

Freitag, 28. März

Nach einer Abschrift, die ich nach Tisch für G. erledigte, ein Brief an Zelter, höchst verdutztes Innehalten. Nämlich steht da: *Unser Theater hat seinen ganz guten Fortgang... Meinen »Faust« wollen sie auch geben, dabei verhalt ich mich passiv, um nicht zu sagen leidend. Doch überhaupt darf mir für dieses Stück nicht bange sein, da es Herzog Bernhard, in Ober-Carolina, bei einem Indianer gefunden hat.*

Am Abend

Wie üblich, hinter verschlossener Tür und bei heruntergeschraubtem Licht, Verlesen der für diesen Monat herausgefischten *Coup*-Sätze.
Eine geringe Ausbeute, die ich auch nur wenig glücklich zum Vortrag brachte. Nach jedem Satz starb meine Stimme, um – nach abwartender Pause und auf G.s Nicken hin – müde, ohne viel Hoffnung den nächsten Satz zu erklimmen.
War es nun die späte Stunde oder aber die tödliche Langeweile, die sich meiner in dieser Sache bemächtigt hat – irgend etwas mußte meiner Stimme täuschend ähnlich den Tonfall eines Sterbenden gegeben haben, denn G. lauschte mit wachsender, ja lebhafter Spannung und hatte gegen alle Gewohn-

heit sogar sein Auf und Ab im Zimmer eingestellt und am Tische Platz genommen, den Kopf in die Linke gestützt, die Blicke ins Nachtschwarz des Fensters gerichtet.
Plötzlich, zu meinem großen Erschrecken, wandte er sich mit einem Ruck zu mir um.
»Halt! Das war nicht übel eben. Nicht übel.
Können wir das wiederholen? Das klang bedeutend. Das könnte es gewesen sein, Eckermann.«
G.s Blicke hafteten an meinem Mund, der langsam zuklappte. Mir schoß das Blut aus dem Kopf. Ich hörte, mit schwindelndem Gefühl, wie meine trockenen Lippen diesen letzten Satz wiederholten, und mir war in dem Moment, als füllten sich Mund und Magen mit flüssigem Blei...
G. nickte nachdenklich, als er für sich, langsam, den fraglichen Satz wiederholte.
»›Das Unsägliche zwingt mich zu schweigen...‹ –
Das sind Glücksmomente, Eckermann, da einem solch ein Satz gelingt. Es ist eine Gnade. Und auch Ihnen, mein treuer Finder, ich sage das ganz sicher voraus, wird dereinst Ähnliches zu vollbringen vergönnt sein. Ganz sicher. Mir nicht mehr. Diese Fähigkeit verliert sich mit den Jahren. So wie ich nicht mehr imstand bin, das über die Begriffe Schlechte zu fabrizieren, so werden mir imgleichen auch nicht mehr derartige, über die Begriffe gute Sachen passieren.
Solch einen Satz zu schaffen! Der über einen hinausragt – das ist, als überschritte man eine unsichtbar gezogene Grenzlinie, und das eigene Wort klingt fremd-vertraut zu einem herüber, da es womöglich schon einer anderen, größeren, der ewigen Welt angehört. Die wirklich großen Sätze gelingen uns oft unbewußt... So ist es mir auch weiter gar nicht verwunderlich, daß ich diesen Satz bis just zum heutigen Tag vollständig vergessen hatte...«
Auch mir, der ich noch bange dastand, war dies überhaupt nicht verwunderlich, und ich konnte nur dem Allmächtigen

danken, daß G.s Gedanken zu sehr um das Große dieses Satzes kreisten, als daß er daraufgekommen wäre, mich nach einer Quelle zu befragen. Was hätte ich ihm denn antworten können! Dieser gloriose Satz war, blitzschnell stand mir die Situation vor Augen, kürzlich, als ich wieder einmal so recht von Herzen unglücklich über den spärlichen Notizen saß, auf einem Blatt mit Briefanfängen für Hanchen unter die *Coup*-Papiere geraten. Briefanfänge, die ich mir probehalber auf gesonderten Blättern notiere, um mich lesend ihrer Wirkung zu versichern. Besagter Satz sollte meine kategorische Antwort auf Hanchens Fragen nach meiner finanziellen Lage einleiten... Aus einer Laune heraus, damit womöglich auch der flache Stapel der *Coup*-Papiere etwas höher erscheine, beließ ich das Blatt darinnen und vergaß es. Bei der Abschrift bemerkte ich mein läßliches Versehen zu spät, wollte indes nicht ein zu drei Vierteln schon ordentlich abgeschriebenes Blatt verderben und gedachte, ohne viel Aufhebens den vagabundierenden Satz mit durchzuschmuggeln.
Doch weit gefehlt! Sehe mich in G. sehr getäuscht. Senil, doch mit der Gabe eines Sehers findet er untrüglich den *einen* Satz als besonderen aus der grauen, ihn langweilenden Fülle der anderen heraus.
Muß mich bemühen, diese Sentenz irgendwie in Vergessenheit geraten zu lassen, was mir, da ich sein ›wandelndes Gedächtnis‹ bin, nicht schwerfallen dürfte. Bin natürlich dennoch in Sorge.
Saßen noch eine Weile still und sinnend. G. zufrieden mit der Ausbeute. Ich, wie eigentlich immer, heute aber besonders, mit gemischten Gefühlen. Draußen wehte der Nachtwind mit schwarzflatternden Rockschößen durch die Bäume. Ein Kapellmeister, die Blätter raunten ihm etwas zu – sphärische Nachtmusik.
Einsetzender Regen wie endloser Beifall!

Sonntag

Entdeckte mich dabei, wie ich Hanchen die ursächliche Schuld am jüngst erfahrenen Schrecken gab.
Letztendlich, ganz von der Hand zu weisen ist es ja gar nicht. Hielte sie sich mit peinlichen Nachfragen zurück, so zwänge sie mich nicht, wohlausgewogene Antworten zu entwerfen, und die Konfusion der Sätze wäre unterblieben.
G. indes – Glück im Unglück! – scheint auch diesen letzten Satz schon wieder verworfen oder einfach vergessen zu haben. Meine plötzliche Angst: Der gesuchte *Coup*-Satz könnte gänzlich unauffindbar sein, da wir doch schon, wenn auch ohne Absicht und nur für einen Moment, seinen, G.s, eigenen Dunstkreis überschritten hatten...

April 1829

Fand ein Gedicht von Lenz – und fand es gut:
›*Ich bin ihr wahrer Jakob nicht / Und auch ihr deutscher Michel nicht, / So rein und hold nicht wie der Lenz, / Ich: Jakob Michel Reinhold Lenz.*‹
Ich weiß nicht, ob G. es kennt.
Gestern nannte er mich, im Beisein von Riemer!, ›das Eckermännchen‹.

9. April, zum Abend

Der Zustand meiner neunjährigen Verlobungszeit scheint einige Merkwürdigkeiten zu besitzen. G. selbst, der sich hier ungeniert auf Hanchens Niveau begibt, besaß heute bei Tische die Laune, mit deutlichem Seitenblick auf mich, der ich zu seiner Rechten saß, ein altes Wort Schillers zu verballhornen: ›Drum prüfe ewig, was sich bindet...‹

Er macht Witzchen. Allgemeine Heiterkeit.
Ich aber löffele lustlos meine Suppe und bin hin und her gerissen. Habe ich *ihn* denn geprüft? Ich will es gerne gestehen: Ich kenne ihn nicht. Wohl bin ich nun eine schöne Zeitlang in seiner Nähe gewesen – aber ist nicht die Ferne sein Grundverhältnis? Seine kalte Spitze gegen mich rückt es mir in Erinnerung.
Überhaupt – der ganze Aberwitz meiner hiesigen Existenz! Ein Fluch ist über mir und zwingt mich zu tun, was ich nicht tun will, und zu lassen, was unerläßlich wäre. Die ich liebe, stoße ich zurück. Und denen, die mir nichts bedeuten, mache ich meine schiefe Aufwartung. Einmal dies alles hinter mir zu lassen...

Freitag, 17. April

Im Xenophanes, den ich von Zeit zu Zeit zur Hand nehme, die Geschichte des Pythagoras gelesen, von dem man sich auch das Folgende erzählt: Einst sei er an einem Hofe vorübergegangen, auf dem ein Hund verprügelt wurde. Da habe er gesagt: ›Haltet ein, schlagt das Tier nicht. Es ist ja die *Seele* eines befreundeten Mannes, die ich wiedererkannte, als ich den Hund winseln hörte.‹
Da die Seele, so lehrt Pythagoras, unsterblich sei, müsse sie von einer sterblichen Kreatur zur anderen wandern, und so fort ad infinitum. Die pythagoräische Seelenwanderung!
Angesichts dieser unerklärlichen Leere in letzter Zeit, dieser sonderbaren Vakuumzustände in meinem Kopf, frage ich mich: Wie nun, vielleicht hat meine Seele mich schon verlassen, sich auf Wanderschaft begeben, und mein Körper hat es nur versäumt, rechtzeitig zu sterben? Dies als Erklärung meiner Selbstzerrissenheit? Desgleichen die in letzter Zeit häufig gewordenen, postalisch gegen Hanchen vorgebrachten Ausrufe: ›Ich bin außer mir!‹ Vielleicht bin ich es wirklich?

Womöglich lebe ich unter falschem Namen. Ich? Mein wirkliches Ich, meine Seele, wohnt möglicherweise schon anderswo. In einem Amazonas-Indianer, der nackt in seiner Bastmatte liegt, vom Wind hin und her geschaukelt, umdrängt von diesen rotäugigen Amazonen, halbherzigen Wesen, die ihn bedrängen, sich fortzupflanzen. Er indes, der Nnamrek-cE, so will ich ihn ob der verdrehten Lage nennen, rekelt sich in seiner Matte und blickt traumverloren in die grüne Ferne.
›Ich‹ aber – das wäre das seelenlose Ding, ›Eckermann‹ geheißen, das auf zwei kurzen Beinen, die zudem an ihren unteren Enden in drückenden Schnallenschuhen stecken, durch Weimar schwebt. Ohngefähr in Menschenhöhe.
Man zöge nicht den Hut vor ihm, könnte man unter den seinigen blicken.

27. April 29

Mehrere Tage das Bett gehütet. Fiebrige Zustände. Seit gestern besser. Heute einen Topf Milch und einen Quarkwecken.
G. wurde Bescheid gegeben. Er ließ grüßen. Verlangt täglich Auskunft über meinen Zustand.
Keine Besuche, kaum Lektüre.
Abends ein Billett von G.s Hand; wohles Gefühl in der Bauchgegend. Erstes Wasserlassen außerhalb des Zimmers. Mattigkeit, aber wieder Hoffnung.

5. Mai d. J.

Abends bei Auguste, das Übliche … Schleicht sich Regelmaß ein? Halte sie in meinem Arm und bin zu meinem Erschrecken in Gedanken noch bei G. Halte diese Verirrung insgeheim. Auch Auguste schließt die Augen und, obwohl sie mich fest am Zeug hält, bin ich nicht sicher, ob wirklich ich es bin, den sie im Arm hält.

Das wohl ist die Liebe – zwei Fremde, die einen Herzschlag lang die Augen vor ihrer Fremdheit verschließen...

Augustes Küsse, wie immer, gleichen Bissen.

Einmal, es liegt nun schon Wochen zurück, bin ich auf diese Weise beinahe um ein halbes Ohr gekommen. G., der alt wird und mit dem übrigen wohl auch seinen Argwohn verliert, versprach mir, den Kanzler für mich um ein scharfes Rasiermesser anzugehen... Um derartigen ›Malheurs beim Rasieren‹ vorzubeugen. Ich ließ es geschehen, zumal ich den Eindruck hatte, er wolle sich auf diese Weise für den erzwungenen Boykott der englischen Journale revanchieren. Sei es drum.

Was Auguste betraf, so spürte ich heute im Spiel mit ihr, da unsere Lippen sich so heftig, bis aufs Blut, ineinander verbissen, unsere Finger wie im Krampfe verkrallt waren, einen tiefen Ernst. Sollte zu allem Überfluß, per Seelenwanderung etwa, der Kannibale in mir stecken? Vielleicht daher diese animalische Lust, das geliebte Wesen, damit es nur ja und einzig uns gehöre, zu verschlingen, aufzufressen... Einigermaßen bei Sinnen, aber noch in Gedanken, hauchte ich ihr ins heiße Ohr: ›Auguste, ich habe dich zum Fressen lieb...‹, worauf die Närrische nur wilder fortfuhr und natürlich nichts ahnte von der Gefahr, in der, auf der, sie (wie eine, zugegeben, himmlische Wolke) schwebte.

Beim Abschied nur, nebenbei, gestand sie, ich hätte sie heute einmal so sonderbar angeblickt, da habe sie es mit der Angst bekommen, und es sei ihr den Rücken hinabgelaufen. Doch darauf lachte sie, die Unwissende, als wäre es das Lächerlichste der Welt, sich vor mir zu fürchten. Ich schwieg böse, was sie indes nur noch mehr erheiterte. Ging bald von ihr, die noch lachend in der Tür stand, als ich finster die Treppe hinabstieg.

Da ich an Jahren fast doppelt so alt bin wie sie, hat ihr Spott manchmal etwas, wogegen ich nicht ankomme, und es verletzt mich tief, tiefer als alle mutwillig zugefügten Bisse.

Schrieb zu Hause einen langen Brief an Hanchen, und mir wurde langsam wieder wohl.

Nachgetragenes:

Augustes Angewohnheit, bisweilen als stummen Ausdruck des Mißfallens ihre Augen so weit nach oben zu verdrehen, bis am Unterrand das Weiße sichtbar wird – was ihrem Angesicht das Blöde einer Kuh verleiht. Ich sitze und staune, wohin die Liebe mit uns fällt.

Donnerstag

Hier in W. haben wir auch einen Stadtidioten, unseren Dagobert. Eine lokale Erscheinung, zwergenhaft klein von Wuchs, mit rötlichem, aufgeregtem Gesicht, mandelförmigen Augen, festzusammengekniffenem Mund, eingehüllt in alte Uniformsachen, trifft man ihn überall dort an, wo Skandalöses und Tumultartiges sich ereignet oder auch nur anbahnt. Er hat eine sichere Nase dafür.

Sei es nachts beim Theaterbrand, oder tags, beim Einrollen der Postchaise aus Jena, sei es, daß es hohen Staatsbesuch gibt, oder es wird auf dem Schloßplatz eine Kanone verladen – er steht dicht dabei und gibt gescheite Ratschläge mit Händen und Füßen. Im Armenhaus am Westbrunnen ist er einquartiert, und dort wird er auch beköstigt. Tags aber ist er beständig unterwegs, ›dringender Dinge wegen‹, wie er sagt. Da sitzt er tagelang in der Sonne und döst.

Er hat sich angewöhnt, lacht man über ihn, auf seine Weise mitzulachen: die Augen zusammengekniffen, den Mund

schief aufgerissen, ohne einen Laut. Eine Grimasse, die das Gelächter der Umstehenden, als wäre ihnen plötzlich ein Spiegel vorgehalten, bald verstummen läßt. Betretenes Schweigen und eiliges Auseinanderlaufen. Meist ist Dagobert für sich, und da hat er ein stilles, freundliches Gesicht und lädt alle ein, sich zu ihm zu setzen. Bisweilen singt er auch ein kleines Liedlein, das geht so: ›Ich bin der thumbe Dagobert, / Wer das nicht glaubt, wird eingesperrt.‹
Meistens läßt er aber die Worte, die ohnehin allen bekannt sind, weg und instrumentiert mit aufgeblasenen Backen, bald als Trompete, bald als Kesselpauke, die kleine einfältige Melodie. Tagelang geht mir diese manchmal, höre ich sie zufällig am frühen Morgen, nicht aus dem Kopf.
Im Hause G. erhält er, sooft er auch nur am Tor erscheint, eine Leckerei aus der Küche, wobei natürlich peinlich darauf geachtet wird, daß er, der sich unzählige Male und mit Knicksen bedankt, nur alsbald wieder verschwindet, was er mit gutem Gespür auch tut. Früh genug, um die Domestiken nicht zu verärgern oder in peinliche Situation zu bringen, aber noch immer so spät, daß man nicht völlig die Angst vor seiner Hartnäckigkeit verliere und er beim nächsten Mal, ohne langes Reden, auch immer wieder sofort etwas durchs halboffene Fenster gereicht bekommt – eine genaue Balance.
Seh ich ihn, etwa bei Regen, mit rudernden Armbewegungen über den leeren Marktplatz galoppieren oder, scheint die Sonne, ganz still, mit halbgeschlossenen Augen in einer Toreinfahrt lehnen, suche ich immer, ihm auszuweichen. Unbestimmte Bangigkeit. Bei Dagobert habe ich immer das Gefühl, er, wenn er mich angrinst, würde mich durchschauen.

im Mai

Habe eine fliehende Stirn! Entdeckte es heute im doppelten Spiegel bei Auguste. Mein Gesicht hat etwas Fischiges, Unangenehmes...
Küßte Auguste mit offenen Augen...

14. Mai, spätabends

...Ich höre die unsäglichen Liebeslaute des Katzenviehs draußen in der nächtlichen Gasse und empfinde tiefe Abscheu vor aller Art kreatürlicher Liebe.
Schlaflos bis spät.

25. August d. J.

Habe unter heutigem Datum an Hanchen geschrieben, behalte jedoch die Rohschrift im Pult, da ich G.s Billett verlegt habe und doch davon mindestens den Wortlaut bei mir behalten muß.
›*Weimar, d. 25. August 1829 – ... Der Sommer ist mir hingegangen wie Dir und mir noch schlimmer weil ich den ganzen Sommer halb unwohl halb melancholisch gewesen bin und in der gräßlichsten Einsamkeit gelebt habe. Der hiesige Aufenthalt wird mir mit jedem Tage unangenehmer und lästiger und ich glaube auch nicht, daß es anders werden wird. Könnte ich wie ich wollte, so ginge ich auf der Stelle nach Nordheim und mietete mir eine Wohnung und eine für Christian und Euch und erwartete Christian seine Ankunft und wär dort mit ihm so lange allein bis ihr nachkämet. Doch dieß sind angenehme Träume, die ich mir vergehen lassen muß. An meinem größeren Werke habe ich wenig thun können,*

indem die Bemühungen und Geschäfte für das tägliche Leben den größten Theil meiner Zeit genommen haben und ich die übrigen Stunden wegen meiner Gesundheit der Bewegung im Freyen habe widmen müssen, so viel der ewige Regen und Wind es erlaubt hat. Ich lebe so einsam, daß ich mich selbst von Goethe zurückgezogen habe, welches viel sagen will. Ich bin mit einigen Gedichten beschäftiget in Bezug auf den König von Bayern und wenn ich auch unglücklich bin, so hat doch mein Talent mich nicht verlassen. Ich habe Goethen eins zur Ansicht mitgetheilt, der mir darauf Folgendes erwidert:

»Das hierbey zurückkehrende Gedicht werden, dünkt mich, der Abgebildete so wie der Besteller und Bildner, Verwandte und Bekannte, Mit- und Nachlebende nach Würden zu schätzen wissen und die darin herrschende das poetische Verdienst erhöhend eindringliche Neigung dankbarlichst anerkennen. Gelingt Ihnen, mein Werthester, wie nicht zu zweifeln ist, auch noch in den übrigen gleich anmuthig zu seyn, so wird sich Ihr Unternehmen eines allseitigen Beyfalls gewiß zu erfreuen haben.

Da Ihnen Ihre Abgesondertheit in solchem Grade wohltätig zu wirken scheint, so setzen Sie dieselbe, nach Maßgabe Ihres Gefühls ruhig fort. Vielleicht schließt sich, durch Vollendung Ihres Gedichts eine Epoche und Sie mögen es mir selbst überbringen. Sie werden mir jederzeit willkommen sein und ich hoffe, Sie noch mit den besten Artischocken bewirten zu können.

Mit unseren Berliner Almanachs-Freunden stehen wir folgendermaßen... (ich lasse diese Stelle aus, weil sie für Dich kein Interesse hat).

Mit meinen Arbeiten bin ich indessen auch vorgerückt, wovon manches mitzutheilen sein wird; auch mir ist die Einsamkeit hinter dem Regengitter ganz vorteilhaft.

Soviel für dießmal in Hoffnung baldigen Wiedersehens.

In treuer Gesinnung verharrend
J. W. v. Goethe.«
Mit diesen Gedichten bin ich nun noch beschäftigt und ich hoffe sie in 14. Tagen zu vollenden, indem ich nur in den besten Stunden etwas daran thun kann. Die Gedichte werden mich mit dem König von Bayern bekannt machen und vielleicht führt es zu weiterem Guten. – ‹

11. September

Auguste? Auguste! Auguste…

Oktober 1829

Mehrere Unterredungen mit G., der sehr freundlich gegen mich war. Kann als unausgesprochne, aber sehr tröstliche Übereinkunft zwischen G. und mir vermerken, daß er es sich bei unseren Gesprächen zur Angewohnheit gemacht hat, einzelne Sätze und Passagen, die ihm selbst wohlgelungen erscheinen und daher besondere Aufmerksamkeit erheischen, zwei –, ja dreimal zu wiederholen, was ganz gewiß manchen der übrigen Zuhörer befremden mag, mir aber sehr gelegen kommt.
Ich quittiere dies schweigend, aber dankbar, als Ermunterung für die »Gespräche«.

Mittwoch, November 29, 1 Uhr nachts

Heute, oder vielmehr gestern abend, eine Gesellschaft im Hause der Frau Hofrätin Schopenhauer.
Ich huschte durch einen von wenigen Kerzen spärlich er-

leuchteten Gang und nahm für einen winzigen Augenblick mein vorüberfliehendes Gesicht in einem der trüben ovalen Wandspiegel wahr. Und es schien mir, als frage es mich, den Vorübergehenden: Wie kommst du armer Wicht eigentlich hierher? Ich hielt ein in meinen trunkenen Schritten, lehnte das plötzlich nüchterne Gesicht gegen ein Fenster und war allein.

»Sie, mein lieber Eckermann, stellen eifrig Mondbetrachtungen an und rauben der Gesellschaft drinnen Ihre Anwesenheit. Ist das artig? Man wartet schon sehr, um mit dem Vortrage beginnen zu können. Kommen Sie, die Damen werden sonst unruhig.«

Er nimmt mich am Arm, und im munteren Gesprächsfluß werden alle Gedanken fortgespült, bis auf einen winzigen Rest Bitterkeit unter der Zunge, der nur mir gehört, mir ganz allein.

Der große Raum, den wir nun betraten, ist ebenso wie die angrenzenden, durch offene Türen miteinander verbundenen in hellen Pastellfarben gehalten. Wärme schlug uns entgegen, die jedoch wegen der Parfümerieausdünstungen der vorhandenen Damen etwas Schweres, Betäubendes und zu Kopf Steigendes bekam.

Unter einem Vorwand machte ich mich von G. los, stellte mich ein wenig abseits, trat schließlich, um noch ein wenig mit mir allein zu sein, an eine Vitrine und tat so, als vertiefte ich mich ganz in die Betrachtung der dort ausliegenden Gipsabdrücke. Es waren, wenn ich mich recht entsinne, römische Münzen der Kaiserzeit. Oder etwas anderes, denn auch im Spiegel der geschliffenen Vitrinenscheiben war nichts zu sehen als das Abbild dieser lauten verkehrten Gesellschaft hinter meinem Rücken.

Oh, wie ich sie hasse, all diese empfindsamen, preziösen Zirkel der Freunde und Gleichgesinnten, dieser Liebhaber feinerer Genüsse, diese Teegesellschaften am Abend. Gerade

nach diesem Sommer, da ich so ausgiebig alle Gesellschaft gemieden, kommt mich deutlich ein Widerwillen an.
Gesellschaften, wo mich das Gefühl überkommt, meine Beine wären von Eisen. Ich weiß sie einfach nicht elegant aufs Parkett zu stellen. Und zu allem Überfluß hängen zwei Arme wie Stöcke an mir herunter, ohne daß ich dieselben in eine angemessene Haltung bekäme. So hält halt der eine, etwas verkrampft, den anderen am Tuch.
Inmitten all des zur Schau getragenen Feinsinns, der Anmut, errege ich doch, wie mir scheinen will, nur Unmut. Insgeheim, denn hier gibt sich jeder zu vornehm, als daß er dies zeigen würde. Man sieht darüber hinweg.
Zuletzt erschien die Hofrätin.
In ihren weiten, roséfarbenen Röcken schwebte sie heran, blieb da und dort, am Sofa und bei den Tischen, stehen, wo jeder der Kreise sich ihr bereitwillig öffnete. Schließlich stand sie auch vor mir, hielt mir ihre am beiläufig weggestreckten Arm herabhängende Hand hin; meine Lippen streiften ihren feingesprenkelten Handrücken, und ich spürte unter der dünnen Haut die weich sich aufwölbenden Adern...
Als ich mich schweißnaß und mit zusammengebissenen Zähnen wieder aufrichtete – denn während der kurzen Berührung spürte ich mit einem Male den unheimlichen Zwang, mein Gebiß mit lautem Tier-Aufschrei in ihre achtlos hingehaltene Hand zu schlagen..., – bemerkte ich, wie ihre streunenden Blicke den Saal schon nach weiteren Sehenswürdigkeiten abmusterten, doch erfolglos; ich war der letzte.
Endlich setzte die Musik ein.
Oh, wie ich sie hasse, diese quälenden Hausmusiken!
Allein, daß man sich bei solchen Gelegenheiten am Wein berauscht, lasse ich durchgehen. Doch wie verlogen ist es, im traulichen Kreis, bei halb heruntergeschraubter Lampe und

völlig ausgelöschtem Geiste mit halboffenen, ach, halbgeschlossenen Augen den Pianotönen zu lauschen, die wie Bälle über die Seele springen, um die empfindsameren Saiten anzurühren. Wieviel anmaßender Unverstand gehört doch dazu, das eigene kleine Ich an die Schwingungen einer großen Musik zu hängen. Doch bei aller Entrückung der euphorischen Sinne noch immer so viel Maß, daß nur ja der Rotwein, der im Glase auf dem Knie schwebt, nicht das Kleid oder die Hose benetze. Nein, sie verstehen nicht, elegant zu sitzen, nur auszusehen, als ob sie elegant säßen, das verstehen sie – diese sächselnden Griechen mit ihren wohltemperierten Leidenschaften. Was sage ich ›sitzen‹ – man ›gruppiert sich in eleganter Weise‹.

In Wahrheit haben sie wohl keine Gefühle. Sie haben nur bisweilen, etwa bei Musik, das prickelnde Empfinden, Gefühle zu haben. Und zu ebendiesem Zwecke suchen sie Gesellschaft, da solche am ehesten diesen Wahn befördert. Es ist ein Zeichen der Schwäche, wenn die Gleichgesinnten zueinander fliehen. Was können sie vom Gleichen denn schon erfahren? Ein Gleiches.

Auch G. sehe ich hier in Unbehaglichkeit, nur hält er seine Blicke gesenkt und ist werweißwo. Warum macht er mir kein Zeichen? Ein Wink würde genügen, schon ein Augenaufschlag in meine Richtung …

So nehme ich Gelegenheit, die anderen Anwesenden zu inspizieren.

Schrägrechts, halbverdeckt von einer Dame, *Riemer,* im grauen Zweireiher. Er lehnt völlig hingebungsvoll im Stuhl, ein Bein leicht angezogen, das andere ausgestreckt, die Arme verschränkt, die Blicke bedeutungsvoll gesenkt.

Mitunter nur, kurz aufschauend, wandern seine Blicke im Kreis, als müsse er die Ergriffenheit der anderen prüfen. Als sich bei solcher Gelegenheit unsere Blicke kurz kreuzten, verfiel er sofort wieder in den alten Zustand.

Er kann den Lehrer in sich, der er ja viele Jahre war, nicht leugnen. Und daß er gar im Hause G.s, lange vor meiner Zeit übrigens, den wilden Knaben August zu unterrichten hatte – dieser Umstand macht ihm schwer zu schaffen und verleiht seinem bieder-schulmeisterlichen Gebahren oft die alberne Aureole der Unnahbarkeit. Besonders mir gegenüber, da er mich noch immer als den ›Eindringling‹ betrachtet. Wir haben, das liegt nun einmal so in der Natur der Sache, häufigen Umgang miteinander. Freilich mehr, wir achten beide darauf, daß wir einander, sofern nur irgend möglich, umgehen...

Sein kurzes, nach vorn frisiertes Haar könnte ihm etwas Römisches geben, wären nicht die breite, leicht gerötete Nase, die wulstigen Lippen, die ihm das Gesicht eines alten, gekränkten Kindes verschaffen. – Zweifellos hat er seine Meriten, nur, was mich gegen ihn stimmt und von einer nüchternen Betrachtung seiner Person abhält, ist die freundlich-nachsichtige Art, die er gegen alle Personen, ausgenommen Goethe, zeigt. Eine Überlegenheit in seinem Gebahren, die er darauf zu gründen scheint, daß er – entgegen seinem ursprünglichen Wollen, Maler zu werden – ein Schullehrer geworden ist. Diese Entscheidung für den Brotberuf hält er für außerordentlich scharfsinnig, worin ich ihm freilich nur zustimmen kann, zumal ich Skizzen von seiner Hand kenne. Nur führt dies bei ihm dazu, daß er seine Umwelt ausgiebig mit der penetrant zur Ansicht gestellten Würde seines Verzichtes malträtiert. Alles Schöpferische, das womöglich außerhalb Goethes entsteht, kann er nur belächeln. Es zu sabotieren – dazu gibt er sich jedoch nicht her. Es ist ihm zu gering. Er weiß ja Bescheid in den Dingen der Kunst. So dient ihm auch die Musik einzig dazu, mit hochgezogener linker Braue aller Welt seine höhere Sensivität anzuzeigen.

Nein, lieber schon ein verhinderter Künstler als einer, der auf so abgefeimte Weise Künstler verhindert. Obwohl es von dem einen zum anderen ja nur ein Schritt ist...

G. habe ich nie abfällig über ihn sprechen hören; er spricht überhaupt nie von ihm. Riemer ist einfach da.
Das Piano vertröpfelt sich in einem Adagio con sentimento, ich wende mich ab.
Gegenüber sitzt Kanzler *Müller.*
Wir stehen weitaus besser zueinander. Jeder hat sein Terrain, wir behandeln uns mit Respekt, bisweilen auch freundlich. Mehr kann man nicht wollen.
Müller, der – ich will es wetten – im Kopf momentan mit ganz anderen Dingen als ausgerechnet Musik beschäftigt ist – just häuften sich, so brachte er neulich im Gespräch mit G. vor, verwickelte, schier unentwirrbare Steuersachen, die seine Tag- und Nachtstunden in Beschlag nähmen –, Müller ist, scheint mir, im Gegensatz zu Riemer der wahre Kunstkenner, weil er eben wahrhaftig ein Mensch ist und seine Zeit nicht übermäßig an Kunst verschwendet. Gesellschaften sucht er, nicht um Spiegel zu finden, sondern weil er Gesellschaft sucht. Auch tafelt er gern mit anderen. Sein abgesicherter Stand bei Hofe ermöglicht ihm eine Loyalität, zu welcher Riemer, der keinen rechten Stand hat, völlig unfähig ist. Auch gegen Riemer ist Müller übrigens völlig loyal. Wie dieser jedoch zu ihm steht, weiß ich nicht zu sagen, und es ist dies ja im Grunde einerlei.
Ich habe auch beobachten können, daß G. mehr auf das Urteil Müllers als das irgendeines anderen gibt. G. begründet dies mit Müllers gründlicher, fast vollständiger Abstinenz in puncto aller sinnesverwirrenden Kunstmaterien, was dessen Verstand über lange Jahre so beispielgebend nüchtern und scharf gehalten habe. Er nennt Müller einen ›von der Kunst völlig unverbrauchten Menschen‹, woran auch die gelegentlichen Anlaßreimereien keinerlei Abbruch tun, die er, bittet man ihn darum, pünktlich und aus Gefälligkeit erledigt. Er selbst ist sich da der schärfste Kritiker. Freilich ohne jene insgeheime Hoffnung, die so viele übereifrige Selbstkritiker hegen, daß

man ihnen, da sie sich ja selbst so rabiat in Grund und Boden verdammen, ins Wort fallen möge, um Widerspruch einzulegen...

Ein Glanzstück Müllers fällt in die Zeit des goetheschen Theaterdirektoriums. G. hatte, um die müßigen Schausteller zu beschäftigen, eine venezianische Kriminalposse auf die Bretter gebracht, in der es um die turbulente Geschichte einer Erbschaft ging. Müller, den das Stück übrigens sehr amüsiert haben soll, brachte wenige Tage später Goethe, dem Theaterdirektor, den schlüssigen Beweis, daß es solch einen wie auf der Szene gegebenen Fall zumindest laut Rechtsverfassung der Dogenrepublik, per argumentum sozusagen, gar nicht geben könne, worauf G., der in irgendeinem Winkel seiner Person ja auch Doktor der Jurisprudenz ist (Wetzlar!), das Stück sofort absetzen ließ und seine Unachtsamkeit freimütig zugab.

Derlei kann nur v. Müller wagen, und es trübte G.s Verhältnis zu ihm in keiner Weise. Im Gegenteil.

Desgleichen v. Müllers noble Vermittlungsversuche in Sachen Grillparzer, von denen ich selber ja teilnehmender Zeuge gewesen bin.

Der Piano-Vortrag bei der Schopenhauer war gegen Mitternacht beendet und fand allgemeinen Beifall. Frau Hofrätin, neuerlich immer wieder unter Migräne leidend, bestand nicht unbedingt auf dem Bleiben der Gäste, so brach man bald auf. G. von anderen umringt. (Riemer, der ihn in ein Gespräch über Gluck ziehen will; G. hört zu, abwehrend, aber halb auch interessiert.) Ich ging allein.

Im Zimmer bei dürftigem Licht noch ein halbes Stündchen gesessen und die Tagesereignisse zu Papier gebracht. Dann zu Bett.

Puste ich abends die Kerze aus, weiß ich, daß dies eigentlich dasjenige gewesen ist, worauf ich den ganzen langen Tag gewartet habe, das letztendliche Ziel: mein allabendliches kleines Sterben. – Bleibe dann zunächst bleiern liegen, ohne mir die Decke aufzulegen, bis ich ein Kaltwerden der Glieder spüre. Darauf decke ich mich dann geschwind zu und genieße mit geschlossenen Augen die Wohltat der wärmenden Decke in doppelter Weise. Eine Steigerung der Genüsse mit Hilfe kleiner, raffinierter Kunstgriffe.

Male mir jeden Abend, wofern nicht zu müde, vor dem dunklen Fond meines nächtlichen, halbschlafenden Gehirns die zukünftigen Dinge in verschiedensten Farben aus. Etwa: ich hätte nun doch zu gutem Ende G.s ausdrückliche Zustimmung und einen Verlag für die »Gespräche mit Goethe« gefunden, oder Auguste läge neben mir, oder Hanchen, oder beide, oder gar – prickelnde Vorstellung! – ich hätte endlich den *Coup* gelandet, das Schlüsselwort gefunden und träte damit, das gloriose Wunderding in der Tasche, vor Ihn hin. Ja, das!

Und damit dem jeweils ersonnenen Glück nur ja kein böser Geist in den Weg trete, wird jedesmal schnell auf Holz geklopft, und zwar dreimal auf den Eichenholzkasten meines Bettes. Eine Unsitte, gewiß, die ich jedoch nicht abstellen kann, da mir jedesmal das Ersehnte zu wichtig erscheint, um gerade in diesem Falle das abergläubisch-beschwörende Klopfen zu unterbinden und es so womöglich einer Laune zu opfern. Es könnte ja diesmal... So ist also nächtliches Klopfen in meinem Zimmer durchaus an der Ordnung. Neulich kam sogar die Wirtin zu mir herauf – der Herr Gemahl war wohl außer Haus –, sie stellte das Licht ab, setzte sich auf die Bettkante und fragte mich im Flüsterton, ob ich denn nicht auch nächtens dieses sonderbare leise, aber sehr deutliche Klopfen gehört habe. Klopfgeister? Es ängstige sie sehr, und ihr Herz rase davon. Sie ergriff, ehe ich mich versah, meine Hand und führte sie unter ihre Kleider, daß ich unterm weichen Busenrund das angstvolle Klopfen spüre...

Ausflüchte meinerseits. Ich entzog mich ihr für diesmal. Nur konnte ich schlecht leugnen und gab zu, bisweilen auch

undeutliches Klopfen zu hören. Es störe mich allerdings nicht, fügte ich hinzu, und es war dies eine Lüge.
Seither klopfe ich leiser, und die Ruhe im Hause ist soweit wiederhergestellt.

Freitag, 26. Febr. 1830

Sitze über der *Farbenlehre* und bemerke: Die Farbenlehre ist eine Lüge. Die Welt ist grau grau grau. Er aber, weltblind, schreibt der Welt alle möglichen Farben vor, nur über eine Farbe, *die* Farbe, schreibt er kein Wort. Diese flieht er ängstlich. Ahnt er, daß Grau die Farbe der Wahrheit ist – unentschieden und kalt...
Grau, teurer Freund...

16. März 1830

Entdeckte mich gestern abend vor dem Spiegel, wilde Grimassen schneidend. Und vor wem letztendlich? Vor mir. Erkannte dies mit einiger Bestürzung und blickte in ein fremdes, fragendes Gesicht. Rasierte mich zur Abwechslung.
Fand später erleichternde Zerstreuung bei einer bösen, mich sehr belustigenden Vorstellung... Nach all den unzähligen Experimenten, die wir in letzter Zeit zur Farbenlehre angestellt hatten, je nach Wetter teils im Garten, teils im Kabinett, und bei denen es meine Aufgabe war, die letztendlich nach langen Versuchen herausgefilterte Farbe zu erkennen und ins grüne Merkheft aufzunotieren, unendliche Farben- und Zahlenkolonnen in feinsten Schattierungen, wochenlange Arbeit – nach all dem würde ich morgen früh einfach vor ihn hintreten, lächelnd die Schultern zucken und ihm ganz nebenbei gestehen, von Geburt an farbenblind zu sein...

Trank später und registrierte bald erleichtert das Schwerwerden der Glieder und Schwinden der Sinne.
Kam, halbentkleidet, zu Bette. Die Augen ins Schwarz der Stubendecke gebohrt, bis sie am Ende selber ganz und gar mit Dunkelheit gefüllt waren.
Nacht. Undeutliche Träume, auch von Hanchen.

20. März

Auguste sagte mir heute Furchtbares, leichthin und nebenbei, wie es ihre Art ist.
Ihr mangelnder Verstand entschuldigt dabei nichts, im Gegenteil – hätte sie mehr Verstand, würde sie nicht derart offen sprechen. So muß ich es also ungeschminkt nehmen – als Wahrheit?
Sie, mit dem Rücken zu mir, machte vor dem Spiegel Toilette, ich saß müde auf dem zerwühlten Bett und knöpfte mein Hemd.
Auguste puderte, während sie sprach, aufmerksam ihr Gesicht, nur gelegentlich, von Ferne, aus der Tiefe des Spiegels vergewisserte sie sich, die Blicke über die Puderdose hebend, ob ich ihr auch zuhöre. Konnte sie es mir nicht ins Gesicht sagen?
Ihre Vorhaltungen waren ebenso abgeschmackt wie falsch: Ich würde allmählich zum Gespött der Leute; in einer Gesellschaft wäre neulich die Rede von Goethes ›Hündchen‹ gewesen, womit offenbar ich gemeint gewesen sei, sie habe sich für mich geschämt et cetera (vor allem wohl, denke ich mir, weil unser Verhältnis hier in Weimar ein offenes Geheimnis ist).
Natürlich weiß sie nichts von meiner Geheimaufgabe, doch inzwischen mehren sich in mir die Zweifel, ob – wüßte sie davon – etwas geändert wäre. Ihre Angriffe namentlich ge-

gen meine ›Entschlußlosigkeit‹ (hier fast wörtliche Übereinstimmung mit Hanchens Anwürfen, daß man, wäre es nicht widersinnig, Absprache vermuten könnte) bezogen sich nicht allein auf Goethe, ich meinte hier auch ganz deutlich einen Angriff auf meine verwickelte Lage im Hinblick auf Hanchen und Auguste zu hören.
Ahnt denn kein Wesen, wieviel Entschlusses es bedurfte, ganz meiner großen Aufgabe zu leben? Daß Opfer gebracht werden müssen? Dafür gefällt man sich darin, Ansprüche aller Art gegen mich geltend zu machen.
Auguste – wie ist das nur so weit gekommen mit uns? Warst du doch einst mein Ruhepunkt vor Hanchens rechthaberischen Übergriffen... Und nun?
Fazit des abendlichen Heimweges, den ich lange ausdehnte, nur um nicht ins leere Zimmer zu müssen: Muß meine Verhältnisse im allgemeinen überprüfen, insonderheit mein Verhältnis mit Auguste.

Donnerstag, 8. April

Schließe mit heutigem Datum mein Diarium auf unbestimmte Zeit! König *Ludwig von Bayern* ist auf Capri. Mein Gedicht, das »Der König« betitelt ist und mich den letzten Sommer beschäftigt hat, ist mir unter der Hand zum Zyklus gereift, und G., der es mit Wohlwollen gelesen hat, ist der Meinung, es wäre eine gute Gelegenheit, zunächst das Gedicht, hernach aber den Verfasser dorthin zu senden, was diesem vielleicht zum Glücke bei Seiner Exzellenz gereichen könnte. Es heißt, König Ludwig wolle für einen deutschen Dichter ein Jahresgehalt aussetzen. (Schreibe aber an Hanchen davon noch nichts.)
Außerdem wäre ihm, G., daran gelegen, eine besonnene Begleitung in der Nähe seines Sohnes, des Kammerherrn, zu

wissen, wenn dieser sich demnächst nach Süden aufmachen werde. 2000 Taler seien veranschlagt, an Städten Frankfurt, Genf (wo die Sylvestre jetzt Wohnung hat), Milano, Rom... So bin also zufrieden und lasse hier in W., zwar mit gemischten Gefühlen, die halbfertigen »Gespräche« liegen, und Auguste...
G. will sich ganz dem *Faust* geben und meint, bis zu unserer Wiederkehr könnte manches gediehen sein.

Donnerstag, 25. 11. 1830

Vorgestern bin ich nach Weimar zurückgekehrt, abends, abgeschlagen, allein. Wie hätte ich denn ahnen können! Noch am 25. des Monats Juli waren wir, Herr August von G., den es ungestüm weiter nach Süden trieb, und ich, der ich der Hitze in der Lombardei wegen kränkelte, übereingekommen, Abschied voneinander zu nehmen. –
Noch liegt mir alles zu schwer am Herzen, so will ich schweigen, und es mögen die letzten Blätter meines Reisetagebuches Auskunft über mein Eintreffen hier am Orte geben.
›*Am 20. November nachmittags reiste ich von Nordheim ab auf dem Wege nach Göttingen, das ich in der Dunkelheit erreichte. Abends an Table d'hote, als der Wirt hörte, daß ich aus Weimar sei und dahin zurück wolle, äußerte er in gemütlicher Ruhe, daß doch der große Dichter Goethe in seinem hohen Alter noch ein schweres Leid habe erfahren müssen, indem, wie er heut in den Zeitungen gelesen, sein einziger Sohn in Italien am Schlage gestorben sei.*
Man mag denken, was ich bei diesen Worten empfand. Ich nahm ein Licht und ging in mein Zimmer, um nicht die anderen Fremden zu Zeugen meiner inneren Bewegung zu machen. Ich verbrachte die Nacht schlaflos. Das mich so nahe berührende Ereignis war mir beständig vor der Seele. Die fol-

genden Tage und Nächte unterwegs und in Mühlhausen und Gotha vergingen mir nicht besser. Einsam im Wagen, bei den trüben Novembertagen und in den öden Feldern, wo nichts Äußeres mich zu zerstreuen und aufzuheitern geeignet war, bemühte ich mich vergebens, andere Gedanken zu fassen, und in den Gasthöfen unter Menschen hörte ich, als von einer Neuigkeit des Tages, immer von dem mich so nahe betreffenden traurigen Fall. Meine größte Besorgnis war, daß Goethe in seinem hohen Alter den heftigen Sturm väterlicher Empfindungen nicht überstehen möchte. Und welchen Eindruck – sagte ich mir – wird deine Ankunft machen, da du mit seinem Sohne gegangen bist und nun alleine zurückkommst! Er wird ihn erst zu verlieren glauben, wenn er dich wiedersieht! Unter solchen Gedanken und Empfindungen erreichte ich Dienstag, den 23. November, abends sechs Uhr, das letzte Chausseehaus vor Weimar. Ich fühlte abermals in meinem Leben, daß das menschliche Dasein schwere Momente habe, durch die man hindurch müsse. Meine Gedanken verkehrten mit höheren Wesen über mir, als mich ein Blick des Mondes traf, der auf einige Sekunden aus dichtem Gewölk glänzend hervortrat und sich dann wieder finster verhüllte wie zuvor. War dieses nun Zufall, oder war es etwas mehr, genug, ich nahm es als ein günstiges Zeichen von oben und gewann daraus eine unerwartete Stärkung.

Kaum daß ich meine Wirtsleute begrüßt hatte, so war mein erster Weg in das Goethesche Haus. Ich ging zuerst zu Frau von Goethe. Ich fand sie bereits in tiefer Trauerkleidung, jedoch ruhig und gefaßt, und wir hatten viel gegeneinander auszusprechen.

Ich ging sodann zu Goethe hinunter. Er stand aufrecht und fest und schloß mich in seine Arme. Ich fand ihn vollkommen heiter und ruhig. Wir setzten uns und sprachen sogleich von gescheiten Dingen, und ich war höchst beglückt, wieder bei ihm zu sein. Er zeigte mir zwei angefangene Briefe, die er nach Nordheim an mich geschrieben, aber nicht hatte abgehen lassen. Wir sprachen sodann über die Frau Großherzogin, über den Prinzen und manches andere; seines Sohnes jedoch ward mit keiner Silbe gedacht.‹

25. November, am Abend

Nach Tisch sagte mir G., es sei ihm sehr wohltuend, mich in seiner Nähe zu haben, und ich solle, wenn auch an baldige Publikation »unserer (!) Gespräche« nicht zu denken sei, nicht versäumen, ihm von Zeit zu Zeit Proben davon vorzulegen, damit wir es gemeinsam ins reine brächten.
Vom *Coup* sprach er nicht.
Dann war er sehr schwach und ging bald, Friedrich stützte ihn, auf sein Zimmer.

Dezember 30

Post von Hanchen, die alles versteht und nichts.
›Nordheim, d. 3. Decbr. 1830, Abends 10 Uhr – … Auf Deinen ersten Brief muß ich erwidern, daß es mir auffiel, daß Du so tief durch den Tod des jungen Göthe erschüttert wurdest, da Du doch hier der Meinung warst, als sey es ein Glück für die Familie, wenn er nicht wieder zurückkehrte, – es war mir nicht recht, daß Du deshalb so viele unruhige Stunden gehabt, und es wäre mir lieber gewesen, Du hättest es bey uns erfahren, wir hätten uns gegenseitig darüber ausgesprochen, und so wärest Du der großen nun gehabten Unruhe überhoben gewesen, ganz so wie Du mir schreibst, wie Du die G. Familie gefunden, hätt ich Dir bey den mir bekannten Verhältnissen vorhergesagt. Den Todesfall erfuhr ich den andern Tag durch den Pastor, der mir gleich damit entgegen kam,

noch einige Herren und Damen waren zugegen und man wußte wohl, was man von dem jungen G. zu halten hatte, sie äußerten, sein wildes Leben sey wohl eigentlich eine Ursache seines schnellen Todes. In Deinem zweyten Briefe erfreute mich besonders: Göthens Antrieb zu Deinen Conversationen und dessen angebothene Hilfe; mag der Himmel nun geben, daß es so nach Wunsch ausgeführt wird. Der Blutsturz des alten G. mag Dich nicht wenig erschreckt haben, bei einem so ungewöhnlichen Zufall sichere ich den in so hohem Grade alten Mann doch kein langes Leben mehr zu. – ...‹

12. Dezember

›Und die Sonne Homers, siehe!, sie lächelt auch uns.‹ Schiller. Wie les ich das mit wonnigem Schauern! Dieselbe Sonne... Doch jetzt ist Nacht, wohlgemerkt. Und ich sitze die vierte Stunde. Was fang ich an? Und womit? Von gleichen Kräften hin und her gezogen, gerissen, nach links und rechts, sitze ich in der Mitte, bewegungslos.

Dumpfes Dämmern im Schädel. Harrend.

Die Geschäftigkeit unserer Tagwerke, das Hierhinlaufen, Dorthineilen, verdeckt nur sehr ungenügend, was dem zugrunde liegt: die innere Bewegungslosigkeit. Nun bin ich kaum einen Monat wieder hier, und mir ist es, als wären es Jahre. Eine Vogelfeder, ein Blatt, von der Windslaune des Schicksals getrieben, segeln wir dahin.

Zwischen dem *Coup*-Pensum, das morgen fällig ist, und englischer Grammatik sitze ich unentschieden und entscheide mich schließlich, wie ich es oft in ähnlichen Situationen tat, für das Vernünftigste, für ein Drittes.

Schreibe heute endlich mein Mond-Gedicht!

Der Mond, der sich vor Stunden aufgemacht hat von hinter den Wäldern. Auf! Auf!, es gilt den Narren, Nachtschwär-

mern und Nachtwächtern ihr Elend zu erleuchten. Sein Mondgesicht glotzt so unsagbar blöde auf mich herab. Was bleibt mir da zu sagen?
Daß es derselbe Mond ist, der mich einst so glücklich gesehen... Wie viele Zeitalter liegen dazwischen?

Freitag, d. 17. Dez. 30

Heute nachmittag bei G., der schon auf mich gewartet zu haben schien, denn ohne Umschweife sogleich zur Sache.
»Eckermann, ich kenne Ihre über die Maßen gehende Apprehension gegenüber Riemer, natürlich. Demungeachtet das Folgende. Riemer hat mir gestern eine Rechnung aufgemacht, von der Sie Mitteilung haben müssen. Kommen Sie.«
Er nahm mich beim Ärmel und zog mich zum Globus.
»Der Kreis scheint sich zu schließen.
Während Saturn schon zweimal seinen Umlauf um mich gemacht und jetzt im dritten begriffen ist, wird Uranos, der Stammvater der Götter, mich demnächst einmal umkreist haben. Verstehen Sie?«
Ich verstand natürlich nicht, was es wohl damit wieder für eine Bewandtnis haben sollte, und meine Verwunderung stand mir offen auf dem Gesicht, so ließ ich mich nur einigermaßen sprachlos auf dem Stuhl nieder, den Blick zu ihm aufgerichtet, harrend der Dinge, die nun kommen würden. Er aber legte seine Hand sanft auf meine Schulter.
»Ich will Sie nicht zur Eile treiben, denn ich weiß, wie sehr Ihre Arbeit Ruhe und vor allem Besonnenheit verlangt. Dennoch, der Stammvater der Götter hat mich demnächst einmal umkreist, also aus allen möglichen Perspektiven gesehen, und da, denke ich, wird es, was unseren *Coup* betrifft, bald hohe Zeit.

Einmal den Kreis auszuschreiten ist uns gegeben. Das ist die Unendlichkeit, die uns zukommt. Am Ende wieder am Anfang stehen. Mehr zu verlangen wäre töricht. Wollte ich darüber hinaus noch weiterleben, so müßte ich es wieder als Kind tun. Von einem bestimmten Punkte an gibt es nur die ewige Wiederholung. Sie wissen um die Kindischkeit der Greise, dieser sabbernden, zahnlosen, breifressenden Wesen, auf deren einfältigen Köpfen nur noch zarter Kinderflaum sprießt... wie sie kindisch durch die Welt tapsen, mit einem Stöckchen in der Hand... Neineinein.
Sind Sie vorangekommen, Eckermann?«
Ich erwiderte ihm, daß zum heutigen Tage mein Wochenpensum noch nicht fällig wäre, worauf er sich zufriedengab.
»Sie wissen, daß ich vor Zeiten – im Ersten Buch meiner Lebenserinnerungen hebe ich ja gleich fulminant damit an – die Laune besaß, meine Person planetarisch ins Erdenleben einzuführen. Nun war das natürlich scherzhaft und weil ich mir keinen anderen Anfang wußte, es mußte ja weitestmöglichst ausgeholt werden, so daß ich mein irdisches Erscheinen also vor dem Hintergrund kosmischer Sternenkonstellationen betrachtete. Sie werden zugeben, daß ich bei dieser Beschreibung glückliche Hand hatte. Es wäre aber nun einfach unpassend und könnte dem Effekt sehr abträglich sein, ließe ich plötzlich diese große Perspektive fallen und lebte, immer mit Blick auf den zu findenden Abschluß, einfach über den planetarisch festgesetzten Endpunkt hinweg, verstehen Sie. Damit wir wenigstens hierin, im Zeitrahmen, ein großes Ganzes bewirken.
Nun frage ich Sie einmal ganz offen: Wie weit sind wir denn mit unserem *Coup* gekommen? Doch nicht sehr weit. Jeder für sich ans Licht gezogene Satz, nackt und frierend, verlangt nach anderen, nach dem Dunkel des Gemeinsam. Ich bin schon recht bange, ob wir so überhaupt zu einem vernünftigen Ende finden. Im Ernste, hoffen Sie noch auf Auflösung

aller Rätsel? Ich, freiweg gestanden, nicht. Wollen wir denn Polizei spielen. Nein. Also.«

Lange Pause.

»Ich bitte Sie aber, einen Satz, der mir die letzten Tage beim Ordnungmachen nicht aus dem Kopf ging, wenigstens vorzumerken. Er ist kurz und knapp, beläßt vieles im Dunkel und ist doch in seiner Botschaft unmißverständlich, klar...«

Ich hatte mir eilends einen frischen Bogen aufgelegt, die Feder eingetaucht und war in Erwartung des Diktates.

»Man könnt also, lieber Eckermann, ein etwaiges Bulletin – dies vor allem, wenn Sie die Güte haben wollen, v. Müller und Doktor Vogel zur Kenntnis – folgendermaßen abschließen: ›Mit den Worten »Mehr nicht« schied er von hinnen.‹ – Wie finden Sie das?«

Ergriffen hatte ich die Feder niedergelegt, den Satz wieder und wieder gelesen und nahm nun, schwach in den Knien, dankbar seine Rechte. Tränen der Rührung und Freude standen mir in den Augen. G. wandte sich zur Seite, winkte unwirsch ab.

»Eine Variante doch nur, Eckermann, eine Variante.«

Montag, 27. d. M. Dezember

Ich wagte es heute, ihm mein Mond-Gedicht zu zeigen.

G. blickte zunächst hilflos-nachdenklich, dann strahlte er.

»Ich möchte schon sagen, mein lieber Eckermann, es ist dies ein gewaltiger Erfolg!«

Verwirrt vor Freude, senkte ich die Blicke und wollte soeben anheben, ihm das Wann und Wo der Entstehung dieser kleinen Caprice in aller Bescheidenheit und gebotenen Kürze zu unterbreiten, als er fortfuhr:

»Wie ich überhaupt jedes Mißlingen für einen großen Erfolg halte, denn es öffnet uns die Augen, wo der Erfolg uns doch nur blind macht für die Fährnisse des Weges. – Sie haben meinen Beifall!«

30. Dezember 1830

Mache zum Jahreswechsel Umsturz in meinen Hosen- und Kleidertaschen und in meinem Leben und requiriere das Folgende als meinen kläglichen Besitz: ein Exzerptenstapel zum großen *Coup,* der mich aus Weimar forttreibt, ein halbfertiges Bündel der »Gespräche mit G.«, das mich an Weimar bindet und auf dem jetzt meine ganzen Hoffnungen ruhen, ein Dutzend mittelmäßiger Gedichte, die Hanchen gefallen und die ich nur mit Schaudern zu lesen vermag, 1 Repetieruhr, die mir einmal am Tage, einmal in der Nacht richtige Zeit angibt, 4 1/2 Gulden holländischer Währung, drei Schnupftücher mit dem Signum J. P. E., 1 Knopf (hellblau), Kuverts, Diverses; des weiteren 2 Frauenzimmer (Hanchen, Auguste), deren Wirkung sich und mich jedoch nicht potenziert, sondern gegenläufiger Natur ist, so daß ich mehr Junggeselle bin, als mir zuträglich wäre, Hanchen namentlich, die zu heiraten wäre und mich so, vor diese Alternative gestellt, hier in W. verharren läßt, ohne diese Wirkung natürlich zu ahnen, et cetera et cetera.
So trifft uns das Jahr einunddreißig.
Beschließe, morgen eine Münze hochzuwerfen, die mir die Entscheidung bringen soll!

derselbe Tag, spät

Die Uhr ist beinahe abgelaufen. Morgen ist die Entscheidung, so oder so, gereift. Schon bin ich unfähig, etwas zu tun, und bin fast gänzlich tatenlos. Der Tee ist mir im Glase kalt

geworden, wodurch sein Geschmack fremd und kalt meine heißen Lippen netzt. Halb bin ich an-, halb bin ich ausgekleidet.
Wie fremd mir doch alles im Zimmer ist, das Buch, der Tisch, das Bett – alles stößt mich ab und zeigt mir nur Ecke und Kante. Ich möchte unterm Tisch sitzen, die Beine angezogen, den Kopf zwischen den Knien und beten. Aber selbst dazu fehlt mir Entschluß. Zu wünschen, daß endlich morgen wäre, dies wäre maßlos töricht. Es nicht zu wünschen – ebenfalls. So bin ich wunschlos, unglücklich. Habe ich das nicht irgendwo schon gelesen? Wer weiß. Immer leben wir auf einen Punkt hin. Doch ein Punkt ist ein Nichts. Immer leben wir auf ein Nichts hin, und ist es erreicht, so ist rasch ein neues Nichts gefunden, dem wir zustreben können, blind und sehend. Nichtiges Getue...

31. Dezember

Krone oder Zahl?
Sicherheitshalber, um es nicht dem Zufall zu überlassen, warf ich die Münze hundertmal, wobei sich zweiundfünfzigmal die Krone, achtundvierzigmal die Zahl zeigte.
Habe darüber jedoch vergessen, welche Seite des Guldens Hierbleiben und welche Fortgehen aus Weimar bedeutete.
So wird wohl die Krone das Bleiben bedeuten...

1. Januar, abends

Nachträgliche Bestätigung des gestrigen Ergebnisses. Heute sprach mich G. nach Tisch an, er wolle demnächst mit mir seine testamentarischen Verfügungen erörtern.
Das Jahr einunddreißig wirft einen Hoffnungsschimmer!

30. Januar 1831

Posteingang von H.
›*Nordheim, d. 20. Januar 1831 – ... Wie sehr mich Dein letzter Brief betrübt, läßt sich nicht beschreiben, eine solche Entscheidung war ich mir nicht vermuthen, mit einemmale sind nun alle Meine Hoffnungen dahin. Vor einer Stunde erhielt ich Deinen Brief, mein Herz ist davon so schwer, daß es sich einigermaßen Luft zu machen sucht, indem ich Dir sogleich wieder darüber meine Gedanken mittheile. Verlasse so bald als möglich das verwünschte, unglückselige Weimar, worin Du schon 6 Jahre lang hoffnungslos zugebracht. Es ist ein pauverer Staat, wovon Du nie etwas Ordentliches zu hoffen hast. Alle Annehmlichkeiten, die Du da findest, sind nur von geringem Werthe und Nutzen. Hätt ich doch nicht geglaubt, daß Du so sehr getäuscht worden wärst. Ich wollte, Du hättest von hier aus selbst an die Herzogin geschrieben, da hättest Du gleich gewußt, wie Du daran warst. Das Nächste, was Du nun zu thun hättest wäre: sogleich, ohne Dich noch weiter zu besinnen, an Deine treue Freundin Sylvester zu schreiben und wenn Sie noch so denkt, wie sonst ihr gütiges Anerbieten anzunehmen. Ist sie alsdann geneigt, Deinem Wunsche zu folgen, sodann stelle der Herzogin schriftlich Deine Wünsche, Absichten, Verhältnisse, Lage vor, wozu Dir die Fähigkeit nicht fehlt, alles dieses gut zu machen. Sage ihr, daß Dir die dortigen Verhältnisse besser, bedeutender geschienen; ferner: daß Du gedacht hättest, Dich zu verheiraten, und daß Du schon 12 Jahre versprochen wärst.*
Versuch alsdann Dein Glück mit der Literatur in einem größeren Staate als Berlin, wie auch unser Wilhelm meint. Bleibst Du in Weimar, so hat uns schon Dein 6jähriger Aufenthalt gelehrt, daß nie etwas Ordentliches herauskommt, sowohl hinsicht einer Anstellung, als einer Production von Dir. Immer stören Verhältnisse, Umstände, Göthe kommt

dazwischen und Gott was noch mehr. Im Grunde und wenn ich die Wahrheit sagen will, weiß ich eigentlich selbst nicht, was Du willst. Anstellungen anzunehmen geniren Dich, und an Deinen eigenen Sachen arbeitest Du wenig oder nichts. Dein einziger Trost sind jetzt noch Deine Conversationen, nun so baue jetzt darauf, indem Du fortfährst tätig, mit aller Lust daran zu arbeiten; in dem vorigen Briefe, wie Du sagtest, warst Du ja schon dabei und nun arbeitest Du ja wieder an Goethens Briefen, warum kannst Du denn nicht eben so gut Deine Conversationen jetzt ins Reine bringen. Du sprichst immer so viel und kömmst doch nicht weiter. In meinen Briefen habe ich oft davon erwähnt, aber nie Antwort erhalten. Du übersiehst lieber das, was Dir nicht lieb ist, zu hören. Ich weiß nicht, warum Du so unstät in Deinen Arbeiten bist. Ich denke mir, daß die Götheschen Sachen bei Deiner jetzigen Unruhe eben so schwierig, als Deine eigenen zu bearbeiten sind!? In Deinem nächsten Briefe bitte ich diese Anfrage nicht zu übersehen. Sage Göthen, daß Du an Deinen Conversationen arbeiten mögest, sie wünschtest herauszugeben, damit Du ordentlich Geld verdientest, das Übrige Alle wäre nur Plagerey. Die gute Sylvester hat doch ganz recht gehabt, da sie Dir rieth, Weimar auf immer zu verlassen, sie sieht auch ein, daß es kein Ort ist, wo Du fähig bist, für Dich etwas zu leisten. Und so lange Du noch darin bist, wette ich, bleibt es beim Alten und wird um nichts besser. In Weimar ist mir in jeder Hinsicht alle Hoffnung verschwunden, verlasse es deshalb, zeige Dich in Deiner Kraft, und wenn Du Dich allein auf Dein Talent verlassen kannst, so ziehe nach Berlin, um dort ungestört Deinen Arbeiten nachzuhängen. Jetzt ist's die höchste Zeit. Die halbe Lebenszeit ist verstrichen, und noch hast Du wenig von Dir hören lassen, benutze daher die Zeit, um Dich bekannt zu machen, sonst möchte es wirklich zu spät werden, bedenke, daß Du kein Jüngling mehr bist. Göthe wollte Dir doch auch behülflich seyn, und Ihr wolltet nicht eher aufhören, bis Ihr das Werk vollendet, warum bleibt Ihr denn nicht dabey? Ich verliere wahrhaftig alles Zutrauen, weil Du mir bald so, bald wieder so schreibst. Du wünschest selbst so sehr, Dich durch Deine Sachen berühmt zu machen und hoffst damit eine Wendung Deines Schicksals und thust doch nichts dazu. Gott! ich weiß nicht mehr, was ich darüber denken soll. Zu beiden Arbeiten hast Du keine Ruhe, wohl aber zu Göthens Geschäften. Hier versprachst Du mit Gewißheit, nichts wieder für ihn zu thun, sondern nur allein für Dich, hast aber leider schlecht Wort gehalten…‹

9. Februar

Als ich heute gegen zehn Uhr zu ihm kam und sogleich, weil ich mit dem Schuhwerk Nässe und Schmutz ins Zimmer getragen hatte, über den argen Zustand der Straßen klagen mußte, kam er – über die Pfütze, die ich machte, hinwegsehend – unvermittelt auf Großes.

»Es ist dies, Eckermann, natürlich nur ein Gleichnis. Unsere ganze Zeit ist stupide.

Und was uns an ihrem Gang bestenfalls noch überraschen kann, ist, daß das Morgen – obwohl man mit dem Heute schon sicher einen Tiefpunkt erreicht zu haben scheint – noch ein Stück tiefer stehen wird. Das weiß man, ohne Prophet zu sein. – Und so immer fort. Also durchaus Entwicklung.«

Ob, wollte ich wissen, der ich mit nassen Füßen bei ihm saß, damit wohl alle Hoffnung auf Fortschritt zu begraben sei?

»Mitnichten, Doktor! – Sie, und da bin ich ganz gewiß, werden Ihr Glück machen. Sie sind für die zukünftige Zeit bestens ausgerüstet, wenn es auch in mancher Hinsicht ein Mangel ist, der Ihren Proviant ausmacht – es ist dies vielleicht das Beste an Ihnen, daß Ihnen manches fehlt. Es hält Ihnen den Kopf frei. Sie können sich in Dinge einfinden. Sie haben dabei Fleiß und Eifer gezeigt. Das alles prädestiniert Sie. Wenn nun die großen Zeiten großer Männer bald unweigerlich vorbei sein werden, so wird es doch in den kleineren Zeiten an großen Bewährungen nicht fehlen. Im Gegenteil. Da wird es sich dann zeigen...

Es ist ein Maß Reife an Ihnen, das wohl manch einer für Biederkeit halten mag, ich habe schon so sprechen hören, und ich selbst mochte manchesmal staunen, und es ängstigte mich fast, wie gut Sie oft Ihre Jugend, Ihr Ungestüm zurückzustellen wußten – anders: Denke ich an meine Jugend zurück, wußte ich nie so recht, mich für das Richtige zu entscheiden. Ich schwankte. Sie stehen fest. Sie haben noch immer kühlen Kopf und kaltes Blut bewahrt. Ihre Wesensart war und ist mir daher immer ein liebes Gegenstück zur romantischen Schwärmerei. Wollen wir für die Zukunft also sehen, wie sich dieses, ich nenne es: Ihr *kaltblütiges* Wesen bewähren wird.«

Ich bekam nun doch allmählich kalte Füße, und obschon es viel zu bereden gab, verabschiedeten wir uns – ich wollte die Schuhe trocknen – bis zum Nachmittage. –

G., als ich zu ihm ins Kabinett trat, knüpfte sogleich an unser Gespräch vom Vormittage an.

»Sehen Sie, da kehren Sie mir trocken ins Nest zurück, und auch ich war derweilen nicht ganz untätig und habe es über Mittag womöglich auf den Begriff gebracht – »*Nüchternheit*, lieber Eckermann, Nüchternheit will ich die Tugend nennen, die ich an Ihnen, dem Kanzler und all der Jugend so schätze.«

Mich verwirrte es, wie immer, wenn er sich gar zu sehr mit mir beschäftigte, so winkte ich nur zaghaft ab und wollte auf anderes lenken.

»Neinnein – Sie sollen das wissen, birgt doch diese Tugend manches, was durchaus Geheimnis ist. Zuerst nämlich bestimmen wir die Nüchternheit als einen Mangel an etwas.

Und wenn uns dieser Mangel an Überschwang, an Rausch auch sichere Gewähr für ruhige Tage ist, kurz, für all das, was wir am deutschen Leben so schätzen, das Glockenbimmelige, das Fachwerkgezimmerte, so ist doch imgleichen dadurch auch die Virulenz für das *Andere* ungemein erhöht. Es ist hier wie bei dem über Jahre stocknüchternen Manne, bei dem schon ein Tropfen Absinth Wunder bewirkt – Wunder, daß einem das Hören und Sehen vergeht...
Verstehen Sie?
Nun, das dazu – und genug damit!«

Freitag

G. hat mir heute nach Tisch sein Testament eröffnet. Und wer darüber beinahe gestorben wäre – bin ich.
Wie soll ich das Hanchen beibringen! Für einen Augenblick, und sei es nur, um das Inkrafttreten dieses unseligen Testaments abzuwenden, wünschte ich ihn mir heute tatsächlich unsterblich. Hat er das bezweckt? Wohl kaum. Er reichte es mir so beiläufig herüber, als wäre es ein Rechnungsformular oder dergleichen, und vertiefte sich augenblicklich wieder in die vor ihm ausgebreiteten Schiefergesteine, von denen er winzige Proben nahm und mit der Fingerspitze auf dem Tisch zerbröselte.
Der Punkt 9 dieses mortifizierenden Schreibens, die unfertigen Dinge und mich betreffend, hat nun den folgenden Wortlaut:
›*9. ... Vorerst ist noch nicht abzusehen in wieviel Bände dieser Vorrath abzutheilen sei; genug er liegt zum größten Teil zum Abdruck parat und bedürfte nur weniger Revision und Nachhilfe. Sollte mir diese selbst zu vollenden nicht gelingen, so erklärt sich Herr Dr. Eckermann hierzu bereit, welcher schon bisher bei Redaction, Revision und Anordnung ge-*

dachter Bände eine vielfache Bemühung unternommen; deshalb ihm denn, bei wirklicher Ausgabe derselben, ein billiges Honorar zuzugestehen wäre...‹

Zunächst seit festgehalten, daß seine Informationen über den ›Vorrath‹ sämtlich von mir stammen. Er selbst wagt ja kaum mehr einen Blick hinein. Und auch die fixe Idee, daß nur Geringfügiges daran zu tun sei, hat er getreulich von mir übernommen, da ich mich während meiner fortwährenden Beschäftigung mit diesen Dingen (die ein Chaos sind) einige Male, auf sein ungeduldiges Fragen hin, gezwungen sah, ihm, sehr verblühmt zwar, gewisse Fortschritte anzudeuten. Er hätte sonst ja denken können, ich sei mit nichts beschäftigt.

Die anderen Aspekte betreffend, wage ich an einen Zufall bei ihm, der die Sprache doch noch immer hinlänglich bemeistert, nicht recht zu glauben. Im Klartext: Es ist unklar, welcher Art und Höhe das Honorar sei (›ein billiges‹?), diese ungewisse Summe wird gezahlt (nein, kein Futurum, viel vorsichtiger: ein Konjunktiv), ›wäre zu zahlen‹ – und nun schiebt sich jene nebelhafte Bedingung zwischen mich und das Geld, welche mir noch am meisten Kopfzerbrechen bereitet: ›bei wirklicher Ausgabe‹.

Wie soll ich das nun verstehen? Soviel zumindest scheint klar: Bei Herausgabe allein – und mithin noch viel weniger bei Drucklegung oder vollständiger Subskription – wird das fragliche Geld noch nicht fällig sein. Wann aber dann?! Wenn das letzte Exemplar abgesetzt ist? ›Bei wirklicher Ausgabe...‹

Oder spielt G. hier in Andeutungen auf *Hegels Logik* an, die er ja bisweilen mit dem Satze ›Alles was wirklich ist, ist vernünftig‹ zitiert. Das könnte dann meinen, daß die ›wirkliche‹ Ausgabe erst dann als abgeschlossen anzusehen wäre, würde sich die Wirklichkeit seiner, G. s, Schriften als Einsetzen der Vernunfttägigkeit noch im letzten Leserkopf bewährt haben...

Gesetzt diesen Fall (gewiß, alles ist möglich, eine Münze, hochgeworfen – Bernouilli hat dazu subtile Berechnungen gemacht – kann, so etwas ist schon geschehen, ich habe gerade davon gelesen, kann für einen Moment zitternd auf dem Rand stehenbleiben, kein Fall, und sei seine Wahrscheinlichkeit noch so verschwindend gering, ist ganz auszuschließen), gesetzt diesen Fall, wäre es also *möglich* (wohlgemerkt: nicht *notwendig*), Eckermann ein billiges (?) Honorar ›zuzugestehn‹. –

Wegzugehen aus W., ihn von heute auf morgen zu verlassen – wie Hanchen mir rät – ist törichte Hoffnung. Meine einzige Protektion, meinen Namen selbst verdanke ich doch einzig meinem Umgange mit G. Ebenso die galant formulierten Offerten deutscher und ausländischer Blätter, welche die Wirtin mir immer eigens auf einem Tablett ins Zimmer trägt, worauf ich diese Briefe, kribbelnd vor Neugier zwar und, so unauffällig es geht, nach dem Absender spähend, nachlässig auf den Tisch werfe, um mich, sobald die Wirtin das Zimmer verläßt – das kann dauern, auch sie möchte natürlich wissen, was man mir da schreibt, aber ich bleibe hart und mache, solange sie im Zimmer ist, keine Anstalt, die Siegel zu brechen –, um mich also, sobald die Tür hinter ihr zuklappt, sofort fiebernd über die Post zu stürzen.

Dies alles, diese großen und kleinen Vergnügen, verdanke ich doch einzig dem Umgang mit ihm, wie ich imgleichen auch nur ihm die Möglichkeit danke, all diese Anerbieten höflich, aber bestimmt, mit Blick auf Höheres, dem ich ›teilnehmend verbunden bin‹ (hier bevorzuge ich immer, ahnungsvoll-dunkle Formulierungen einzustreuen), beiseiteschieben zu können. Ich lebe – nicht so pekuniär, aber im Umgange – auf großem Fuß. Die Beachtung, die ich erfahre, steht mir freilich auch ohne ihn zu, doch bin ich in begründeten Zweifeln, ob ich diese, ohne in seinem Licht-Schatten zu stehen, auch derart empfänge. So ist nun einmal die Einrichtung der Welt

– um sich zu behaupten, muß man Stücke von sich, oft die besten, aufgeben.
Ich bin das lebendige Opfer der Menschheit an den Minotauros G., doch ich müßte lügen, wollte ich behaupten, ich wäre es nicht auch gern. Opfer: die größtmögliche Nähe zu seinem Verschlinger. Das Einzigartige. Er sieht ihn, wie niemand außer ihm. Innenschau et cetera.

›*Nordh. 2. Februar 1831 – ... Deinen etwas günstiger lautenden Brief vom 25. Januar habe ich erhalten. Du arbeitest jetzt also im Verein mit Göthe an der Herausgabe seiner bedeutenden Briefe, ich muß gestehen, es wäre mir lieber gewesen, Du hättest an Deinen Conversationen fortgefahren, dieses Werk hätte Dich gewiß eher zu Ruhm und Geld gebracht. Kommt ein Band Göthens Briefe nach dem anderen heraus und erhälst Du jedesmal ein Honorar davon oder wird das erst nach Göthes Tode geschehen? Dann könntest Du ja ewig darauf warten! Dies ist mir nach Deinen verschiedenen Aussprüchen nicht recht deutlich. Bekämest Du erst für G. Arbeit Deine Belohnung dafür nach seinem Tode, so handeltest Du wahrlich sehr uninteressiert, indem Dir unter den Jahren die Zinsen des Capitals Deines eigenen Werkes ganz verloren wären. Es wäre doch gewiß auch vortheilhaft für Dein Werk, wenn er sich darüber löblich ausgesprochen hätte, wie auch zuerst sein eifriger Wille war. Die Briefe hättest Du immer herausgeben können ohne Göthe. Dies ist meine Meinung hierüber, schreibe mir, ob ich nicht Recht habe! Theile mir auch einmal die Bedingungen, die Du der Herzogin demnächst zu machen gedenkst in Deinem nächsten Briefe mit, damit ich weiß, worin diese bestehen sollen. Es ist mir sehr auffallend, daß eine Herzogin zu G. geht und ihn bittet, etwas für Dich zu tun. – ...*‹

Sonntag, im April 31

Der Frühling nährt in mir die unguten Gefühle. Das grüne Sprießen all der Knospen und Blätter nimmt mir jeden Hoffnungsproviant. Das Unabänderliche beginnt wieder. Wehe! Wer schon im ersten Grün das faulige braune Laub zu erspähen weiß, wehe, der ist ein Seher und hat begriffen, worum es sich dreht in der Welt.
Wie wohl tut einem doch der Herbst!, da all die stolzen rotgeschminkten Blätter absacken. Fallen die Blätter, steigt mein Mut himmelan!

Dienstag, 12. April 1831

Ich fand ihn heute in einem sehr beklagenswerten Zustande vor. Ein Jammerbild!, und beinahe sträubt sich mein Schreibgefieder, davon Bericht zu geben. Er war in einer Art betrübt und desolat, die ich bisher bei ihm nicht kannte.
Pünktlich zur festgesetzten Stunde, halb 11 Uhr, fand ich mich, ein Türklopfen vorausschickend, in seinem Arbeitskabinette ein. Allein – wie groß war mein Verwundern, als ich ihn dortselbst nicht anfand, ihn, Goethen, den sonst alle Welt als die Pünktlichkeit in persona schätzt. Wohl aber stand die Schlafzimmertür halboffen.
»Kommen Sie nur näher. Eben war Riemer da, nun kommen Sie! Sie sind's doch, Eckermann?«
Von einem Unglücke noch wähnte ich, der ich nun langsam näher kam, undeutlich aus dem angrenzenden Raume zu hören, welches wohl selten allein käme... Nur kann ich mich für die letzten Worte nicht verbürgen, da sie sehr leise und, wie mir schien, mit einem gewissen Ingrimm mehr geflüstert, denn gesagt waren. Und wie an keine Adresse. Denn außer ihm war ja nur ich in den Räumen.

Als ich nun auch richtig, seinem Worte folgend, in der Schlafzimmertür stand – Gott, ich sah ein Schreckensbild! Mehr lag sein Körper als daß er saß auf dem grünsamtenen Lehnstuhle, hingeworfen wie ein Wäschestück zur Nacht.
»Mein linker Fuß ist eingeschlafen. Und, befürchte ich, dies sei erst der Anfang. Wie späte haben wir es denn?«
Ich gab ihm Nachricht davon und desgleichen von Datum und Wochentag, ohne auch nur mit einer winzigen Geste meine Besorgnis über seinen Zustand, besser: seine Lage (denn nach meinem Eintreten schien er mir noch einen Zoll tiefer zusammengesunken) kundzutun. Seine Blicke glitten dazu gelangweilt über die Dinge und blieben schließlich, als ich geendigt hatte, mit demselben Ausdruck des Befremdens an mir haften (oder kleben?). Ich schwöre, für diesen Moment, diesen einen Augenblick, hätte ich glauben können, seine Augen seien von blauer Farbe, so kalt, so leer und so traurig blickten sie zu mir herüber. Verzweiflung und Schmerz, eines wie das andere schrie mir stumm entgegen.
Er kam dann ohne eigentlichen Zusammenhang auf die Tiefurter Stiche zu sprechen, welche der Hof in Auftrag gegeben und die nun noch zur Beurteilung ausstünden.
Von Herzen froh, einen Gegenstand zu haben – und womöglich auf diese Weise dem Unsäglichen, das diese morgendlich-graue Szenerie beherrschte, zu fliehen –, nahm ich diesen schnell auf und stimmte kräftig bei, ja, solch eine diffizile Angelegenheit bedürfe sehr wohl der kritischen Begutachtung des Kenners, einer gewissermaßen römischen Perspektive auf unsere Verhältnisse et cetera...
Ich bildete mir ein, ihm durch diese List, die römische Assoziation nämlich, die müden Augen wieder für die Weite der Welt geöffnet zu haben – allein ich sah mich getäuscht. Er kniff nun die Lider zu einem noch winzigeren und sehr gefährlich aussehenden Spalt zusammen. Mir schwante Schlimmes. Und richtig. Hier ereignete sich etwas, ich

schäme mich wahrhaft, es niederzuschreiben. Urplötzlich, mit wilden Worten und Gesten fuhr er gegen mich los, ob ich (wörtlich) sein »Papageivogel« wäre. Es täte ihm wohl, mich auch nur einmal, ein einziges Mal, widersprechen zu hören. Mit meinem ständigen Zugerede wolle ich ihn ja doch nur in die verworrensten Geschäfte verwickeln, daran er zu ersticken drohe. – Er spielte auch sogleich einen Anfall von Luftnot vor, wobei er, der Szenenwirkung wegen, noch das Fenster weit aufriß und tief Luft holte. Rasch aber erholte er sich von seinem Anfall, denn mit großem Atem ging das Schimpfen weiter. Oft waren nur einzelne, abgerissene Worte zu verstehen, schließlich fand ich heraus, daß es sich bei diesem Drama um die Fortsetzung des *Faust* handeln mußte... Sein irr im Zimmer hin und her schweifender Blick heftete sich endlich wie magnetisch auf ein lose verschnürtes Papierbündel. Wahnwitziges Lachen.

Plötzlich, ehe ich dazwischentreten konnte, schleuderte er das Bündel mit einer Miene des Entsetzens und furchtbarer Entschlossenheit aus dem aufgerissenen Fenster, weit hinaus, in hohem Bogen. Dabei, von der Seite, traf mich der Strahl seiner weitaufgerissenen Augen. Einem Taubenschwarm gleich, flatterten die grauen Blätter auseinander und verloren sich im grünen Gefilde.

Ich war den Tränen nahe und wollte hinterherstürzen.

G., als er dies sah, beruhigte sich augenblicklich. Er hielt mich fest am Rockärmel und hielt sich auch selbst mit fest daran, schwach plötzlich. Mehrmals versicherte er mir – auch er den Tränen nahe –, daß dies ja nur ein Rechnungsbündel gewesen sei, alte Rechnungen vom Industriecomptoir, von Ullmann, und zum Beweis hob er sogar, ehe ich es für ihn tun konnte, einige der verstreuten Zettel vom Fußboden auf, die ich auch sofort als Quittungen von Bertuch erkannte.

Ich stand wankend, die Hände ineinander verkrallt.

Schweratmend schloß er das Fenster, mit hartem Geräusch,

als wolle er damit diese leidige Szene ein für alle Male abschließen; die Lippen fest aufeinandergepreßt, brachte er sein Äußeres in Ordnung. Nach einiger Weile begann er zu sprechen, ernst und gesammelt, doch ohne mich anzublicken.
»Eckermann, Sie Unglücksmensch hatten die Stirne, mich mit demselben ›Ja! Ja!‹ auch wieder in den *Faust*, dieses verleidete Kasperlestück, hineinzumanövrieren, das ich doch lange und glücklich hinter mir wähnte. Warum durfte denn nicht Schluß damit sein? Mit diesem Komödiantenspiel. Es war doch schön und – genug. Und jetzt? Ich raube der Wissenschaft meine besten Kräfte und spiele wieder mit Puppen. Ein Mann an der Schwelle des Hades. – Besser doch ein vollendetes, fertiges Fragment, als nun am Ende ein Fragment noch fertig machen zu müssen.
Das ist undankbar ...«
Derweilen hatte er aufgeschaut und seine ernsten Blicke wieder fest auf mich gerichtet.
»Wollen Sie denn, Eckermann, nicht einmal, bitte, etwas anderes als dieses ewige ›Jawohl‹ oder ›Gewiß‹ oder ›Höchst bemerkenswert‹ zu mir sagen, mh? Sagen Sie doch um Himmels willen einmal, ein einziges Mal, kräftig und bestimmt ›Nein!‹«
Er sah mich hilflos an. Ich stand bänglich. Nein, Herr Geheimrat.

Donnerstag, 14. April 1831

»Was ist Ihnen denn, Eckermann? Schon den ganzen lieben langen Vormittag beobachte ich ein ernstes, tiefsinnendes Gesicht an Ihnen. Ist Ihnen nicht wohl?«
Ich verneinte.
»Verunzieren Sie Ihr offenes Gesicht nur ja nicht mit blindem Eifer. Wie sage ich so schön: Man liebt an dem Mädchen,

was es ist, und an dem Jünglinge, was er ankündigt. Und wenn ich Sie so recht liebhaben soll, muß da immer noch etwas sein, was Sie ankündigen. Sie sollen und brauchen noch nicht alles zu sein. Wollen die englischen Journale Sie wieder in Beschlag nehmen? Lassen Sie das nur ja. Bilden Sie sich an den guten Vorbildern, und alles Weitere kommt Ihnen von selbst.«

Ich nickte zaghaft, denn ich war in Gedanken an Hanchens Brief, die Heide, Hannover... und muß etwas in der Art gesagt haben, daß ich mich ferne fühle, denn halblaut, mit halbgeschlossenen Augen, wiederholte er diesen meinen Satz.

»›Ich fühle mich so ferne...‹«

Eine Weile lauschte er nachdenklich-abwesend diesen Worten nach, dann, als er bemerkte, daß ich ja noch im Kabinett war, verabschiedete er mich freundlich, aber zerstreut und bestellte mich auf den frühen Abend. –

Mittagstisch bei Coudray. Abends, Schlag sieben, dann wieder bei G., der mich schon dringend in der Türe erwartete.

»Kommen Sie, Eckermann! Kommen Sie! – Sie sind Helena!«

Vorsichtig trat ich näher.

Er schob mir ein Textblatt in die Hand, von dem ich, allein auf die Einsätze achtgebend, lesen sollte. Ich stand in der Mitte des Raumes, mit dem Rücken zum Fenster, und vertiefte mich in den Text.

Er selbst, da er sich nicht niederknien wollte, brachte sich auf dem Stuhl, den er zu diesem Zweck gar ein wenig vom Tische abrückte, in Position. Das Papier mit der Linken ein gehöriges Stück von sich weg haltend, ein Bein im normalen Winkel, das andere, das rechte, so gut es ging, seitlich nach hinten weggestreckt.

Er gab mir ein Zeichen.

Ich las: »›Ich fühle mich so fern und doch so nah.
Und sage nur zu gern: da bin ich! da.‹«

Nun er, mit rüstiger Stimme, faustisch (wobei er die rechte

Hand in großer Geste gegen sein Herz preßte): » ›Ich atme kaum, mir zittert, stockt das Wort; Es ist ein Traum, verschwunden Tag und Ort.‹ « Jetzt ich: » ›Ich scheine mir verlebt und doch so neu, In dich verwebt, dem Unbekannten treu.‹ « Er (nunmehr den Zeigefinger der Rechten erhoben): »›Durchgrüble nicht das einzigste Geschick! Dasein ist Pflicht, und wär's ein Augenblick.‹«
Stillschweigen.
»Ist das nicht wunderbar gesagt?«
Zaghaft – noch war der Schrecken unserer Dienstagszene nicht ganz von mir gewichen – machte ich ihm ein Zeichen, das, zwischen Kopfnicken und Kopfschütteln, ihm je nach Bedarf für Zustimmung oder Bedenken hätte gelten können.
»Ja, Eckermann, Sie sagen es: Es ist wunderbar. – Mehr noch: Es ist wahr.
Und es liegt für mich ein schönes Zeichen darin, daß wir es gewissermaßen koproduziert haben. Ich sage es offen – ich weiß nicht, wie es ohne Ihren stimmungsvollen Eingang ausgegangen wäre mit dem Dritten Akt. Und es ist mir sehr angenehm, damit haben wir nun glücklich auch noch diese letzte Lücke im Zweiten Faust geschlossen. Denn nun, mitten in das Liebesduett unserer Herzensergießungen, platzt ja jetzt die Nachricht vom Eintreffen des Menelaos, und alles hat wieder den Kontrast, die Spannung, ohne welche nichts Wirkliches entsteht.«
Wir saßen uns nun gegenüber, schweigend, die Weingläser vor uns auf dem Tisch; er musterte mich mit Wohlgefallen.
Nach einer Weile:
»Gestern nun kommt Stadelmann und meldet, im Garten seien alte Rechnungsblätter aufgetaucht. – So? Ich tue ganz verwundert und lasse mir die Fundsachen ins Zimmer bringen. – ›Ja, Stadelmann‹, sage ich, ›richtig, das sind unsere. Und wie kommt das in den Garten?‹ Er zuckt die Schultern, weiß also, Gott sei Dank, nichts von alledem ... Ich nehme mir den

braven Stadelmann beim Arm und frage ihn ganz ernst, von welchem Baume denn diese Blätter abgefallen sein mögen. Stadelmann blickt mich groß an. Dann lasse ich ihn gehen.«
G., kopfschüttelnd, freut sich herzlich über Stadelmanns Unverstand. Und ich freue mich, so gut es eben geht, mit...

im Juli 1831

Unerträgliche Hitze seit Tagen! Trinke Zitronenwasser und bin nicht bei der Sache.
Gestern nun flüchtete ich mich zu G., den ich im Garten antraf. Er saß im Korbgestühl, mit dem Rücken zum Haus, so daß ich nähertretend Gelegenheit und Muße hatte, ihn zu betrachten. Zunächst schien es, als wäre er, das weiße Haupt vornübergesenkt, eingeschlummert, hier im Garten hatte die Sonne, grüngefiltert, ihre gleißende Macht verloren, schon wollte ich umkehren. Da nahm ich Flexionen seines Körpers war, erst ein Kopfschütteln, dann langte sein rechter Arm nach unten und griff nach der Weinflasche, die schief am Fuße des Stuhles lehnte. So ging ich denn also weiter, noch immer ungehört – zu Häupten ein Vogelzwitschern ohnegleichen und Brummen und Summen mannigfachen Getiers rundum –, und hatte Gelegenheit, ihn in einer sonderbaren Haltung zu beobachten. G. mußte mit etwas sehr Geheimnisvollem beschäftigt sein, das auf seinem Schoße zu liegen schien, denn immer wieder schüttelte er den gesenkten Kopf und schien mit allen Sinnen auf diesen einen Gegenstand gebannt. So der Schein! Zwischendurch aber schnellte aus der Stille, in die sein Körper versunken war, seine kleine Greisenhand empor und schnappte blitzschnell nach etwas Unsichtbarem in der Luft. –
Kurzes Erschrecken, als er meiner gegenwärtig wurde.
»Ah, der Doktor Eckermann gibt uns die Ehre. So kom-

men Sie! Da wollen wir Ihnen doch wenigstens die Hand geben.«
Ich holte aus dem Gartenpavillon ein Stühlchen, und G. bat mich, es so aufzustellen, daß er in meinem Schatten sitzen könne. Er blickte mich freundlich an. Auf seinen Knien lag der neue »Menschenfreund«.
»Lesen Sie Zeitungen, Eckermann? – Sie sollten.
Nun dienen diese ins Haus flatternden Blätter zwar zu gleichen Teilen der Unterhaltung und der Bildung, und da an beiden stets Mangel ist, sind sie uns willkommen. Nur muß darauf geachtet werden, daß sie den rechten Leser finden. Ich möchte sagen, der Leser für unsere Zeitungen wird erst noch geboren werden müssen. Ein kommendes Geschlecht…
Wollte man in Kindeseinfalt die Blätter lesen, so müßte man sich redlicherweise dank der Sturmfluten, Choleraseuchen, Kindesraube und Theaternachrichten aus Berlin und und und Kugel um Kugel in den Kopf schießen.
Es muß also vorher ganz feststehen, was man aus all den Nachrichten herauszulesen wünscht. Sie sehen mich daher, eine Zeitung in der Hand, immer mit besonders verdrossener Miene. Und das hat guten Grund. Wird man denn je eines Besseren belehrt? Wie selten. Meistenteils belehrt uns doch die Welt eines Schlechteren und macht uns alle unsere Hoffnungen zunichte.
Wenig Hoffen – will ich daher, nehme ich die Zeitung, meine Devise nennen. Denn wer keine Hoffnungen hegt, kann um keine Hoffnungen betrogen werden. Sind wir enttäuscht, so ist es doch im Grunde nur immer unsere eigene Schuld, da wir uns der Täuschung hingegeben hatten. Die Welt für schlecht halten, das ist es, und ist sie dann doch einmal gut – welche Freude! So kann schon das mäßige Gute als Glücksstern erster Güte rangieren. Es ist alles eine Frage der Perspektive, der Optik, Eckermann, Optik, wie ich es immer schon sage und nicht müde werde zu sagen.

Es müßte dies auch ein Merkzettel all den Träumern und Phantasten sein, die die Welt nur immer besser wünschen und sie mit diesem ihrem blinden Hoffen doch nur schlechter machen…«

Meinen fragenden Blick beantwortete er mit dem Folgenden.

»Weil die Welt dabei auch noch um das bißchen traumtrunkenen, freilich oft sehr dürftigen Verstand derer betrogen wird, die Phantasten sind und ihn zum Bau ihrer Luftschlösser verbrauchen. Das meine ich.

Gut, man möchte die Welt zur Räson, zur Vernunft bringen. Gut. Doch vergessen unsere denkfaulen Herrn Phantasten dabei oft, daß auch die Räson – dies kein Sophismus, Eckermann – zur Welt gebracht werden muß. Und sei es in kleinen Kassibern. Gewiß, ein mühseliges Geschäft, aber ohne solches Entgegenkommen dreht die Welt noch in tausend Jahren genauso gleichgültig ihre Kreise wie vor tausend Jahren, verstehen Sie.

So klafft es denn bei den Phantasten, und hinter ihren buntschillernden Träumen wird die Welt – grau. Da ist es dann nur ein Schrittchen, die *Farbenlehre*, wie ich es übrigens neulich, auch in einer Zeitung, gelesen, für Zinnober zu halten.«

Wegwerfende Handbewegung, die den Phantasten, den Zeitungen oder den lästigen Stechmücken gelten mochte, wer weiß, vielleicht allen dreien.

»Aber kommen wir aufs Praktische, zurück auf den Boden. Da ist mir heute ein Circulus aufgefallen, den ich Ihnen mitteilen möchte.«

Er senkte die Stimme und beugte sich vor zu mir.

»Ob nicht am Ende unsere ganze *Coup*-Planung die Quadratur eines Kreises ist? Zum einen möchte bei meinem Abgange ich noch so munter sein, das Gehörige deutlich sagen zu können. Andererseits muß dies aber – damit die Wirkung nicht ganz verpuffe – unmittelbar vor dem Tode

geschehen. Beinahe eine Unmöglichkeit, wenn man die Unwägbarkeiten des Sterbens in Rechnung stellt.
Wollte ich nun aber, um ganz sicherzugehen, bei allen Anzeichen des Unwohlseins damit beginnen, ein ›letztes Wort‹ zu sprechen, so würden sich diese schnell verbrauchen. Das Prophetische wäre im Handumdrehen ins Profane gewandelt. Abgesehen davon könnte es ja ein temporärer Unwohlzustand gewesen sein, und es wäre kläglich, nach solch einem, zum wiederholten Male ausgesprochenen Schlußwort aufzustehen und weiterzuleben... Ja, auch albern. Ich denke hier mit großem Mißbehagen daran zurück, wie Knebel, Februar dreiundzwanzig, als ich sterbensmatt daniederlag und sich bereits die Nachricht verbreitete, ich wäre gestorben, wie Knebel sich nun hinsetzte und auf den Abgeschiedenen ein Gedicht machte: ›Die Zeder ist gefallen...‹. – Nun, man hätte gut darüber lachen können. Entsinne ich mich jedoch, so verlief die erste Begegnung danach zwischen Knebel und mir in durchaus peinlicher Weise, und es kostete mich nicht wenig Mühe, sein verdrossenes Gesicht aufzuhellen. Als ich ihn aber, im bösen Scherze, damit tröstete, daß seine aufgebrachte Mühe eines Tages bestimmt nicht ganz umsonst gewesen sein dürfte, wenn auch die Zeder noch stünde, verfiel er wieder in die alte Verdrossenheit, und es kam jenen Tag nichts mehr zwischen uns zustande. – Sie sehen also.
Ein Finale freilich, daß uns solcher Schwierigkeiten enthöbe, wäre natürlich Selbsttötung mittels eines langsam wirkenden Giftes...«
Hier sah er mich für einen Moment fragend an, schob dann aber selbst diesen Gedanken als »völlig unpassend und absurd« beiseite. Derlei stünde anderen zu. Es wäre dies, der Selbstmord, eine »unerlaubte Abkürzung des Weges«.
Kuchenessen im Freien.
Danach die Gartenwege auf und ab, wo er mir die verhee-

rende Wirkung der Sonneneinstrahlung auf die Küchenkräuteranpflanzungen zeigte. (Gelbe Petersilienblätter et cetera.)

Mittwoch, Aug. 1831

Heute war ich doch wieder einmal von Herzen froh, in G.s Haus zu sein. Kurze Zeit nach meinem Eintreffen brach draußen schlimmes Hagelwetter nieder.

Die lastende Schwüle des Nachmittags war von einem Augenblick zum anderen einem geschwind auffrischenden Nordwest gewichen. Der Wind fuhr durch die Bäume, ließ die Blätter auffahren, so daß deren mattgrüne, helle Blattunterseiten sich flatternd nach oben bogen, wovon die Bäume auffällig ihre Farbe veränderten und ganz hell in den wogenden Kronen vor dem rasch sich verdunkelnden Himmel aufleuchteten. Und ich lief, in meinen Rock gewickelt, durch die menschenleere Schloßgasse und gleichzeitig durch fremde Welt.

Barometer-Hochdruck. Trockenes englisches Gebäck. Schließlich Hagel, dann Regen.

Da auch G. zu vernünftiger Arbeit nicht imstande war, entwickelte er am offenen Fenster Ideen, nicht ohne sich vorher nach meinem Befinden und nach Hanchens Post zu erkundigen.

Er setzte mir seine Theorie von der zwingenden Unterscheidung in produktive und reproduktive Talente auseinander, die notwendig der gegenseitigen Ergänzung bedürfen. Es war dies alles natürlich mit sehr viel Scharfsinn dargelegt, aber auch, daß er mich als eines der allerersten reproduktiven Talente herausstellte, das gewissermaßen durch Fügung unter einem Glücksstern (?) stehe, änderte nichts an meinem Unbefriedigtsein, beläuft sich doch der wesentliche Unterschied, alle spitzfindige Differenzierung beiseitegenommen,

darauf, daß das produktive Talent ein *Löwe* ist, der sein Opfer reißt und verschlingt, das reproduktive aber eine geduldige *Kuh*, die wieder und wieder das Gefressene kaut. Was nützt es mir da, eine wiederkäuende Kuh zu sein, die durch Fügung unter einem Glücksstern steht?
Nachhauseweg. Von den Blättern tropfen die Reste des Regens.

Montag, d. 6. August

Besagte *Coup*-Angelegenheit kommt und kommt nicht von der Stelle! Trotz strengster Klausur, die ich mir auferlege, trotz Anspannung aller sieben Sinne nicht.
Ich lauf wie irr durch die Stunden, umschwirrt von Zeilen, Gedichtfetzen. Schlimme Stunden, die, da sie sich vollenden, höhnisch ihre Schläge austeilen. Und immer gegen mich, natürlich. Und mit jeder neuen Stunde ein Schlag mehr, der gegen meinen Schädel schmettert. Und dazu das angstvolle Ticken in der Brust... Niemand bemerkt so wie ich das wahrhafte Rasen der Zeit auf den finsteren Abgrund hin. Ja schlimmer, ich bemerkte neulich, wie mit dem vorrückenden Zeiger Stadelmann zufrieden nach der Uhr aufschaut. Sein Tag vollendet sich. Ich aber, o weh, ich laufe, laufe Stufen hinauf und hinab ohne Halt.
Ich bin nun schon gestern nacht im kalten Schweiße aufgewacht. Mir träumte, es war dies natürlich ein Alptraum, ich wäre Goethe, und es wäre denn nun endlich soweit. Aufgebahrt in einer Jahrmarktsbude, einer schwebenden Jungfrau nicht unähnlich, lag er, ich, da. Im weißen Satingewande. Bloßgelegt den Blicken hundertäugig gaffenden Publikos. Der schwarzsamtene Vorhang, sternenübersät, senkte sich allmählich herab. Mein Leben flog im Rausche an mir vorüber, so viele Kleinigkeiten, die ich lange vergessen wähnte...

Alles starrte gebannt auf seinen, meinen, Mund, ich auch. Ich sehe die schlechtgestellten Zähne des Magiers, und der Übelgeruch, den das Publiko ausströmt, benimmt mir den Atem. Sein, G.s, Mund aber bleibt ein dünner Strich, wird immer dünner und verschwindet. Kein Sterbenswort! Jetzt, ohne den strengen Mund, hat sein Gesicht etwas Liebes. Und ich möchte ihn küssen. Doch wohin? Wohin! Wäre ich nicht so oft schon verzweifelt gewesen, jetzt hätte ich es sein mögen.

Plötzlich – ich merke noch im Schlafe die große Kühle in meine Glieder ziehen, bis in die Haarspitzen – wandelt sich die Szene. Während eben die einen noch bang die Hüte vom Kopf gezogen hielten, werfen nun schon andere ihre Mützen aufjauchzend hoch hinauf ins Blaue. Draußen, im Freien. Hinter Bäumen aber, weit hinten, Männer in dunklen Mänteln, auf einem Feldweg, ich bin dabei, die einen offenen Kasten mit einem leblosen Körper darinnen tragen. Der Körper, es ist der meinige, wird in eine Grube hinabgelassen. Ringsum ragen im Rondell blattlose Bäume, schwarze Säulen, auf in den Himmel, dessen hohe Kuppel sich blau und unendlich über die Szene wölbt. Schwarzen Vögeln gleich, flattern nun Erdschollen auf meinen toten Körper nieder. Ich spüre ihre stechenden Krallen in meiner Brust, dumpfe Schwere, Tierwärme, Dunkelheit… da, aus der Tiefe erwache ich jählings, schweißkalt, die Decke liegt am Boden, die Knöpfe des Nachthemdes abgerissen.

Meine kalten Füße fahren in die Pantoffeln und tragen meinen leblosen, aber schlafwarmen Körper hinaus, die Stiege hinab, durch den Flur, wo es von unten empfindlich kühl ins Hemd hineinzieht, bis zu dem kleinen Kabüffterchen, wo ich das Wasser abschlage, langanhaltend, mit starrem Blick geradeaus ins Dunkel.

August 31

Unter den heute zur Anhörung gebrachten *Coup*-Sätzen (noch das Juli-Pensum!) verweilte er länger beim *Nachtlied des Wanderers*, das ich wiederholen mußte. Er saß eine Weile stumm am Tisch, sein leichtgekrümmter Zeigefinger skandierte die Verse auf dem Tischtuch, über dessen Falten und Zipfeln war Ruh... Dies nährte in mir die lange nicht mehr gehegte Hoffnung, es möge doch noch zu einem gütigen Beschlusse kommen, und ich schrieb ihm das Gedicht sogleich ordentlich auf ein frisches Blatt. Er bedankte sich mit einem Kopfnicken, faltete es zusammen und steckte es sich in die Brusttasche.
Beschwingt verließ ich ihn, der noch nachdenkend saß, und blieb zu Hause im Bette lange schlaflos.

Samstag

Heute, nach Tisch, nebenbei:
»Übrigens, mein Lieber, plane ich eine dienstliche Reise nach Ilmenau. Wollen Sie die Güte besitzen, eventuelle Couren und Gratulanten höflichst umzulenken, da ich am achtundzwanzigsten d. M., zu meinem Geburtstage also, mit Sicherheit nicht am Ort sein werde.«
Wohl glaubte er, auf meinem Gesicht Enttäuschung zu lesen, denn er fuhr fort:
»Seien Sie getrost – es ist in Sachen unserer *Coup*-Angelegenheit, und da meine ich, muß alles andere wohl nachstehen dürfen. Halten Sie hier nur die Stellung, womöglich kehre ich Ihnen als ein anderer zurück...«

noch im August, spätabends

Daß er sein Wichtigstes mir, gerade mir anvertraut, beweist dies nicht seine Geringschätzung der übrigen Welt gegenüber?, da er in mir doch die Kinderseele vermutet...
Ja, mit dem Kanzler bespricht er die ernsten Dinge: die Gelder für den Straßenbau, die Jubiläumsplaketten et cetera. Sind indes alle ernsten naheliegenden Themen ausgeschöpft oder ist ihm einfach die Laune danach, zitiert er mich herbei; nun gilt es die Weltläufte und Ferneres zu besprechen.

1. September 1831

G. ist uns wiedergebracht!
Gestern, den 31. August, ich nahm gerade mein frugales Abendmahl, Brot, Fisch und Bier, und las dazu in den Anzeigeblättern, erhielt ich ein Billett, ich möge »stehenden Fußes« ihn noch denselben Abend aufsuchen. Ich säumte nicht, fand in seinem Hause, bald halb zehn abends, noch Licht, überall Unruhe, Koffer wurden getragen; G. war erst bei Anbruch des Abends in Begleitung seiner Enkel wieder eingetroffen. Ottilie, über mein Kommen unterrichtet, gab mir im Vorbeigehen Bescheid, ich möge mich ohne Umstand zu ihm begeben.
Im hinteren, dem nächtlichen Garten zugewandten Teil des Hauses spürte ich eine sonderbare, nicht zu sagen: unheimliche Stille. Forsch durchquerte ich den kühlen Flur und begab mich in sein Arbeitszimmer, das leer war und dunkel. Links hinten, die Tür zu seinem Schlafraum war angelehnt. Nur von daher ein Lichtschimmer. Ich trat ein.
Das kleine Schlafgemach war angefüllt mit feierlicher Stille. Etwas Großes beherrschte die Szene. Er lag, auf dem Rücken ausgestreckt, und ruhte wie ein Schlafender auf seinem Bett.

Seine entspannten Gesichtszüge wölbten sich im schwachen Schein des Leuchters zu einem Gebirge – das schlohweiße Haar der schneebedeckte Gipfel, unter dessem Eis die Augen gleich Bergseen ruhten. Dazwischen ragte die Nase als Gletscher empor, steil nach den Seiten abfallend. Das aufragende Kinn begrenzte als Massiv die Südseite. Da öffnete sich, einer abgründigen Gletscherspalte gleich, sein Mund.
»Wie gefällt Ihnen das, mich wiederzuhaben? Ich meinte eben, die Lage gefunden zu haben, mich ein wenig von den Reisestrapazen zu erholen.«
Mit diesen Worten – der Bergfriede war dahin! – richtete sich G. auf, saß nun aufrecht im Bett und zog die verrutschten Strümpfe gerade. Sodann hob er seine Beine aus dem Plumeau, tastete mit den Zehenspitzen den Fußboden ab und fuhr endlich in die bereitstehenden Pantoffeln. Aufgestanden, schritt er bedachtsam, noch etwas schlaftrunken und daher auch schlurfend, hinüber ins Arbeitskabinett.
Ich nahm das Licht auf und folgte ihm.
Tiefatmend nahm er auf einem Stuhl Platz, halb schräg, den einen Arm angewinkelt über die Rückenlehne, der andere Arm lag auf dem Tisch. Ich stellte das Licht ab und setzte mich ihm gegenüber.
»Es hat nun folgende Bewandtnis; Sie sollten als erster und einziger Unterricht davon haben, daher das eilige Billett. – Als Sie mir neulich des Wanderers nächtliches Lied zum Vortrage brachten, war mir, als hätte ich darinnen irgendwie unsern Orakelspruch vernommen. Kennen Sie übrigens Zelters sehr passable Komposition desselben? – Es hat, man will es nicht leugnen, etwas ungemein Abschließendes. Nun gedachte ich, um ganz sicherzugehen, mich der Wirkung des Versleins an Ort und Stelle, in natura also, dort, wo ich es vor Jahr und Tag aufgeschrieben, zu vergewissern. Ich wollte Sie nicht mit von der Partie haben, es mußte ganz auf mich allein wirken. Die Reise nach Ilmenau verfolgte genau diesen

Zweck und war nichts anderes als eine Reise in die Vergangenheit, hinauf zum Kickelhahnberg. Mahr, der gute wakkere Berg- und Waldgeist wie in alten Tagen, geleitete mich hinauf. Soweit gut.«

Pause, gesammeltes Stillschweigen. Ich saß erwartungsvoll. Sollte es...

»Um es kurz zu machen und Sie nicht auf die lange Folter zu spannen, denn gerade Ihnen, der Sie in dieser Sache schon so viel Gutes geleistet haben, soll es ja die Überraschung sein; also, kurz gesagt, keine Bange, lieber Eckermann: Auch dieser war es, nein, ist es nicht. Gut? Sie werden also nicht morgen früh aufstehen müssen, sich an den Kopf schlagen ob der Leere rundum und weil Sie nicht wissen, was zu tun sei. Die Suche geht weiter vorerst, und kein Ende in Sicht, soweit ich sehe.«

Ich war in meinen Stuhl zurückgesunken, meine Arme fielen links und rechts bleiern herab, und ich fühlte eine unheimliche Schwäche.

G., frohgemut:

»Nicht wahr, die Verkrampfung weicht? Ich sehe Sie erleichtert!, und ich gestehe – mir erging es ähnlich.

Nun, das sage ich Ihnen, war ich aber für einen Moment tatsächlich erst unsicher, ja bange, ob es nicht doch der rechte sei. Da stand ich also da oben, die Bäume inzwischen abgeholzt, trat in das Berghäuschen, das ich über all die Jahrzehnte, auch mit halbgeschlossenen Augen sofort an seinem muffigen Holzgeruch wiedererkannt hatte, ließ die Blicke durch den Raum schweifen und fand es auch sogleich wieder. Es ist jetzt, dieses liebe kleine Bleistiftgebilde, das ich damals an den Fensterpfosten geschrieben hatte, unter einer Glasscheibe zu sehen.

Mein Angerührtsein will ich Ihnen nicht verhehlen, auch feuchtete sich mein Blick... – Mahr kann davon genauen Bericht geben. – Nun ist aber solche eine Stimmung, das

überdachte ich mir beim Abstieg, den ich übrigens ganz ohne fremde Beihilfe bewerkstelligte, gerade nicht das, was ich mir von unserem *Coup*-Satz erhoffe. Allgemeine Rührung setze ich bei tödlichem Abgange eigentlich voraus. Damit wäre also nichts dazugewonnen.
Auch, das kommt hinzu, führt der Kulminationspunkt des Gedichtleins nur in die Irre. ›Warte nur, balde / ruhest du auch…‹ Das schiebt das Eigentliche doch, und zwar mit unüberhörbarer Drohung!, nur weiter, zumindest an jene, welche zu meiner Sterbestunde um mich plaziert sein werden. Was wird der Kanzler denken? Was Ottilie? ›Warte nur, balde…‹ Das geht nicht.«
Ich wandte hier ein, daß *ich* es sehr wohl verstünde, und wenn es mir schon im Leben verwehrt sei, ihm zu gleichen, so werde doch diese Ankündigung der Gleichheit vor dem Tode ungeheueren Eindruck auf mich zu machen imstande sein.
»Sie, Eckermann? Ich meine doch, Ihnen schon lange gesagt zu haben – oder nicht? –, daß Sie sich in meinen letzten Momenten unbedingt von mir fernhalten müssen. Sie wissen ja wohl, welchen Wert ich einem getreulichen, unverfälschten Zeugnis gerade dieser Stunde beimesse…«
O du… Wie er das letzte gesagt hatte, wuchs in mir wieder das Böse, und es flimmerte mir rot vor den Augen… Hanchens Briefzeilen leuchteten in flammender Schrift vor mir auf… Was war dies nur wieder für ein Akt ausbleibender Gerechtigkeit!
Er aber schien es nicht zu bemerken und saß unbeirrt.

d. 4. September

Heute nach Tisch.
Mit einer Handbewegung lud er mich ein, von den Klaräpfeln zu probieren, die er aus Ilmenau mitgebracht hatte

und die noch etwa zur Hälfte die perlmuttschillernde Majolika füllten.

G., der sich mit dem Klappmesser die Äpfel in Stücken zuführte, kauend, mitunter den Saft aus den Mundwinkeln wischend. »Mehr, lieber Eckermann, als Gesicht und Gehör ist uns am Ende womöglich der *Geruch*? Riechen Sie nur diese wundervollen Äpfel! Wie ich übrigens auch das Kickelberghäuschen zuerst mit der Nase wiedererkannt habe. Das möchte ich schon für ein Zeichen halten und bedeutsam.

Während Auge und Ohr von der Kunst okkupierte Provinzen sind und unter dieser Fremdherrschaft ihr Eigenes verlieren und so allmählich veröden – gehört die Nase ganz uns. Die Nase, die wohl nicht zufällig im Gesicht eine derart dominierende, herausragende Stellung innehat, verschafft uns das eigentliche Bild von der Welt. Und heißt es doch auch sehr treffend, weil es aufs Wesentliche geht, von zweien, die zueinander nicht gut stehen: sie könnten einander nicht *riechen*. Hier ist uns die Sprache ein Lehrmeister und gibt Winke. – Bedenke ich hingegen, wie oft sich zwischen mich und, sagen wir, einen sinkenden Herbsttag die Erinnerung an flämische Ölbilder stellte, die ich in Galerien gesehen hatte, wie oft ich in solchen Augenblicken bei mir dachte: ›Ein Sonnenuntergang – wie gemalt!‹, dann weiß ich, mein Auge hat damals jene Landschaft nicht ganz zu sehen vermocht, denn das innere Auge war ja fortwährend damit beschäftigt zu vergleichen, sich zu erinnern, so daß es das Eigentliche, Unverwechselbare jener Landschaft gar nicht erfassen konnte. Die Harmonie der Natur, mein lieber Doktor, war also nur eine Erinnerung an eine schon erlebte Kunstharmonie. Und hatte ich mich an das passende Bild erinnert, war es eigentlich schon genug, und ich konnte getrost nach Hause gehen und Sonnenuntergang Sonnenuntergang sein lassen. Das Bild hatte ich ja *in* mir.

Oder das ferne Donnergrollen, das mich an Musik erinnerte... Lassen wir es damit genug sein.
Riechen Sie nur! Dieser einmalige Apfel, halb grün, schon gelbgesprengelt, noch unentschieden und von zaghafter Süße...« Mit vollen Kinnbacken, im Kauen einhaltend, schnupperte ich daran.
»Schließe ich jetzt noch die Augen, sehe ich ganz deutlich Frankfurt, die hölzerne Stiege, den Schrank... Es ist der Geruch meiner Kinderjahre, und alle Jahre zwischen damals und jetzt sind mir wie verschwunden, nichts Fremdes schiebt sich dazwischen. Das macht allein dieser Geruch...«
Er schwieg einen Moment.
»Angesichts dessen, wie ursprünglich und unverbraucht uns der Riechsinn noch zur Verfügung steht, möchte man nicht, wie auf anderen Gebieten, das Stillstehen, ja die gewisse Rückentwicklung der damit in Assoziation stehenden Kunstrichtung, des Parfümeriewesens, bedauern. Glaubt man nämlich den Geschichtsschreibern der alten römischen Republik, so ist die Verwendung von Riechessenzen, wie sie heute geschieht, vergleichsweise barbarisch. Und das ist gut so. Eine Verfeinerung auch auf diesem Gebiet würde uns mehr nehmen, und zwar vom Eigentlichen, als geben. –«
Pause.
»Nun, ich denke, damit haben wir auch diesem Tag ein gehöriges Denkresultat abgenötigt, und es mag für heute genug damit sein.«
Auf dem Heimweg versuchte ich die Gerüche, sofern sie nicht penetrant waren, zu sortieren und fand hier sehr wohl heraus, daß sich G.s Auffassungen vortrefflich bestätigten. Mit Bestimmtheit nämlich ließ sich nichts sagen. Es roch einfach.
Es roch nach Weimar.

30. d. M.

Heute früh bei G., den ich sehr ärgerlich antraf.
»Weshalb sind Sie denn gestern nicht gekommen, Eckermann?«
Ich erwiderte ihm, daß dies, mein gestriges Fernbleiben, doch sein ausdrücklicher Wunsch gewesen sei.
»Ei, so hätte ich Sie ja doch wieder fortschicken können. So aber habe ich den ganzen Tag mit dem und jenem verbracht, immer in der Erwartung, Sie würden dennoch kommen.«
Und, fragte ich ihn nun, was wir denn Wichtiges miteinander zu schaffen gehabt hätten, wäre ich gestern tatsächlich gekommen?
»Nichts, ich hätte Sie fortgeschickt, natürlich, und mich an die Arbeit gemacht. So aber...«

Donnerstag, abends

Was bin ich schon? Ein Staubkorn im Wind. Aber wehe, es gerät einem ins Auge, in dieser windigen Welt. Das geht ins Auge! Da wird manche Träne über dich vergossen, namenloses Staubkorn, du...

Samstag, d. 3. Dez. 1831

Gestern nacht schlug ich in rasender Verzweiflung ob meines in die Irre gegangenen Lebensweges den Kopf hart gegen die Wand. Und was kam heraus dabei? Blut.
Die Spritzer mit dem Schnupftuch von der Wand notdürftig entfernt.
Trank zwei Bouteillen Wein auf dem Zimmer und betrachtete lange mein Spiegelbild. Bis mir schlecht wurde und mein

armer Magen alles hergab. Mit einem schwindelnden Gefühl innerer Leere legte ich mich aufs Bett, ohne mich der Schuhe zu entledigen und ohne freilich, daß vor Mitternacht Herr Charon mich erlöste.

M.

G. war heute vornehmtuerisch gegen mich.
Riemer, der als einziger zugegen war – er stand hinter G. am Fenster – machte darüber ein verdrossenes Gesicht und schüttelte, ohne daß G. es freilich sah, mißbilligend den Kopf. Auf dem Heimweg erkundigte er sich – sonst bin ich immer Luft für ihn – sehr angelegentlich nach meinen persönlichen Verhältnissen, worauf ich ihm erwiderte, daß diese, sofern man das überhaupt von persönlichen Verhältnissen sagen könne, als geordnet zu bezeichnen seien. Auch wollte er wissen, woran ich derzeit mit G. arbeitete. Ich gab ihm, ausgenommen natürlich die intimeren *Coup*-Angelegenheiten, ohne Ziererei Auskunft. Seine großen Augen, an denen mich sonst immer ein gewisses Glubschen gestört hatte, lagen mit Interesse auf mir.
Sollte am Ende das Eis gebrochen sein? Zum Abschiede schüttelte er mir warm die Hand, und ich ließ es mir gefallen.

Donnerstag, 22. 12. d. J.

Gestern, seit längerem das erstemal wieder bei G.
Über das Vermögen und Unvermögen, etwas in der Welt auszurichten.
»Warten Sie's nur ab, Eckermann, und haben Sie Geduld. Das ist das einzige, was man lernen kann. Sie mögen mich wohl für einen Kauz halten, lieber Eckermann, und ich finde,

Sie haben recht. Oder doch wenigstens, ist man so jung und ungestüm wie Sie, ein Recht dazu. Doch wenn man, wie ich es getan, über achtzig Lebensjahre gemeistert hat, lernt man, sich in Geduld zu üben. Die Saat, die wir säen, wird aufgehen, ganz gewiß. In hundert Jahren vielleicht. Der deutsche Boden ist gut. Zwar auch langsam – das gebe ich zu, das ist kein südländisches In-die-Höhe-Schießen, wo, fällt ein Samenkorn in die Erde, abends ein Baum dasteht. Nein, das will sorgsam ausreifen, Säfte sammeln, gründlich, vom Grunde her, grünen. Aber dann ... wer weiß, was in hundert Jahren unserem fleißigen Volke alles blühen wird aus der Saat, die wir heute stecken ...«

Mir war diese Bedenklichkeit in den Zukunftsdingen nicht recht klar, und ich fragte an, ob nicht – ähnlich wie beim Baume – schon in der Saat begründet liege, was einst daraus erwachsen werde.

Er schüttelte den Kopf.

»Geduld, Eckermann, Geduld nannte ich die erste Devise. Und nicht ohne Grund lasse ich doch auch den Herrn Mephisto im *Zweiten Faust* sagen – ad spectatores, wohlgemerkt –: ›Am Ende hängen wir doch ab / Von Kreaturen, die wir machten ...‹ «

Er hielt mich fest im Blick. Ich notierte mir alles fleißig im Geiste, und als ich damit fertig war, ging es auch – nachdem er noch die Liste der *Coup*-Sätze, die ich für diesen Monat gemacht hatte, flüchtig durchgesehen hatte – sogleich zu Tisch. Beim Abschied nannte er mich, wie schon lange nicht, ›mein Sohn‹, es rührte mich sehr.

»Schließlich, Eckermann, Sie sind, wie es alle Jugend ist, auch ein Vorbote der Zukunft, und was Sie uns ankündigten, verspricht viel. – Manchmal übrigens ...«,

kam er nun, schon in der Tür stehend, ganz ohne Übergang, wie ich es in letzter Zeit leider häufig an ihm beobachten muß, auf anderes –

»... manchmal kann ich nachts neuerdings nur sehr schwer Schlaf finden. – Wie finden Sie das? – Nun gut!«
Ich spürte, als ich mich umgewendet hatte, im Gehen, noch lange seine Blicke in meinem Rücken, und es lief mir davon, ich gestehe es, heiß und kalt im Nacken herunter.

d. 29. Dezember 1831

Eine sonderbare Entdeckung! Aus der Junonummer des »Menschenfreundes« von 1830 – Zeitschrift zum Besten der armen taubstummen Freizöglinge des Taubstummen-Instituts zu Quedlinburg – flatterte mir heute etwas Weißes entgegen, ein zusammengefaltetes Papier mit schwarzgeschwungenen Schriftzügen, die ich sogleich für Goethes erkannte. – Ich hatte mir diese und einige andere Nummern des »Menschenfreundes« über die Festtage von Ottilie geliehen, der offenbar – ebenso wie G. selbst – das versehentlich im Heftchen verbliebene Blatt entgangen war.
G., der die gewollt herbeigeführte Verschmutzung bedruckten Papiers durch Anbringen handschriftlicher Anmerkungen scharf mißbilligt, hatte auf dem gesonderten Blatt eine Randnotiz folgenden Inhalts festgehalten: »Betreffend die Seite 191 --- Keine Besorgnis über das 1832 zu erwartende Cometenzusammentreffen – Uranosjahr... Kopulationen? Die Zeitungen beschwichtigen! Der ruhige Ton steigert nur die Befürchtungen etc. -- Riemer vorsichtig befragen. ›An den Mond‹ zum Beispiele –«
Auf der benannten Seite fand ich diese, von anonymer Hand verfaßten »Bemerkungen über den Cometen von 1832«:
›*Sonst erregte die Erscheinung der Cometen eine große Furcht unter den Menschen, aber diese ist verschwunden, seitdem die Völker aufgeklärter worden sind und davon nichts weiter als eine unendlich kleine Wahrscheinlichkeit des Zusammentref-*

fens der Erde mit einem Cometen übrig geblieben ist, so daß kein vernünftiger Mensch die geringste Besorgniß deshalb hegt. Indessen hat die Erscheinung des Cometen im Jahre 1832 hier und da doch einige Furcht erregt, ob diese schon eben so wenig Grund hat, als die, von welcher sich unsere Vorfahren plagen ließen. Der Lauf der Cometen im Jahre 1832, welcher alle 6 3/4 Jahre zurückkehrt, wurde in Frankreich berechnet und wenn er der Erde am nächsten kommt, so ist er immer noch acht Millionen Quadratmeilen von ihr entfernt. Zehnmal näher könnte er kommen und doch hätte man nichts von ihm zu besorgen; der Comet im Jahre 1770 war nur 750 000 französische Meilen (lieues) entfernt. Lalande hat berechnet, daß ein Comet keine Störung auf der Erde verursachen werde, wenn er sich ihr auch bis auf 13 000 französische Meilen nähere. Nun geht der Comet von 1832 5' Erddurchmesser von der Laufbahn der Erde vorbei. ...‹

5. Januar 1832

»Nun hat mich neulich einer, der brave Coudray hintertrug es mir gestern, einen *Egozentriker* genannt, was meinen soll, ich sei dem freundschaftlichen und geselligen Verkehr verloren. Wie finden Sie das?«
Bevor ich ihm etwas darauf erwidern konnte, hatte er schon selbst die passende Antwort gefunden.
»Ich finde das unpassend, denn schließlich sind die sogenannten Egozentriker die geselligsten Wesen von der Welt, brauchen sie doch beständig jemanden, dem sie von sich erzählen können, nicht wahr.«
Abends liest mir G. aus der Zeitung vor. Wir haben viel Spaß daran, besonders er.

d. 8. Januar, Sonntag

Mit G. den Nachmittag im Spaziergang verbracht.
Trafen unterwegs die Kladzig Auguste. Sie hat sich die letzte Zeit unmerklich aus meinem Lebenskreise entfernt. Beiläufiger Wortwechsel, Theater; gesenkte Blicke meinerseits, so daß ich ihre Blicke nicht prüfen konnte. –
G. erzählte mir, als wir glücklich wieder allein waren, die Geschichte eines französischen Kürassiers, der zur Zeit der napoleonischen Einquartierung hier in Weimar Nacht um Nacht nur mit radikalen Medikamenten und Barbitursäuren zur Ruhe zu bringen war, da ihn unsägliche Schmerzen im linken Bein fast um den Verstand brachten.
Ich, der ich noch ganz in meinen Gedanken bei der Kladzig war, nickte, ohne recht zu verstehen, welche Bewandtnis es damit haben sollte.
»Es ist nun das Besondere daran, daß das linke Bein des Unglücklichen schon geraume Zeit von diesem getrennt war und auf einem Schlachtfeld, von Würmern zerfressen, moderte …«
G. hakte mich ein; hatte das Gefühl, als blickte er tief in mein Innerstes hinein, und mir war, bei allem, recht wohl davon.

13. Januar 1832

Gestern, in der Theaterpause, nahm mich v. Müller beiseite: Was um alles ich denn mit Goethe zu nachtschlafender Zeit in dessen Kabinette Geheimnisvolles triebe? Ihm sei von Riemer Verschiedenes zu Ohren gekommen …
Das Blut schoß mir in den Kopf, den ich nur stumm zu schütteln vermochte. Den Kanzler, der eine solche Behandlung wahrlich nicht verdient hat, ließ ich für diesmal ohne Antwort stehen.
Riemer ist eine Ratte.

Samstag, d. 21. Januar

Habe ein bemerkenswertes Blättchen gefunden, ein fac simile, oben mit Goethes Profilbüste von Rauch versehen, das G. als Antwort auf die offenbar allzu zahlreich eingegangenen Gratulationen anläßlich irgendeiner Jubelfeier versenden ließ.
Auffallende Korrespondenz dieses Vierzeilers mit der in letzter Zeit auftretenden Sprachmüdigkeit (Maulfaulheit?) G.s.

›*Meinen feierlich Bewegten*
Mache Dank und Freude kund:
Das Gefühl, das sie erregten
Schließt dem Dichter selbst den Mund.
Goethe‹

Steigerung meiner Bangigkeit in puncto Vollendung des großen *Coups*, da in gewissen Fällen – wie das Beispiel zeigt – Kommentarlosigkeit wohl der beste Kommentar ist.
Dies G. vorsichtig nahelegen? Jedenfalls muß es erwogen werden:... G. schwiege am Ende.
Allerdings, noch hat er nicht eine so hohe Meinung von der übrigen Welt, daß er ihr eine angemessene Ausdeutung auch solch eines letzten, gewichtigen Schweigens zutrauen würde. Auch scheint mir, als ähnele sein Schweigen, das er oft (zu oft?) gebraucht hat, manchmal der Redseligkeit. Es ist geschwätzig wie diese, ohne viel Worte zu machen – im Grunde: ohne ein einziges Wort zu machen –, läßt es so viele Worte, ja, wenn man so will, alle Worte, unausgesprochen zwar, im Raume stehen. So ist das Schweigen mancher Leute nichts als stumme Geschwätzigkeit. ›Reden‹, sagt *Rivarol*, ›ist Silber.‹ – Das ja. Denn alles ist nie gesagt. Aber muß denn Schweigen gleich goldig genannt sein? Das dünkt mich ebenso originell wie falsch. Dennoch, in dieser Richtung, was die *Coup*-Unternehmung betrifft, weitere Überlegungen anstellen!

D., im Februar

Scirocco. – Stunde aus Schweigen, zwischen Vogel und Schrei. Das Brot – ein Stein. Salzige Säure der Tränen zerfrißt die Bilder besserer Tage. Würgeengel Zeit. Eines Tages Tür und Tor aufzubrechen, um aufzubrechen... (Dies ein Gedichtanfang?)
Sehnsucht. – Mein Sehnen sucht... Was? Wüßte ich es, so wäre es um die Sehnsucht geschehen, und ich stünde am Ende auch noch ohne diese da. Also bleibt es dabei: Sehnsucht.–––
Schimäre!!! Elende Schmiere! Das literarische Geschäft ist ein fortwährender Betrug am Leser und an uns selbst. Diese wohlausformulierten Litaneien müssen endlich ein Ende haben!

Freitag, d. 24. Febr. 32

Als ich heute die achte Stunde des Abends aus G.s Kabinett kam, stieß ich im dunklen Flur mit Riemer zusammen. Dieser war mit einem Bücherpaket unterwegs zu G.
Ein undeutliches Lächeln im ridikülen Gesicht, wollte er sich an mir vorbeidrücken.
Da mir nichts Besseres einfiel, schloß ich ihn blitzschnell und sehr zu seinem Erschrecken mit Wonnelächeln in die Arme und flüsterte ihm etwas wie ›Oh, Er!‹ ins ängstliche Ohr, worauf er sich schnell und geekelt von mir losmachte, fest das Bücherpaket umklammerte und eilends seinen Weg nahm.

im März d. J.

Heute, während eines kurzen Spazierganges an der Ilm, von Ferne gongten die Glocken der Stadtkirche, die Luft war feierlich vom nahenden Frühling und Geläute erfüllt, ich schritt geruhsam verdauend aus – zum Mittag hatte es gekochten Karpfen gegeben, mit Zitronenscheiben darauf und zerlassener Butter –, heute nun befragte ich mich wieder einmal, wie ich es von Zeit zu Zeit gern tue, über die höheren Dinge der Religion.

Es ist ja nun wahrlich nicht so, daß ich die Religion, wie Hanchen mir nachsagt, nicht verstünde. O nein. Ich verstehe sehr wohl. Und es stehen grundgescheite Dinge in der Bibelgeschichte, an die man sich halten kann. Etwa sehr dem Leben abgeschaut finde ich, ein Omen gar, daß der irdischen Erscheinung eines Retters, nämlich des Herrn Jesus Christus, das wunderbare Faktum einer unbefleckten Empfängnis vorausgeht. So ist, schon der biologischen Natur der Sache nach, begreiflich, weshalb wir so rettungslos sind, da der Retter gewissermaßen eingesperrt im mütterlichen Hause, hinter verschlossener Türe, verbleibt.

Und wir warten und warten.

Bin zum Abend unwohl, habe ein Ziehen im Zahn. Auch G. fühlt sich nicht. Hat sich während einer Spazierfahrt, nachdem die Großherzogin bei ihm war, ein wenig unterkühlt. Hütet das Bett. Frühjahrsmüdigkeit? Vom *Coup* kein Sterbenswörtchen.

Samstag, d. 17.

Frühling, grüne Lüge, kehrst du wieder, mir das Herz weit zu machen und die Gedanken enge?

Jedenfalls: Nicht mehr an Auguste denken!

Befolgung dieses Grundsatzes dadurch erschwert, daß ich, sobald ich mich auf diese Maxime hin überprüfe, unverschuldet an Auguste denken muß.

Das Zirkuläre unserer Existenz hier als Exempel an mir statuiert. Füge mich darein.

Arbeit am *Coup*. G. noch unwohl, aber nach Anlegen einer *spanischen Fliege* besser.

Montag, 19. März 32

G. heute wieder Bett und Filzschuhen entstiegen, ganz der alte, wenn auch noch schwach.
»Schauen Sie nur, Eckermann, welch lebendiges Wesen doch unser Ahorn ist! Sehen Sie! Selbst heute, da er noch nackt steht.«
Ich trat wie geheißen ans Fenster und stand neben ihm, wobei er mir die Hand auf die Schulter legte, freundschaftlich und auch, um sich etwas abzustützen.
»Die Äste, die Zweige und bald wieder, ehe wir uns versehen, die Blätter. – Ein jedes Teil gibt die Erregung, die das Ganze durch einen Windstoß erfährt, auf andere Weise wieder. Das fährt nicht soldatisch herum wie der knarrende Wetterhahn auf dem Schloßturm – linksum! rechtsum! Nein, ein ewiges Spiel der Verwandlung. Und doch steht er nun schon hier auf demselben Fleck Erde, solange ich denke, so viele Sommer. Ein Menschenalter... Am Anfange dieses Streben zum Allerhöchsten, himmelan, das ungebändigte Sprießen hoffnungsgrün. Im reifen Mannesalter dann wird er hart und hölzern, was vonnöten ist für seine Lebensbalance zwischen Himmel und Erde. Der offene Himmel, der ihn hinauftreibt. Die Erde, in der er wurzelt und deren Schwerkräfte seine Äste sichtbar nach unten ziehen. Ausladende Äste, einladende auch, für Vögel und Wind und Regen. Was hat da nicht alles Platz. Dann das mähliche Absterben, Knorrigwerden... Sollte man am Ende nicht im Baum die natürliche Entsprechung des Menschen sehen?«
Ich war seinem Bilde eifrig nickend, mit wachsender Freude und Ungeduld gefolgt und pflichtete ihm nun, da er geendigt

hatte, froh bei, konnte ich ihn doch bei dieser Gelegenheit sehr passend an sein Wort erinnern, wonach dafür gesorgt sei, daß die Bäume nicht in den Himmel wüchsen...
»Eben, Eckermann«,
sagte er und achtete meiner nicht weiter.

22. März, früh

Gestern noch lange, bis spät in den Abend hinein, am *Coup* gearbeitet, die Farbenlehre.
Die Nacht hatte ich einen Traum. G. war inmitten einer nächtlichen Fastnachtsgesellschaft, die sich unten an der Ilm, auf der Steinbrücke eingefunden hatte. Von da stieg man, im Schein kleiner Handlaternen, unter Gelächter und Rufen hinab in ein schwankendes Boot. Ich sah dies von Ferne und war sehr in Sorge, ob er wohl fehltreten werde, allein von unten stützte ihn jemand, so fand er bald festen Halt. Als ich endlich ankam – ich konnte nur bleierne Schritte von furchtbarer Langsamkeit tun –, war das Boot bereits voll. Ich entsinne mich, mehrere Male um Erlaubnis gefragt zu haben, doch noch mit auf das Schifflein zu steigen, worauf G. aber, der als einziger ohne Maske war, nur traurig seinen Kopf schüttelte. Die Halteseile wurden von der Brücke losgemacht, und ich stand mit den zurückgelassenen Koffern, Schachteln, Papiergirlanden allein auf der Brücke. Am Ufer, die Gebüsche beiseite schlagend, lief ich neben dem erleuchteten Kahn her. Ich frug G. noch, der mir mit einem Taschentuch herüberwinkte, was er denn nun am Ende wirklich gesagt habe. Er rief es mir zu. Ich konnte aber nichts verstehen und machte ihm deshalb ein Zeichen. Er lachte und drohte mir mit dem Finger.
Schon watete ich im Wasser. Vom Boot aus, wo ich Auguste und Großherzog Carl erkannte, beobachtete man mein Trei-

ben mit Unruhe. Jemand stieß mich mit dem Ruder zurück, aber nur sachte, so als ob man mich necken wollte. Allmählich verschwamm mir das Bild, da bemerkte ich, daß ich schon sehr tief im Wasser stand und weinte.

Fern, zwischen den Scherben des Mondlichtes, unter den nächtlichen Bäumen trieb das Schifflein nun dahin. Jetzt erst bemerkte ich, daß es, die Ruder eingezogen, *flußaufwärts* trieb, worüber ich nicht wenig staunte – und darüber muß ich wohl auch wachgeworden sein.

Der aufdämmernde Morgen schickte seine ersten feurigen Strahlen aus, und die blaßroten Fensterscheiben erinnerten mich sogleich daran, daß – auf den Tag genau – heute vor sieben Jahren das Schauspielhaus niederbrannte. Werde G. daran erinnern. Auch an das Tintenfäßchen.

Der Himmel bald blau und hoch. *Das Blaue gibt uns ein Gefühl der Kälte, so wie es uns auch an Schatten erinnert...* Farbenlehre. Spüre hingegen wohlige Wärme. Dies G. bei Tische unbedingt mitteilen.

Die Zeiger rücken vor.

Mache mich gleich zu ihm auf den Weg...

(Hier bricht das Manuskript ab.)

Anmerkung

Die Kursiv-Passagen verweisen auf authentische Texte.
Die Briefe Johanne Bertrams sind zitiert nach Johann Peter Eckermann: Aus den Schriften und dem Nachlaß, Herausgegeben von Richard Müller-Freienfels, Berlin o. J.
Dieselbe Quelle sowie H. H. Houben: J. P. Eckermann. Sein Leben für Goethe, Bd. 1, Leipzig 1925, Bd. 2, Leipzig 1928, lagen den kursiv herausgehobenen Orginaltexten Eckermanns zugrunde.
Weitere kursiv gesetzte Passagen beziehen sich auf die im Text ausgewiesenen Stellen der jeweiligen Werkausgaben, Zeitungen und den Nachlaß Goethes.

Jens Sparschuh
Der Zimmerspringbrunnen

Ein Heimatroman

Leinen

Brillant und komisch, schlitzohrig und vor allem unterhaltsam nimmt Jens Sparschuh in diesem Vertreterroman deutsche Gegenwart aufs Korn.

Erik Fosnes Hansen
Falkenturm

Roman
Titel der Originalausgabe: *Falketårnet*
Deutsch von Taja Gut

KiWi 406

»Falkenturm« erzählt die Geschichte des jungen Rittersohnes Wolfgang, der versucht, zu sich selbst zu finden, und schließlich durch Mißgunst und Intoleranz seiner Mitmenschen in die Vernichtung getrieben wird.

Der Debüt-Roman des Bestsellerautors von »Choral am Ende der Reise«

KiWi-Paperbackreihe bei Kiepenheuer & Witsch

Jens Sparschuh
Der Schneemensch
Roman

Gebunden

Mitten im Krieg bricht die Expedition auf. Ihr Ziel: die Suche nach den Vorfahren der Deutschen im Hochland von Tibet. Ihr Auftraggeber: die Abteilung »Ahnenerbe« der Himmlerschen SS. Aus Originaldokumenten entwickelt Jens Sparschuh die Fiktion einer Entdeckungsreise ins Innere des Himalaya und ins Innere eines deutschen Wissenschaftlers. Wahn und Wirklichkeit eines totalitären Staates verdichten sich zu dem absurden Abenteuer einer Forschung, die mit unerwartetem Ergebnis endet...

Uwe Timm
Die Entdeckung der Currywurst
Novelle

KiWi 380

Wie schmeckt die Erinnerung? Und wie kommt es zu großen und kleinen Entdeckungen? Der Erzähler will es wissen und besucht eine Frau, von der er glaubt, sie habe die Currywurst entdeckt. Aber zunächst erzählt sie eine ganz andere Geschichte: von ihrem Liebesverhältnis zu einem Soldaten im April '45. Und dann erweist sich die so alltäglich beginnende Geschichte doch als eine unerhörte Begebenheit . . .

». . . eine ebenso groteske wie rührende, phantastische wie im konkreten Alltag verwurzelte Liebesgeschichte.«

Die Woche